Elena Netcu

POVESTEA
UNUI
LEGIONAR

LETRAS
Scrie. Publică.

Descrierea CIP a Bibliotecii Naționale a României
NETCU, ELENA
  Povestea unui legionar / Elena Netcu. - Snagov :
Letras, 2016
  ISBN 978-606-94144-0-8

  821.135.1-31

Carte distribuită de PIAȚA DE CARTE
www.piatadecarte.net
email: office@piatadecarte.com.ro
tel. 021 367 5228 // 0787 708 844

Pentru solicitări de publicare vă puteți adresa Editurii LETRAS, pe mail, la adresa
letras@piatadecarte.com.ro

Cuprins

Motto:

Istoria mare îşi pune amprenta asupra destinelor individuale şi colective.

Pe urmele trecutului

În jurul meu plutea nestingherită singurătatea. Camera părea că se roteşte în sens invers. O maşină a timpului dată înapoi. Tic-tacul îmi răsuna în urechi şi urmăream cu privirea focul din vatră. N-am vrut să aprind lumina. Mă fascina jocul de lumini şi umbre care învăluia încăperea supraîncălzită.

Prin minte îmi treceau frânturi de amintiri despre iubirile mele, despre tinereţea şi copilăria mea. O viaţă de om pe care o prinzi în zbor într-o secundă.

În acest pat mă înghesuiam sub plapumă cu Siomka şi Alexei, fraţii mei mai mari pe care eu îi vedeam puternici şi de temut. N-aveam voie să-i contrazic, nici nu îndrăzneam să-i înfrunt vreodată, căci o încurcam. Mă făceam mic de fiecare dată şi mă pitulam după sobă. Voiam să trec neobservat de teamă să nu mă pună la cine ştie ce corvoadă.

Seară de seară, babuşka ne povestea în ucraineană întâmplări de demult. Era bunica din partea tatălui. Lângă ea am crescut. Ascultam cu sufletul la gură toate poveştile, până adormeam în legănarea cuvintelor ei blânde, mângâindu-mi fruntea. Pe mine mă iubea cel mai mult. Mă lua pe genunchii ei butucănoşi şi-mi recita de multe ori aceeaşi poezie în ucraineană. Era cu nişte iepuraşi care se duceau la moară şi nu ştiu ce mai făceau, după cum îmi traducea ea. O poezioară pe care eu o spuneam stâlcit, căci la patru ani consoana „l" îmi dădea de furcă, ceea ce stârnea o mulţime de râsete, spre desfătarea celor din jurul meu.

Bunica Marusea ţinea neapărat să vorbesc şi în ucraineană, o limbă care mi se părea imposibilă. Până la urmă însă, de dragul ei, am învăţat-o. Tata îi reproşa de multe ori:

— Lasă, mamuşka, băiatul în pace! Doar nu vrei să-i împuiezi capul cu o limbă slavă. Nu mai avem nici o speranţă să ne întoarcem în Basarabia. Şi dacă ne-am întoarce, la ce ne-ar folosi? Tot un drac! De bolşevici nu scăpăm! Şi-au vârât coada şi pe aici, trăim după tiparul lor! Nu vezi? Manevrele militare le fac prin Dobrogea. Cine ştie ce le-o mai trece prin cap! O să ne ia cu pământ cu tot!

— Şi dacă ne-o lua, Ichime, cu atât mai bine pentru Igor. Trebuie să cunoască limba, cum vrei să se descurce?

Adevărul este că babuşka tânjea după locul ei de baştină din Basarabia de Sud. Îmi povestea c-au fost nevoiţi să se refugieze din Tatar-Bunar. Nu se mai putea trăi acolo. Cazacii zaporojeni făceau prăpăd pe unde ajungeau. Au dat foc satelor, au jefuit, au siluit fete şi femei fără apărare. Erau fiare sălbatice.

Cei mai mulţi năpăstuiţi au ajuns în Dobrogea împreună cu alţi ucraineni.

Dar eu despre rudele mamei voiam să aflu. De aceea o sâcâiam cu tot felul de întrebări.

Mama mea nu vorbea prea multe despre părinţii ei. De câte ori o întrebam, tăcea. Uneori avea lacrimi în ochi, dar nu-mi spunea nimic. Abia mai târziu, cred că eram prin clasa a şaptea, s-a aşezat lângă mine pe prispă şi mi-a povestit cu vocea ei şoptită:

— Igor, cred că a venit timpul să-ți povestesc despre bunicii tăi. Îmi amintesc de ei foarte vag. Trăiau în Berești de Galați, pe atunci județul Covurlui. Aveam zece ani când au venit jandarmii în puterea nopții și i-au ridicat. Mama era cu burta la gură. Aștepta al treilea copil Pe mine și pe fratele meu, Corneliu, ne-au luat bunicii din Botoșani, dar nici acolo n-am stat prea mult, căci și ei erau bătrâni și bolnavi. Pe mine m-a dat unor negustori care băteau drumurile țării vânzând piei. Erau din Dobrogea, dintr-un sat de pe malul Dunării, se numea Principele Neculai. Apoi s-au mutat aici, în Poșta, unde s-au stabilit mai mulți ucraineni și unde au rămas până au murit. Aici l-am cunoscut pe tatăl tău, făcea parte din neamul lui Stepaniuk. Tot satul e plin de veri, mătuși, că de-ar fi să plecăm înapoi în Basarabia, tot neamul lui taică-tău n-ar încăpea într-un camion. Sunt săritori la nevoie, nu te-ar lăsa la necaz. N-am mai văzut un neam atât de unit.

Este în firea lucrurilor să vrei să-ți cunoști originile. Dar tot atât de adevărat este că în timpul vieții sunt momente când îți vin în minte frânturi din copilărie. Vrând-nevrând, trecutul te urmărește. Nu-l poți ignora.

Când eram mic, mama îmi spunea multe povești cu legionari. Eram captivat de curajul lor și uneori îi mărturiseam mamei c-aș vrea să mă fac și eu legionar ca să curăț țara de dușmani.

— Nici să nu visezi la asta, Igor, acum nu mai sunt legionari, au fost de mult și nu toți au făcut fapte bune. Ce-ți spun eu acum sunt povești despre adevărații legionari, nu despre cei care au trecut de partea comuniştilor şi au ajuns nişte călăi.

— În cartea noastră de istorie nici nu se aminteşte despre ei.

— Nu se aminteşte, Igor, n-aveau nici un interes să se afle adevărul.

— Şi totuşi, cine erau legionarii?

— Adevăraţii legionari cutreierau satele şi cântau cântece despre ţara noastră sfântă şi lumea le ieşea în cale şi-i cinsteau. Li s-a dus faima că sunt adevăraţi români cu dragoste de neam.

Eram elev şi abia buchiseam cartea de istorie. Nu-mi dădeam seama de multe lucruri. Eram însă fascinat de poveşti cu eroi. Mama îmi spunea că au trăit, că au existat cu adevărat, dar despre asta o să învăţ când mă fac mare.

— Alţi copii au mai mulţi bunici, mamuşka, eu de ce am doar unul?

— Pentru c-au murit, dragul meu Igor. Nici eu nu-i cunosc. Aveam zece ani când i-am văzut ultima oară. Ştiu doar că au fost legionari.

— Mamuşka, de ce nu învăţăm la şcoală despre ei?

— Despre asta n-ai voie să vorbeşti decât în şoaptă, dragul meu. De fapt, mai bine să nu vorbeşti niciodată. E periculos!

Tăceam. Am înţeles că-mi este interzis să pun întrebări. Mama n-avea timp de mine şi atunci alergam la babuşka.

Câte poveşti nu-mi spunea! Ea ştia mai multe decât mama. Pe unele le-am uitat, căci se băteau cap în cap cu ceea ce învăţasem la şcoală. Numai că babuşka mi le spunea atât de frumos, încât mi se perindau prin faţa ochilor tot felul de scene, cu soldaţi care şi-au dat viaţa pentru ţară. Mai târziu am înţeles că istoria este o poveste. Poveşti despre oameni mari. Mă uitam la tablourile cu regi şi împăraţi, cu mareşali şi generali, la scene de război în care mă imaginam în toiul luptei. Mi-a rămas în suflet acest gând, învăluit în mister. Am crescut cu asta. Era ca un vis inaccesibil.

Am fost toată viaţa un grăbit. Într-o fugă continuă. Nici nu ştiu cum a trecut timpul.

Sunt aici, în casa părinţilor mei, după o viaţă trăită la oraş, unde niciodată nu m-am putut adapta. Sunt un rebel. Am trăit mereu cu nostalgia locurilor natale. Satul meu de baştină, Poşta, rămâne pentru mine cel mai frumos loc. Deşi este situat la şes, întinderea lui pe o suprafaţă de câţiva kilometri, pierzându-se în pădurile încâlcite ale dealurilor Teliţei, pare o oază de linişte.

Tăcerea lanurilor de grâu, foşnetul răzleţ al tufişurilor, rânduite pe firul de apă numit Derea, cărările şerpuite pe care urcă domol turmele de oi – toate îmi umplu sufletul de împăcare, de linişte. Mă adâncesc în mine, întâlnindu-mă cu veşnicia.

Hălăduiam prin pădurea de la marginea satului, pierzându-mă în adâncul ei, uitând să mai vin acasă. Îmi potoleam foamea cu pere pădureţe, maronii, zemoase, culegeam coarne căzute generos prin iarba mătăsoasă, vălurită printre crengile uscate. Nici nu-mi păsa dacă pierdeam cărarea bătătorită de turmele de oi. Coboram în vâlcea, unde știam că este un izvor cu apă limpede, curgând printre pietrele lucitoare.

Dar cel mai mult zăboveam pe dealul Drăgaica, mai ales când cimbrişorul era în floare şi mă îmbăta cu aroma lui tare, bărbătească. Aici, pe Drăgaica, dealul tinereţii mele, în nopţile cu lună mă plimbam cu Lia. Eram amândoi zăpăciţi. Tineri, rebeli amândoi, nu mai ţineam cont că mamuşka ne impunea să nu întârziem prea mult după apusul soarelui, că nu se cuvine, că ne vede satul, că vorba aia, „Eşti ditamai flăcăul, Igor, cum să umbli noaptea teleleu, pe coclauri, că nu scapi de gura satului…". Şi nu scăpam! A doua zi tot satul ştia că băiatul lui Ichimaş – aşa-i spuneau tatălui meu – a fost cu învăţătoarea Lia:

— Ce vorbeşti, fa, o ştii pe olteanca aia durdulie, frumoasă, cu părul făcut inele?

— A, nepoata învăţătorului? Păi, e dată dracului! Merge înţepată şi mândră, duduie pământul, ce mai! A pus mâna pe Igor!

— Şi cum îţi spuneam, fa, veneau dinspre pădure, cine ştie ce-or fi mai făcut, ce vrei, tineri, fierbe sângele în ei!

Îmi vin în minte frânturi cu cei doi fraţi ai mei mai mari care, de cele mai multe ori, mă dojeneau sau se amuzau pe seama mea. Trebuie să vă mai spun că am o soră mai mică cu un an decât mine, Ana. Era o dulceaţă de fată. Blondă cu ochii verzi ca frunza de lăstar, cu nuanţe gălbui. Aveau nişte reflexe aurii, încât îi spuneam uneori: „Aniuşka, tu eşti fata cu ochii de aur, eşti o comoară la casa omului." Râdea şi se alinta. O drăgălăşenie de fată sora asta a mea... Cu ea mă înţelegeam cel mai bine când eram mic. Poate pentru că eram apropiaţi ca vârstă. Ne ascundeam amândoi în podul casei să nu ne găsească Siomka. El era cel mai rău cu noi. Strigam după el: „Căpcăunule, strigoiule, Grişa nebunu'!!!" Trebuie să vă spun că nea Grişa ăsta era spaima satului. Oamenii îl ocoleau de la o poştă, căci făcea mereu tărăboi când o lua la măsea. Unii dintre ei, mai băşcălioşi, numai de-ai dracului, îl chemau la ei, să-l agheazmuiască cu ceva, dar mai mult îl stârneau şi să te ţii toată ziua circ în tot satul. Se lua de unul, se lua de altul şi până nu mânca o bătaie soră cu moartea nu se potolea. Aşa şi cu Siomka. Dar aveam grijă să stau departe de el ca să nu mă prindă.

Când eram mic, săream în pat şi mă cuibăream la perete, crezând că n-o să mă mai împingă nimeni. Încă îmi mai sugeam degetul, spre disperarea mamei. Rămâneam mereu dezvelit, căci n-aveam putere să trag aşternutul spre mine. Peste noapte primeam câte un ghiont de la Siomka. Parcă-i aud vocea răguşită: „Bagă-te-n perete, Igor! Întoarce-te cu spatele şi nu te mai bâţâi, că te azvârl acum din pat!" Tăceam chitic! Îmi era frică de el. Nu înţelegeam cum să mă bag în perete. Îmi lipeam obrazul de zidul rece şi mă scuturam de frig. Siomka era mai mare cu vreo cinci ani decât mine, iar eu abia împlinisem şapte. Peste noapte trăgeam spre mine plapuma cu un fel de răzbunare, până rămâneau amândoi dezveliţi. Dacă trecea mama prin cameră, ne învelea aşa cum ştia ea, încât ne bucuram în mod egal de plapumă. Pe atunci făceam focul într-o sobă joasă cu plită, zidită din lut şi pietriş. Uneori scotea un fum, de ne usturau ochii. A doua zi ne miroseau hainele de la o poştă, dar nu ne frământam pentru asta. Oricum până în seară duceam cu noi toate mirosurile pe care le adulmecam de prin cine ştie ce coclauri. Uneori ajungeam acasă jerpeliţi, căci ne căţăram prin toţi copacii, săream prin grădini, şterpelind tot felul de fructe care ne făceau cu ochiul din uliţe. Cum să rezistăm ispitelor?

Tata, care era cam dur, s-a pus cu gura pe mine şi mi-a impus să intru în armată. Parcă-l aud:

— Termină, Igor, cu prostiile şi apucă-te de ceva serios! Armata ar fi cel mai bun lucru pentru tine. Eşti instabil şi zăpăcit. În primul rând, viaţa cazonă te-ar disciplina. În plus, iei viaţa în serios. Nu mai crezi că tot ce zboară se mănâncă. Hai! La armată cu tine!... Şi nu mai crâcni, că nu eşti de capul tău aici!

Aş fi vrut să mă opun, cum s-a întâmplat cu Siomka, fratele meu mai mare şi mai tare. El a fost mai şmecher. Câte boacăne n-a mai făcut! Mereu venea la poartă la noi mătuşa Marusea să se plângă că Siomka s-a încăierat cu fiu-său şi e plin de vânătăi. De obicei se băteau de la fete. Nu era prea arătos, dar nu ştiu cum se întâmpla că toate fetişcanele din sat umblau pe lângă el, stârnind invidia băieţilor de seama lui. Noi, ăştia mai mici, umblam cu bileţele de la o fată la alta. Uneori amestecam răvaşele şi atunci ieşea încurcătură mare. Se trezea mama cu vreo fătucă la poartă, căutându-l pe frate-miu care habar n-avea. Pleca, biata de ea, ruşinată, iar noi chicoteam pe după casă, crezându-ne haioşi. Siomka era mare amator de fotbal. Visa să ajungă fotbalist. Se ruga mereu de tata să-l ducă undeva la un club, unul oricât de mic şi neînsemnat, dar numai să-l ducă, pentru selecţie. Dar tata o ținea pe-a lui. Armata și armata! Băieții lui să fie bărbați adevărați! Ce înseamnă asta? Să fii în slujba patriei și gata!

Numai că, într-una din zile, când avusese loc o partidă de fotbal între două clase, real și uman, Siomka s-a accidentat la piciorul stâng. Era stângaci. Și-a rupt tibia. Era toată bucăți. L-au dus la Eforie ca să-l opereze și să-i pună tijă metalică. N-au fost complicații, dar când să plece în armată ca să facă voia tatălui, l-au găsit inapt din cauza piciorului, care era puțin curbat. Așa că, în ziua aceea, fratele meu cel mare era în culmea fericirii. Se lungise în pat cât era de mare, privea în tavan și savura momentul. Nu va mai fi militar! Atunci tata a pus ochii pe mine. Am făcut voia lui și m-am dus la Școala Militară. Acolo am devenit alt om. Din tânărul rebel care trăia la întâmplare, am ajuns să duc o viață riguroasă bazată pe disciplină.

Aici, acum, în singurătatea din casa părinților mei, încerc să recompun trecutul. Trecutul meu, al părinților mei, al rudelor pe care le-am cunoscut în copilărie și care mi-au marcat într-un fel sau altul viața.

Mătușa Mina, sora cea mai mică a mamei, a trăit toată viața singură. N-avea pe nimeni pe lume. N-a fost niciodată măritată. Pe noi ne-a descoperit târziu. Terminase facultatea la Iași. Era tânără profesoară de franceză în Brăila. La moartea mamei sale adoptive, aflase adevărul despre părinții ei biologici. Dezvăluiri dureroase. Peste ani și ani a dat de noi. Eram om însurat și trăiam în Brăila cu Lia și fetița noastră, Giulia. Iar mătușa Mina își căuta rudele, deschizând ușile autorităților, prezentând tot felul de acte, până a dat de noi. Era fericită că ne-a găsit. Încă mai trăia mama.

De la mătuşa Mina a aflat mama cum s-au prăpădit părinţii ei, adică bunicii mei, despre care o întrebam mereu. Când a murit mama, a lăsat cu limbă de moarte să ţinem legătura cu mătuşa Mina şi să avem grijă de ea. La mine era toată speranţa. Drept să spun, şi mie şi Liei, soţia mea, ne făcea plăcere să vină mătuşa Mina la noi în vizită.

Am luat decizia de a mă retrage la Poşta, în casa părinţilor mei, ca să duc la capăt dorinţa mamei de a avea grijă de mătuşa Mina până la sfârşit. S-a mutat cu noi ca să-i mângâiem bătrâneţile. La început, nu pot să spun că ne deranja. Uneori nici n-o observam prin casă.

— Mătuşă dragă, mai ieşi şi tu pe stradă, vezi ce e prin sat, plimbă-te cât mai poţi, că asta te întăreşte.

— Lasă, Igor, că stau în curte la soare, numai să-mi cumperi un balansoar. E bine şi aici în curte. Văd dealul plin de verdeaţă, pădurea în depărtare, nu pot să spun că nu e bine. Obosesc să umblu pe străzi aiurea.

Lia era într-un fel mulţumită. Nu ne deranja. În plus, se alesese cu o mulţime de bijuterii, ca să nu mai spun că ne rămânea nouă totul: casă, pământ, chiar şi-o bucată de pădure. Dar dincolo de asta, mătuşa era un sac de poveşti despre trecutul familiei noastre. Adică exact ce căutam eu. Toată ziua îmi povestea despre năzdrăvăniile din copilăria ei. Parcă dăduse în mintea copiilor. Se pisicea şi se alinta pe lângă Lia, de ziceai că aşteaptă s-o ia cineva în braţe.

Lia se cam enerva. Nu îi plăcuseră niciodată fandoselile. Era o femeie dintr-o bucată. Nici ea, la rândul ei, nu primise prea multă iubire de la părinţi, de aceea o enervau pretenţiile mătuşii. Uneori izbucnea:

— Ia mai lasă-mă, mătuşă, şi nu te mai prosti!

— Dar ce fac? Deci v-aţi săturat de mine? Pe mine cine mă mai iubeşte?

Din când în când mai discutam cu soţia mea despre starea mătuşii:

— Ce ne facem, Lia?

— Ce să faci? Nu-ţi rămâne decât să-i îndeplineşti toate poftele. Gândeşte-te cât de singură a trăit. Îşi doreşte să fie şi ea răsfăţată.

Aşa am făcut. Povestea mereu despre tatăl ei biologic, adică de bunicul meu. Nu pot să spun că nu eram încântat să aflu povestea vieţii lui. Aflasem că-l chema Miron Adăscăliţei. Uneori se aşeza lângă mine, mă privea cu ochii ei de culoarea brotăcelului şi începea:

— Nu ştiu de ce, Igor, încep să-mi retrăiesc copilăria. Îmi vine să povestesc numai despre trecutul meu. Parcă nici nu mai contează prezentul.

— Asta nu e prea bine, mătuşă! Pentru orice om, cel mai important este prezentul. Ce-a fost a fost! Ce va fi nu se ştie, dar ceea ce se întâmplă acum ne aduce bucuria de moment. Cel puţin pentru tine, mătuşă, clipa prezentă te ţine într-o anumită formă. Nu crezi?

— Asta este părerea ta, Igor, dar eu de la o vreme trăiesc în trecut. De ce să mă gândesc la prezent, Igor, când pentru mine mai important a fost trecutul? Eram cineva. Deşi am trăit singură, am avut o viaţă tumultuoasă. După moartea mea, vei găsi în caietele mele, abandonate prin bibliotecă, toate întâmplările vieţii mele.

Mă gândeam în sinea mea că voi face asta cândva. A trăit în dictatură şi tot modul ei de gândire era articulat după o anume morală, a profesorului meticulos căruia nu-i scapă nimic. Avea har, cum puţini profesori mai sunt astăzi.

În biblioteca mătuşii erau cărţi de mare valoare. Dar cel mai mult m-a captivat un caiet destul de gros cu tot felul de însemnări. Un caiet cu foi îngălbenite de vreme în care erau adunate tot felul de hârtii scrise cu cerneală violet.

Am vrut să aflu mai multe. De cele mai multe ori o provocam:

— Mătuşă, am văzut în bibliotecă un caiet cu coperte negre, sunt însemnări disparate, nedatate. Ştii ceva?

— Cum să nu ştiu, Igor, ştiu multe. Acolo sunt însemnări ale tatălui meu, pe care tu nu l-ai cunoscut. Să ştii că semeni cu el. Ai aceiaşi ochi verzi cu reflexe plumburii, uneori sidefii, după starea sufletească. Şi ţie ţi se citesc pe chip toate stările, nu poţi ascunde nimic. Aşa sunt şi eu. L-am cunoscut abia în ultimii lui ani de viaţă. Atunci am aflat că am un frate, Corneliu, şi o soră mai mare, Zenaida, adică mama ta.

— M-ar interesa să aflu ce s-a întâmplat atunci.

— Fratele meu ştia multe. Era copilandru, dar îl vizita pe tata în închisoare. Pentru el, ca deţinut, vizita fratelui era un balsam, era singura alinare. De la el a aflat fratele meu adevărul despre vremurile de atunci, aşa cum le trăise tatăl meu, ca un legionar învins. Mulţi ispăşeau pedepse pe nevinovate.

— Atunci spune, mătuşă.

— O să-ţi povestesc, Igor, avem timp toată iarna, singuri aici, în casa bătrânească a părinţilor tăi. Pentru mine casa asta e un spaţiu străin, n-am nici o amintire, dar încerc să-mi imaginez ce a însemnat pentru tine şi pentru mama ta. Mi-ar fi plăcut să fi trăit şi Zenaida, mama ta. Un lucru este sigur: îmi face bine să trăiesc în mijlocul naturii. De când m-ai adus aici, parcă am prins puteri. La Brăila mă sufocam în apartamentul meu dosit, înconjurat de plopi singuratici. N-aveam la ce să mă uit. Mă întrista numai când priveam pe fereastră blocurile aliniate, cu tencuială veche ce sta să se desprindă şi să se prăvălească în capul trecătorilor. Dar mai ales, mă exaspera aleea plină de moloz peste care crescuseră bălării. Bine că m-ai scos din hruba aia, că altfel nu pot să-i zic.

— Ar trebui să iubeşti micul tău apartament. Acolo au rămas toate amintirile, nu-i aşa?

— Nu mă mândresc cu viaţa mea. A trecut prea repede. N-am avut parte de-o familie. Este drept că eram o singuratică, iar când mi-am dat seama că mi-a trecut tinereţea, era prea târziu. Îmi trecuse generaţia, Igor, cine să mă mai ia? Mi-am dorit mereu să plec în Iaşi.

— Şi de ce n-ai plecat, mătuşă? Cine te oprea?

— Repartiţia, dragul meu! Eram pecetluită prin acea hârtie. N-aveam pe nimeni şi trebuia să-mi câştig existenţa.

Aşteptam, ca orice fată, să cunosc un băiat de seama mea.

— Ai fost o femeie frumoasă.

— Hai, las-o moartă! Ce ţi-a spus doctorul, Igor?

— Să-ţi iei cu regularitate tratamentul.

— Acum sunt bine, parcă am mai prins puteri.

— Prea voinică n-ai fost, se vede, dar pe noi ne interesează să nu-ţi pierzi memoria.

— Ce să-mi pierd? Memoria? Păi nici nu ştii cum îmi vin pe tavă toate întâmplările trecutului meu, că, dacă aş avea cum, le-aş scrie pe toate.

— Mai bine povesteşte-mi mie tot ce ştii despre bunicul meu.

— Dar despre mine nu vrei să afli?

— Ba da, mătuşă, dar să le luăm pe rând. Văd că te captivează copilăria.

— Da, Igor, am avut o copilărie frumoasă, de aceea speram să mă mărit în oraşul copilăriei mele, dar, după ce am plecat de acolo, nimeni nu m-a mai căutat vreodată. Ştii cum e, ochii care nu se văd se uită. Tot aşteptam şi iar aşteptam să vină Făt-Frumos să mă ia călare pe un cal alb. Am fost o visătoare. Părinţii mei adoptivi mă iubeau ca pe ochii din cap. M-au ferit mereu de ce e rău. Eram răsfăţata lor. Să nu m-atingă nici o boare.

Prima mea amintire puternică o am de la cinci ani. Mă plimbam cu maman pe o alee dosită din Copou, unde am văzut un câine mort, lungit şi cu gura rânjită, aruncat printre bălării. M-am speriat şi-am început să plâng. Tatăl meu m-a luat în braţe şi m-a mângâiat:

— Nu e mort, tati, nu e mort, doarme! Râde pentru că visează frumos, hai mai repede, să nu-l trezim! Şi, fiindcă l-am crezut, m-am oprit din plâns.

Toată copilăria mea este legată de Iaşi. Lumea mea era formată din părinţii adoptivi, slujnica şi puţinii oameni care intrau şi ieşeau din casa noastră ce se ridica impunătoare pe una dintre străduţele înguste din Râpa Galbenă. Tatăl meu adoptiv, avocatul Lupoaie, era renumit în urbe. Seara, în salon, prindeam frânturi din conversaţiile pe care le avea tata cu diverse persoane care intrau pe furiş în casa noastră şi ieşeau tot aşa. Se vorbea mai mult în şoaptă. Habar n-aveam ce se întâmplă în lume... Mă credeam importantă, eram doar fiica avocatului Lupoaie, trăiam ca o prinţesă, crescută în puf.

Cele mai vii amintiri sunt cele legate de pensiunea „Notre Dame de Sion" din Galaţi, unde m-au lăsat pe vremea războiului. De fapt, era un spital-cămin unde măicuţele se ocupau şi de îngrijirea bolnavilor, dar şi de educaţia tinerelor fete. De la măicuţe am învăţat două limbi: franceza şi germana. Cântam bine la pian şi cea mai mare mândrie a tatălui meu era să interpretez diverse partituri când aveam musafiri. Când veneam în vacanţe, cântam în faţa invitaţilor. Nu ştiam de ce, dar guvernanta îmi spunea mereu că am mare noroc că sunt fiica domnului Lupoaie.

N-am întrebat-o niciodată motivul. Creşteam fără griji, la adăpost de foame, frig şi sărăcie, până într-o zi când în casa noastră am auzit plânsul disperat al lui maman.

— Of, Doamne, micuţă Mina, am rămas singure pe lume. A murit scumpul meu soţ. O să plecăm cât mai departe de oraşul ăsta, ca să nu mai fim ţinta răutăţilor. Soţul meu are mulţi duşmani, scumpa mea. Trebuie să ne punem la adăpost.

Aveam 13 ani la moartea tatălui meu adoptiv. Eram minionă şi firavă. Şi aşa am rămas toată viaţa. Ca un copil. Credeam că tot ce zboară se mănâncă. Credulă şi naivă. Eram fascinată de rochii cu volănaşe. Le alegeam pe cele mai scumpe. Maman mi le aducea din Paris, de la cele mai renumite case de modă.

În '48, viaţa mi s-a schimbat. Am fost nevoiţi să ne refugiem o vreme la Soveja, la conacul bunicilor. Am stat acolo până s-au liniştit apele. Între timp ni s-a confiscat averea. Pierdusem nişte case moştenite şi fabrica de ulei. Au fost naţionalizate. Nu mai aveam nimic. Sărăciserăm peste noapte. Leul se devalorizase şi trăiam ca vai de noi. Nu ne puteam adapta. Mama mea adoptivă trăise în lux, venea din mijlocul Parisului, cum să accepte sărăcia? Plângea mereu şi plănuia să plece din ţară. În fiecare zi îşi făcea bagajele, gata de plecare, dar tot amâna. Slujnica i le despacheta seara, dar a doua zi o lua de la capăt. Din nou împachetări, vorbea singură, până când a luat-o din loc. A început să vorbească în dodii. Se gătea toată ziua, se farda, îşi punea rochie peste rochie, câte două pălării una peste alta şi pleca de nebună prin jurul conacului. Uneori ajungea în pădure. O găseau oamenii într-un hal fără de hal, plină de julituri şi de ciulini. Slujnica nu mai dovedea să pună toate în ordine, până când a plecat şi ea. Ce să spun, Igor, abia atunci a început greul pentru mine...

Nu ştiam cum s-o întrerup, căci eu îmi doream de la ea altceva. Pentru mine era esenţial să aflu despre legionarul Miron Adăscăliţei, bunicul meu, iar mătuşa Mina nu mai contenea cu viaţa ei de profesoară de franceză.

— Mătuşă, sunt un elev conştiincios, dar să nu-mi ceri să ţin minte tot ce-mi povesteşti. Nu te strădui să mă înveţi franceza.

— Dar măcar o boabă de franceză trebuie să rupi, că nu se ştie cum ajungi în Franţa. Acum putem pleca oriunde, nu e ca pe vremea mea: trebuia să faci cerere, să te verifice până-n pânzele albe, dacă neamul tău n-a avut legături dubioase cu legionarii, cu spionii, dacă n-ai fost fiu de chiabur şi multe altele. Te verifica până la al şaptelea neam, până te lăsai păgubaş. Acum, trai neneacă, te urci în avion, pleci unde vrei.

— Las-o pe altădată. Ce zor am acum?

Tăcea cu un fel de supărare. Îmi aruncă o privire de un verde sidefiu în care desluşeam o oarecare mâhnire. Nu-i convenea când o refuzam. Devenea tăcută, punea ochii-n pământ şi nu mai puteai să scoţi o vorbă de la ea. Atunci fugeam repede la magazinul din colţ să-i cumpăr o ciocolată. Chiar doream să iau o gură de aer.

Era o zi de noiembrie cu o lumină galben-aurie ca frunzele copacilor. Soarele îşi pogorâse înadins paleta preschimbată când în verde, când în roşu, când în oranj, amestecându-le cu migala unui pictor.

Am tras aer în piept cu bucuria că aparţin acestui loc plin de minuni, satul copilăriei mele. Am zăbovit pe marginea drumului privind departe peste dealul Drăgaica acoperit de arbuşti roşiatici, gălbui-verzui, unii arzând ca nişte flăcări. Ştiam că în curând se vor dezgoli, că bruma le va scutura şi ultima frunză în agonia tânguielilor neînţelese de nimeni. Doar iarna o să-i mai învelească în promoroaca argintie, strălucind ireal în soarele zăvorât printre nori.

De câte ori îi aduceam ciocolată, mătuşa Mina se bucura ca un copil. O răsfăţam mereu cu tot felul de bunătăţi. Avea ceva de copil mofturos, uneori chiar se alinta. Îmi era teamă să nu dea în mintea copiilor, cum li se întâmplă bătrânilor. Dar mătuşa abia atunci avea chef de povestit.

Într-o zi i-am cumpărat chiar un balansoar, aşa cum îşi dorea. O duceam în curte şi o aşezam la soare în aşa fel încât să aibă toată pădurea în faţă. Vedeam cum toată figura i se lumina, privindu-mă recunoscătoare.

Bunicul meu legionar

S-a aşezat în el confortabil, ţinând capul pe spate ca să mă uit la ea. Începu cu un tremur în glas:

— Sunt gata, Igor, mi-am adunat gândurile. Eşti pregătit să asculţi o poveste de demult? O poveste despre care nimeni nu vrea să mai audă vreodată? Ei bine, află, Igor, că oricât am vrea să uităm, ea ne va urmări, este istoria noastră, oare cum s-o ştergi din memorie ca şi cum n-a fost?

— Vreau să ştiu tot ce este legat de bunicul meu, mătuşă!

— Prin anii '60, Igor, am reuşit să-mi cunosc tatăl biologic, pe Miron Adăscăliţei, după mai multe încercări eşuate. L-am găsit bătrân şi bolnav. Fusese legionar şi trăia în Bereşti, în fostul judeţ Covurlui, actualmente Galaţi. A făcut închisoare de mai multe ori, după cum mi-a mărturisit el. Ultima dată credea că va fi împuşcat. A stat mult la Jilava, într-o cămăruţă cu un pat fără saltea, cum erau paturile în închisorile de pe vremea aceea. Tatăl meu spera într-un trai mai bun pentru toţi românii, dar toate visele i se năruiseră. Nu mai credea în nimic.

— Mătuşă, parcă prea repede treci peste tot. Eu vreau detalii, vreau povestea.

— Ai răbdare, Igor, ţi-am relatat pe scurt cine fusese bunicul tău. Dar să nu-ţi închipui că nu ştiu toate amănuntele din viaţa lui.

— Asta şi vreau să aflu!

Întâlnirea cu el a fost un şoc. Semănam atât de bine, încât îmi recunoşteam până şi gesturile pe care le făceam uneori involuntar.

— Înţeleg, mătuşă. Şi mie mi s-a întâmplat să descopăr la mine gesturi pe care le făcea mereu tatăl meu. Uneori îi repetam expresiile pe care le folosea când se înfuria. Avea mereu o vorbă: „A fi om e lucru mare". O spunea când se supăra. Avea o singură înjurătură: „'tu-ţi america mă-tii!" Nu ştiu de ce înjura aşa, că nu călătorise niciodată peste mări şi ţări, dar cred că plecarea din ţara lui, din Basarabia, fusese atât de dureroasă, încât înjurătura suna ca o pedeapsă.

— Se poate, Igor! Tatăl meu suferis toată viaţa pentru ideile şi convingerile lui. I se citea asta pe chip. Avea o faţă lividă, astenică, chinuită de riduri şi de gânduri. Îi rămâneau uneori ochii într-un loc, duşi pe altă lume, de parcă ar fi comunicat cu cine ştie ce fantome, numai de el văzute. Privirea îi era piezişă, de animal hăituit, stând parcă la pândă pentru a se feri. L-am văzut de multe ori. Se deplasa greu. Aflasem de la un vecin că se întorsese în sat după ani mulţi de detenţie. Nu mai ştia unde-i sunt copiii şi nici nu avea puterea să-i caute.

— Nu numai puterea îl lăsase, dar, după cum spui, cred că era prăbuşit sufleteşte!

— Se întorsese în casa din Bereşti şi trăia singur de pe o zi pe alta, până am apărut eu, fiica lui cea mai mică. Răscolisem trecutul, apelasem la autorităţi, căci voiam să-mi cunosc rădăcinile. Voiam să aflu totul, să aflu cât mai multe despre mama mea. Atâtea am vorbit, că reuşise să mă transpună şi pe mine în perioada tinereţii lui zbuciumate. Îmi vorbea mai mult în şoaptă:

— Să ai grijă, fata mea, trăim alte vremuri! Să nu aminteşti nimic de legionari, nici celui mai bun prieten al tău, că nici nu ştii ce ţi se poate întâmpla. Ca să înţelegi, Mina, ce vremuri am trăit, o să-ţi vorbesc despre Mişcarea Legionară, ce a însemnat ea şi cât au suferit cei care au crezut şi-au făcut din legionarism un scop în viaţă. Cei mai mulţi s-au jertfit pentru ideile lor, însă alţii au trădat Mişcarea cu bună ştiinţă, din teama de-a nu fi ucişi. Aceia erau oamenii slabi, care n-aveau puterea să reziste, cei care ajungeau să aibă îndoieli.

— Aşa au fost de la început?

— Nici vorbă, fata mea! Asta s-a întâmplat mult mai târziu, când se alesese praful de legionari. Şi ca să supravieţuiască, încet-încet, s-au dezis de legionarism, s-au convertit la comunism sau chiar au devenit călăi în închisori, unelte docile ale comunismului. Erau mai periculoşi pentru că se prefăceau, unii îşi schimbau numele, îşi luau o altă identitate, de parcă cineva le ştergea creierul… sau poate că aşa îşi impuneau ei. Se converteau uşor, nu pentru că erau convinşi în adâncul sufletului că acela le e drumul, ci pentru că era singura lor şansă de a trăi.

— Bine, dar mai erau prietenii tăi?

— Prieteni? Erau în stare să te trădeze fără nici un regret, numai să le fie lor bine.

— Dar astăzi, tată, acei oameni cum te privesc?

— Acei oameni nu mai există, fata mea. Au fost împuşcaţi fără dreptul de a se apăra. Căci după ce i-au stors de informaţii, s-au debarasat foarte uşor de ei, ca de nişte rebuturi. Nu puteau supravieţui. Tot trădători se numeau.

— Dar acum?

— În ziua de azi, dacă eşti fiu de legionar, fata mea, ţi se iau toate drepturile. Mai mult, dacă spui ceva împotriva regimului comunist, te şi ridică! Eu m-am retras aici, în căsuţa asta unde am trăit cu mama ta mai mult de zece ani. Aici s-a născut şi fratele tău, Corneliu, şi sora ta, Zenaida. Tu te-ai născut în închisoare. Văd că te uiţi la mine cu o oarecare îndoială. Poate chiar îţi spui în sinea ta: „Bine, bine, tată, de ce te-ai făcut legionar? N-ai decât să pătimeşti! Te-am pus eu să te faci legionar?"

Tăceam. Ce puteam să spun? Ştii că după război mulţi viteji se arată! La critică ne pricepem toţi. Mă uitam la el. Îşi ferea privirea. Apoi scoase din buzunar nişte hârtii:

— Uite, fata mea, am nişte hârtii pe care le-am scris în închisoare. Le-am scris pe furiş şi cu migală. Sunt greu de descifrat. Să nu le arunci, Mina! Nu mai pot repara nimic din viaţa mea. E prea târziu şi sunt obosit. Toată viaţa m-am gândit la tine, nu te văzusem niciodată.

Ai venit pe lume la începutul lui martie 1934. Mama ta aştepta să te nască într-o celulă mucegăită în închisoare. Eu nu ştiam unde au dus-o, când îi venise sorocul. Gardianul mi-a adus vestea că te-ai născut. Mai multe n-aveam de unde să aflu atunci şi nici nu puteam întreba. După puţin timp, mi-a deschis celula gardianul şi mi-a ordonat să mă duc la comandant. Acolo am aflat cumplita veste că mama ta s-a stins. N-a mai vrut să-mi spună altceva, dar îşi ferea faţa de mine. Am văzut pe chipul lui o umbră de tristeţe şi m-a trecut un fior. Am îngenuncheat, rezemându-mă de perete, stăteam chircit acolo, cu capul în piept, înmărmurit de durere.

— Du-te, Adăscăliţei, du-te în celulă şi jeleşte-ţi nevasta! Vai de capul tău, amărâtule!

De atunci intrasem într-o muţenie totală. Simţeam că-mi fuge pământul sub picioare, că plutesc deasupra unei ape învolburate şi că-mi lipsea colacul de salvare.

Norocul meu a fost că l-am avut pe Corneliu Zelea Codreanu lângă mine. M-am aruncat în luptă alături de el. O să-ţi vorbesc despre el mai mult. Vreau să-ţi spun că arestările se ţineau lanţ. Eu nu mai aveam ce pierde. Îmi era indiferent de ceea ce se va întâmpla cu mine. Mă lăsam în voia sorţii. Nu mai ştiam nimic de copiii mei. Nu-mi mai păsa. Înduram alături de Codreanu toate nedreptăţile.

— Ca să înţeleg, trebuie să-mi spui cine era acest om.

Tăcea. N-a mai continuat discuţia. Îl urmăream şi îi vedeam ochii în lacrimi.

— Ştiu că te doare, tată! Dacă nu mai vrei, nu te mai întreb!

— Nu despre asta-i vorba, fata mea, dar uneori se învălmăşesc atâtea întâmplări că nu mai ştiu care, când şi cum s-au petrecut.

— Vorbeşte-mi despre ce vrei tu, tată!

— Ar trebui să încep cu începutul. Să știi cine am fost, cum am pornit eu în viață și cum mă sfârșesc acum ca un om prăbușit, învins, cu toate visele năruite, spulberate.

— Poate că atât au însemnat viața și destinul tău, dirijate de o mână nevăzută...

— Mi l-am ales eu, fata mea. Oamenii din jur au avut o mare influență, dar așa au fost timpurile și a trebuit să trăiesc după un anumit calapod...

– Te înțeleg, dragă tată, eu trăiesc acum alte timpuri, încerc să mă adaptez, dar e destul de greu. Uneori sunt nevoită să mint ca să mă apăr, deși nu mă simt în apele mele după aceea. Nu mai sunt eu.

Mătuşa Mina - fiică de legionar

De câte ori plecam din Bereşti aveam o stare ciudată, un amestec de regret şi bucurie, o nevoie lăuntrică de a recupera timpul pierdut, de a-i auzi glasul aproape şoptit şi obosit. Pe de altă parte, îmi era teamă de a nu fi descoperită că bat drumul dintre Brăila şi Bereşti. Eram tristă că l-am găsit bătrân şi bolnav. Pe vremea aceea îmi era frică să nu se afle că eram fiica unui legionar. Descopeream o altă faţă a lumii, cea în care trăise tatăl meu. Eram nerăbdătoare să mă întorc la Bereşti. Vorbeam din ce în ce mai puţin cu prietenele mele, iar la şcoală devenisem absentă la toate. Aşteptam cu nerăbdare sfârşitul de săptămână ca să plec la el.

Din nou întâlnirea cu tatăl meu. Îi aduceam toate bunătăţile. Voiam parcă să întorc anii şi să-l văd iarăşi puerni, sigur pe sine, hotărât în tot ceea ce făcea. Voiam să compensez foamea şi sărăcia în care trăise, chinul singurătăţii, indiferenţa societăţii, bătrâneţea lui suferindă. Îl găseam stând pe prispă pe un preş decolorat, ţesut la război, probabil printre puţinele lucruri găsite în casă. Se încălzea la soare. Era la începutul lunii mai, de Ziua tineretului, adică 2 Mai, cu drapele arborate peste tot în acest târg patriarhal. Tineri îmbrăcaţi cu haine noi, alţii în costume naţionale, probabil participau la vreo serbare câmpenească. Se auzeau râsete şi chicoteli pe uliţele târgului, maşini, căruţe, forfota unei zile de sărbătoare. Numai eu stăteam lângă tatăl meu încercând să-i ascult mărturisirile.

Îşi continuă ca un elev conştiincios povestea vieţii. Îmi aşternea pe tavă, filă cu filă, întâmplările vieţii lui, triste sau vesele, cu elan sau deznădejde:

− Aşa eram şi eu în tinereţile mele. Îmi era frică de ce urma să se întâmple şi atunci alegeam minciuna drept scut, căci e greu să te faci înţeles într-o lume în care cel mai puternic domină. Când l-am cunoscut pe Corneliu Zelea Codreanu, student ca şi mine la Drept, fiul renumitului profesor Ion Codreanu, modul meu de înţelegere a lucrurilor s-a schimbat.

− În ce sens s-a schimbat? L-ai luat drept model?

− Nu neapărat ca model, dar în preajma lui vedeai altfel lucrurile. Era un om direct, nu accepta jumătăţile de măsură, spunea lucrurilor pe nume.

− Cred că aveai nevoie de asta, tată. Porniseşi în viaţă fără repere sigure. Asta mi s-a întâmplat şi mie. Numai că am avut neşansa să nu dau peste oameni puternici. Am trăit o vreme la întâmplare. În cazul tău, poate că acest Codreanu avea nevoie să se înconjoare de oameni ca tine. Să se facă ascultat, nu crezi?

− Acum, după o viaţă de om, pot să cred şi asta. Avea o privire fosforescentă, de argint viu, tremurătoare şi intensă, încât nu puteai ascunde nimic, te prindea imediat. Uneori aveam impresia că ştie tot, că nu pot să mă sustrag, că n-aveam ce să-i ascund, căci el intuia totul şi mi-o lua înainte. În primul an nu m-am implicat în acţiunile pe care le iniţia Corneliu.

– Îţi era frică?

–Da, îmi era, într-adevăr, frică. Mă speria aglomeraţia Iaşului. Mă simţeam pierdut în mulţimea zgomotoasă a tinerilor entuziaşti în mijlocul cărora Codreanu se simţea bine. El avea întotdeauna ultimul cuvânt. Asta îmi plăcea cel mai mult la el. Voiam să îi semăn.

– Poate că a avut în familie un astfel de model.

– Desigur. Era naţionalist ca şi tatăl lui. Făcea gesturi extreme.

– Când ţi-ai dat seama de asta?

– Oho, nici nu-ţi închipui ce-a putut să facă! Trebuia să ai un dram de nebunie ca să te urci pe clădirea Atelierelor Nicolina şi să arborezi tricolorul, după ce doborâse steagul roşu al bolşevicilor. Era o învălmăşeală de nedescris, dar lui nu-i păsa. Străzile erau invadate de jandarmi, de studenţi cu şepci roşii pe cap, de alţi studenţi, printre care eram şi eu, huiduindu-i. Jandarmii ne loveau fără milă.

– Cum suportaţi? Reuşeau să vă doboare?

– Unii dintre noi o luau la fugă, dar ne ascundeam printre cei cu şepcile roşii, dar în furia jandarmilor, bolşevicii o încasau şi ei, de-a valma cu noi. Nu-ţi închipui ce-a fost!

– Au reuşit totuşi să vă doboare?

– Nici vorbă! Din curţile oamenilor ieşeau cu mic cu mare ieşenii să asiste la toată această desfăşurare de forţe în care se amestecau frânturi din „Deşteaptă-te, române" cu altele din „Internaţionala". S-a comentat mult fapta lui, deja avea mulţi simpatizanţi. Iaşul era în fierbere. Codreanu făcuse atunci o listă cu studenţi care să participe la Cluj la primul Congres al studenţilor. Asta se întâmpla prin septembrie 1922. Eram tineri şi nesăbuiţi. Nu ne era teamă de nimeni şi de nimic. Aveam gânduri mari, voiam să se vorbească despre noi. Mergeam pe stradă mândri, ţineam capul sus ca şi cum am fi spus: „Hei, oameni buni, uitaţi-vă la noi cât de importanţi suntem! Ne vedeţi? Ei bine, aflaţi că-n sângele nostru zvâcneşte biruinţa."

Ni se fixase deja în minte ideea că noi vom face pentru români tot ceea ce alţii nu reuşiseră. Eram după război, zdruncinaţi şi fără nici o tragere de inimă. Ne căutam revanşa în fapte mari, despre care să se vorbească cu mândrie. Iaşul era invadat de bolşevici. Lumea era nedumerită. Ăştia încercau să ne impună anumite reguli. Fără credinţă, fără sfinţenie şi smerenie. Să devenim, adică, oameni fără nici un Dumnezeu.

Corneliu avea sufletul într-o adâncă rugăciune. Când s-a început anul universitar fără să se ţină slujba religioasă, s-a opus neaşteptat de curajos. Împreună cu un coleg a baricadat intrările şi a închis Universitatea. „Fără slujbă religioasă nu se poate!", striga el. Comuniştii erau pe urmele noastre. Au vrut să ne prindă, dar n-au reuşit. Până la urmă s-a oficiat serviciul divin, aşa cum ne doriserăm. În acele momente ne-am cunoscut mai bine. În vacanţe ne întâlneam şi stăteam de vorbă serile până târziu. Deveniserăm prieteni apropiaţi. Toate frământările, toate neliniştile mi le împărtăşea mie.

Atunci, pe vremea studenţiei, jandarmii erau cu ochii pe noi. N-aş putea spune că se făceau prea mari presiuni, dar aveau grijă să stingă în faşă orice pornire de protest, aveau ordine clare în ceea ce priveşte tineretul Iaşului. Se temeau de noi. Deveniserăm o forţă. Încolţiţi din toate părţile, am ripostat cum am putut. Uneori chiar nesăbuit. Cum poţi să rabzi când vezi că sub ochii tăi se fac atâtea nelegiuiri? Să vezi oameni nevinovaţi, împuşcaţi fără judecată, la ordinul jandarmilor! Totul după bunul plac. Tăiau şi spânzurau. Dar să revenim la începuturile noastre, când credeam că o să răsturnăm munţii, noi, studenţimea ieşeană.

−Ca orice tânăr, tată! Nu m-aş da în lături dacă mi s-ar cere să fac ceva pentru ţară. Numai că acum hotărăsc alţii pentru noi. Povesteşte-mi despre oraşul moldav atât de iubit de mine!

Idealurile unor tineri

Iaşul era un oraş trist, cu aură provincială, un loc unde nu se întâmpla nimic, cel puţin până atunci. O toamnă aproape despuiată de frunze, golaşă şi pleşuvă. O vreme mohorâtă, cu ceaţă măruntă, înconjurând căminele din Râpa Galbenă sau vestitul Copou.

Acolo, în Copou, ne găseam liniştea, lângă teiul lui Eminescu. Cu braţele pline de prelegerile profesorilor, noi frământam cu mintea toate ideile de Drept civil. Visam să fim avocaţi renumiţi.

Eram puşi pe fapte mari. Corneliu n-avea astâmpăr. Era mai mare cu vreo doi ani decât noi, impunător, cu personalitate, îi plăcea să se situeze în fruntea noastră. Ne atrăgea la el puterea credinţei. De fapt, nevoia de a crede era mai puternică, aveam atuul vârstei. Ni se părea că nouă ni se cuvine să îmbrăcăm Iaşul într-o altă haină, să schimbăm lumea care părea că se năruie sub ochii noştri.

În anul următor, mai precis pe 28 martie 1923, ne organizăm un grup de patruzeci şi doi de studenţi, defilăm cu steaguri în faţa Universităţii şi tot atunci semnăm actul de înfiinţare a Ligii Apărării Naţionale Creştine, sub conducerea profesorului nostru, A.C. Cuza. A doua zi, Corneliu convoacă adunări în paisprezece puncte ale oraşului, dar este arestat şi ţinut o săptămână în penitenciar. Va povesti despre primele zile de închisoare în cartea de căpătâi, Pentru

Legionari. Toate aceste constrângeri din partea autorităților ne înverșunau și mai mult.

Cine eram noi? Tineri cu sufletul curat, cu credință, cu o nevoie de cunoaștere care ne unea ca o flacără în jurul profesorilor noștri. Voiam să aprindem această făclie pe tot cuprinsul țării. Lui Corneliu îi plăcea foarte mult să apară în mulțime. Se visa liderul mișcării studențești din toată țara. În septembrie, înainte de a începe anul universitar, vine la mine și-mi spune cu ochii strălucind de emoție:

– Gata, Miroane, am făcut toate pregătirile pentru primul Congres al Ligii. Îl facem la Câmpulung. Mergi cu mine, nu? Bucovina este cel mai scump loc de pe pământ. De acolo vin părinții noștri.

– Nu te pot refuza, Corneliu, dar să nu-mi ceri prea multe, că nu sunt eu făcut pentru a sta în frunte, pune-i pe alții.

Eram diferiți ca temperament și ca statură. Corneliu mă uimea de fiecare dată, pentru că era imprevizibil. Era înalt, subțire ca un adolescent, cu părul șaten, ondulat, căzându-i rebel pe frunte, cu o privire sclipitoare, fața ovală, de o frumusețe clasică. Nu puteai să nu întorci capul și să te oprești, admirându-l. Nu vorbea mult, dar tocmai tăcerea lui, însoțită de o privire intensă, scrutătoare, îi dădea o aură de mister.

În ciuda acestei tăceri, era totuși foarte impulsiv. Uneori mă speria, dar cu atât mai mult îi simțeam voința și înverșunarea împotriva bolșevismului care se infiltrase în Iașul anilor '20 cu lume pestriță, negustori, comercianți, cei mai mulți evrei.

Oraşul moldav îşi pierduse aura de legendă. Nu mai era învăluit în acea linişte provincială, cu uliţe înguste, pietruite haotic, descoperind în fiecare colţişor o fărâmă de istorie. Acum se simţea la tot pasul primejdia.

Oameni grăbiţi cu priviri piezişe, veniţi de nu ştiu unde, străini şi zgribuliţi, purtând şepci roşii, vociferau prin cârciumi, lălăind în noapte într-o limbă care nu avea nimic comun cu graiul dulce moldovenesc. Se încăierau din te miri ce, apoi se încingeau la un cazacioc, în timp ce se auzea în surdină o balalaică, reluând obsesiv acordurile într-un joc fără sfârşit. În toată această agitaţie, veneam noi, tinerii studenţi, să aducem credinţa, să cultivăm tradiţiile, să lucrăm asupra sufletului pentru cinste, corectitudine, pentru curăţenie sufletească, dar mai ales pentru păstrarea fiinţei neamului. Cine să ne creadă? Noi nu făceam politică. Noi luam atitudine. Cuvintele lui Corneliu păstrau ceva din ecoul munţilor. Erau adânci şi vuiau. El credea că răul şi mizeria vin de la suflet şi că asupra sufletului trebuie să ne aplecăm cu răbdare şi credinţă.

De multe ori îi urmăream gesturile, cuvintele şi înţelegeam că, prin firea lui neastâmpărată, nu va renunţa niciodată la ideile lui, nu se va abate de la viaţa legionară care devenise prin Corneliu Zelea Codreanu un stil de viaţă. Când ieşea în lume, se îmbrăca mereu în costum naţional. O dată a făcut gestul nebunesc de a întrerupe spectacole care pentru el nu erau destul de patriotice, a dat foc beretelor ruseşti ale studenţilor de stânga, ceea ce era să-l coste exmatricularea. Numai că avea susţinere, se baza pe renumele tatălui, prieten cu profesorul nostru, A.C. Cuza... Eu n-aş fi făcut asta! Una, că eram mai firav, nu mă prea asculta grupul din care făceam parte, mă acceptau doar pentru că trăiam în umbra lui Codreanu. Nu-mi plăcea violența, dar țineam să fiu în mijlocul evenimentelor pentru a-l susține pe Corneliu.

M-aș fi aruncat și-n foc pentru el. Ne lega puterea credinței. Simțeam că prin iubire și rugăciune vom păstra ce e mai de preț în ființa omului. Îi ascultam cu sfințenie ordinele, eram de acord cu programul lui și aveam convingerea că vom revoluționa țara, că vom instaura dreptatea și adevărul, că vom stârpi dușmanii țării.

− Sunt mulți, Corneliu! Noi suntem tineri, nu avem de partea noastră decât visele. Tatăl meu mi-a spus că ne luptăm cu morile de vânt!

− Da, Miroane, dar ce-ai zice tu dacă am organiza un complot și-i luăm pe nepregătite?

− Cum vrei tu să facem asta? Tu-ți dai seama? Cu ce arme? Avem noi puterea în mână?

− Avem inteligența! Uite, suntem la început de octombrie. Am stabilit împreună cu Ion Moța, bădia Ilie Gârneață și Radu Mironovici, care e un cap organizat, să ne sfătuim și să vedem ce avem de făcut.

− Merg și eu cu voi, dar trebuie mai întâi să știu ce-ați gândit!

− Dar pentru asta vei merge cu mine la București.

− Negreșit! Ar fi bine să-l consulți și pe profesor.

– Nici vorbă! N-ar fi de acord! Vreau să ne conducem singuri. Sunt unele lucruri, Miroane, pe care trebuie să le faci rapid... cu cât amâni, cu atât răul se întinde. Trebuie să fim radicali!

– Sunt de acord cu tine, dar oare ceilalţi gândesc la fel?

– Vom afla mâine seară. Ne vom întâlni cu reprezentanţii mişcării studenţeşti în Dealul Spirii, în casele lui Nicolae Dragoş, din str. 13 Septembrie nr. 41.

– Ai tu încredere în toţi? Cu cât sunt mai mulţi, cu atât e pericolul mai mare. Pereţii au urechi, Corneliu!

Am plecat cu trenul. La Buzău, Vernichescu ne-a spus că are o problemă de rezolvat şi că vine mai târziu. Corneliu nu i-a zis nimic, l-a lăsat.

– Oare ce-o fi având de făcut?

– Riscăm. Trebuie să-l înţelegem. Vom vedea!

În seara aceea, era o vreme mohorâtă. O ploaie măruntă, de toamnă, puse stăpânire pe uliţele abrupte din Dealul Spirii. Au venit mulţi, unii cu glugi pe cap. Mulţi străini cu priviri piezişe, nu ştiai dacă sunt cei chemaţi sau sunt trimişi înadins pentru a spiona.

Clădirea în care se ţineau întrunirile noastre era impunătoare, situată în mijlocul unei grădini înconjurate de plopi înalţi, încât din uliţă nu se vedeau decât luminile aprinse printre arbuştii ornamentali crescuţi de-a valma de jur împrejur. O casă boierească acoperită cu iederă agăţată haotic de zidurile scorojite de vreme, cum erau mai toate casele din Dealul Spirii. Proprietarul era plecat din ţară cu misiuni diplomatice, dar nu era străin de întrunirile pe care studenţii le ţineau în casa lui. Însă avea un alibi, faptul că locuia mai mult în străinătate.

Îi auzeam vocea lui Corneliu, o voce aspră, bărbătească, ca vuietul mării. Fără voia ta erai prins ca într-un cântec de sirenă, care te reducea la tăcere. Toate privirile erau aţintite asupra lui. Îi urmăream discursul prin care reuşea să ne convingă de situaţia din ţară, că

s-au încălcat cu bună ştiinţă legile ţării, că s-a dat mână liberă comercianţilor să-şi administreze averile pe spinarea poporului şi că scopul întrunirii noastre este de a înăbuşi această stare de lucruri. Altă soluţie nu există decât să dispară aceste creaturi ale răului.

În acel moment, în curtea interioară năvăliră jandarmii înarmaţi. Totul părea pus la punct din vreme. Ne-a înhăţat pe toţi, împingându-ne cu patul puştii în maşini camuflate, luând direcţia Văcăreşti. Într-un sfert de ceas ne săltaseră pe toţi. În mintea noastră se născuse întrebarea chinuitoare: cine a trădat? Dar despre trădare o să-ţi vorbesc altădată.

Acolo, în întunericul celulei, fiecare dintre noi simţea dezamăgirea. Numai Corneliu Zelea Codreanu căuta soluţii de întărire a mişcării noastre. Şi le-a găsit!

– Se consulta cu voi, tată, sau venea cu soluţiile lui pe care voi le acceptaţi?

– Le acceptam, căci erau bine gândite. Aşa a fost cu Frăţiile de cruce ca forme de cristalizare a ideilor noastre. Ele au fost înfiinţate la Jilava, când Corneliu fusese închis pentru o săptămână. La un moment dat, pentru noi închisoarea devenise o regulă de viață. Ne obișnuiserăm cu ea ca țiganul cu scânteia.

Organele de poliție aveau ordine să fie cu ochii pe noi. Eram considerați tineri rebeli puși pe fapte mari, dar care acționau mai presus de lege. Oare ce însemnau legile? Pentru cine erau făcute ele, dacă nu se aplicau? În jurul nostru domnea nedreptatea.

Prigonirea studenților legionari

Au fost multe momente de suferință legionară. Jandarmii erau gata să ne dea în cap. Cel mai expus era Corneliu, rebel și înverșunat. Era arestat, dar de fiecare dată eliberat.

Într-o zi mi-a povestit ce-a pățit. Îi ardeau ochii ca un foc nestins. Ținea pumnii strânși:

— Mă plimbam, Miroane, pe strada Lăpușneanu, cu cele două surori ale mele și pe lângă noi erau vreo zece colegi. Eram veseli, nu deranjam pe nimeni. Atunci am văzut un grup de jandarmi beți, venind spre noi cu bastoanele ridicate:

— Ei, răzvrătiților, vreți să vă arătăm noi ce înseamnă ordinea? Aveți clonțul mare? Lasă că vă umflăm noi botul...

Și, fără nici un motiv, se năpustiră asupra noastră, lovindu-ne cu cauciucurile și cu paturile de pușcă. Gică Manoliu a apucat patul de pușcă și i-a răsucit mâna unui jandarm. Acesta s-a întors și l-a lovit crunt peste fluierele picioarelor până l-a doborât. Apoi l-a arestat. După câteva săptămâni de arest într-o mizerie cruntă, Gică a făcut gălbinare și a murit în spital. Pentru asta nimeni n-a dat socoteală nimănui. Putem noi, Miroane, să stăm cu mâna în sân? Cel puțin eu eram cel mai îndârjit. Nu mai țineam cont de sfaturile profesorilor. Am luat singur inițiativa să înființez la Ungheni prima Tabără de muncă din România.

— Îmi amintesc bine, Corneliu, acest episod. Te admiram, dar în același timp mă speria curajul tău. Erai ca un militar printre noi. Îți plăcea să dai ordine. În mintea mea parcă și vedeam o grădină plină cu legume de tot felul. Aveam cu noi atunci niște răsaduri de roșii.

– Dar știi ce-am făcut în dimineața zilei de 31 mai? Am convocat mai mult de cinzeci de studenți, un grup de tineri organizați gata să ne apucăm de muncă.

– Eram și eu printre ei, nu-ți amintești?

– Crezi că atunci mă uitam în mod special la tine? Eu apreciam situația pe ansamblu. Aveam nevoie de voi toți.

– Atunci, Corneliu, n-aveai timp de mine. Dădeai ordine și te interesa doar finalul acțiunii noastre.

– Stai să vezi ce s-a întâmplat, că tu ai plecat repede, nu știu de ce.

– Da, am plecat, dar m-am întors repede, înaintea jandarmilor.

– Îmi închipui, tată, ce-a fost acolo! Era normal să intervină jandarmii. Nu te apuci de capul tău, oricât de bineintenționat ai fi, să te angajeni în acțiuni care privesc intreaga comunitate. Mie mi se pare că aici jandarmii n-au greșit.

–Ba au făcut abuz, fata mea! Făceam o treabă utilă, nu supăram pe nimeni. Stai să-ți povestesc cum a fost! Când aproape să terminăm de răsădit, văd în spatele grădinii vreo câțiva soldați cercetând terenul pe care noi îl cultivaserăm. Apoi încă vreo douăzeci de jandarmi, pregătindu-și armele. Ne-am oprit din lucru și priveam nedumeriți către ei cum își desfăşurau forţele, înconjurându-ne. În acel moment, intră pe poartă un nour negru de oameni înarmaţi, în pas alergător, cu revolvere în mână, scoţând strigăte şi înjurându-ne:

– 'Tu-vă mama voastră de derbedei, faceţi totul de capul vostru? Tulburaţi ordinea? Cine v-a dat vouă voie să faceţi tabără de muncă? Noi respectăm legea şi vă dăm noi câteva „tabere" pe spinare de n-o să puteţi să le duceţi! Marş de pe teren, urlă unul dintre ei, împingându-l cu patul puştii pe Corneliu.

Se oprise din povestit şi privea în gol. Parcă se blocase. Mă uitam la el cât era de neliniştit şi nedumerit. I se întunecase faţa.

–Ei, fata mea, atunci l-am văzut pe Corneliu ca o fiară! I se citea indignarea pe faţă. Îl vedeam cu pumnii strânşi gata să se năpustească asupra lui Manciu, dar îşi dădu seama la timp că n-are sens. Era neînarmat şi era o nebunie curată. Şeful de poliţie, Manciu, care-i fusese coleg de facultate lui Corneliu, îi purta sâmbetele, îl ura.

Mai târziu cănd am reluat discuţia, Corneliu mi-a dat câteva amănunte legate de incident. Parcă-l aud:

– Ei bine, Miroane, ai văzut toată faza?

– În învălmăşeala aia, te vedeam numai pe tine, mi se făcuse negru înaintea ochilor. Tremuram de indignare.

Ei bine, se îndreaptă către mine, îmi pune revolverul la tâmplă şi-mi şuieră:

– Codreanule, până aici ți-a fost! Te dai mare, ai? Vrei tu să faci stat în stat! Apoi strigă către doi jandarmi: „Legați-l cu mâinile la spate!"

Asta îmi povestea Corneliu când ne întâlneam, ne împărtășeam unul altuia necazurile din ultimele zile, căci nu eram mereu împreună. Își băteau joc de noi, fata mea!

Să vezi ce ni s-a întâmplat odată într-o altă busculadă, când au tăbărât pe noi jandarmii. Nu erau singuri. Venise și Manciu, nenorocitul! Miza pe faptul că e prefectul Iașului și că numeni nu-i poate sta în cale. Ținta lui era Corneliu Codreanu. Se vedea de la o poștă cu câtă ură îl privea. Avea un cui împotriva lui. Acum găsise momentul potrivit. L-am văzut pe Manciu cum s-a apropiat de Corneliu, l-a prins cu două degete de cămașă, rânjind:

– Ia te uită! Are costum național, marele patriot!

Corneliu sări ca ars, roșu la față, gata să izbucnească. De felul lui era tăcut, dar, dacă-l stârneai, era greu de oprit.

Manciu l-a smuls cu putere, a făcut un semn către câțiva agenți care l-au înhățat și dus a fost. Nu l-am mai văzut până a doua zi. A venit la mine răvășit și încordat ca un lup în vijelie:

– Ai văzut ce mi-a făcut? M-a scuipat, mi-a scos brâul cu forța, mi-a legat mâinile la spate, de parcă eram un infractor. Pentru el nu mai eram pe picior de egalitate. Uitase, nenorocitul, c-am fost colegi, uitase că mi-am ros coatele pe băncile Universității ca și el. Mă trata ca pe ultimul om. Cum să uit asta? Apoi mi-a dat un pumn în spate și unul în maxilarul drept. Jandarmul Vasile Voinea mă privi crunt și-mi șopti la ureche: „Până diseară te omorâm."

Câțiva camarazi au venit lângă mine:

— Ce facem? N-o să rezistăm. Hai să abandonăm lucrarea. Le promitem că renunțăm și ne salvăm pielea!

— Chiar așa de proști suntem? Cum adică? Să-i facem jocul lui Manciu? Să ne umilim în fața lui?

— Nu-ți dai seama ce ne așteaptă! Hai, Corneliu, să lăsăm totul baltă!

— Nu, nici nu mă gândesc. Trebuie să rezistăm, devenim mai puternici și mai uniți. O facem pentru binele țării! Cei care sunt acum, mâine nu vor mai fi, dar știm că noi vom fi aceia care vom schimba înfățișarea țării. Legionarul se formează prin muncă și prin suferință!

Mă uitam, Igor, la tata. Îmi era milă de el. Îi citeam furia pe chip, când povestea. Aveam impresia că vede totul în fața ochilor, că reînvie acest episod trist. Era poate începutul prigoanei lor. L-am prins de mână și i-am sărutat-o. Voiam să simtă că-l înțeleg și că sunt alături de suferința lui. Încercam să cântăresc situația. L-am lăsat o vreme în tăcerea lui. Se uita la mine cu un fel de mâhnire și neputință. Erau frânturi din viața lui pe care o rememora, dar parcă acum își dădea seama de zădărnicia credinței lui. L-am întrebat mai mult în șoaptă:

— Și ce-a făcut Manciu cu voi?

– Ce să facă! Era mereu cu ochii pe noi. Odată şi-a pus oamenii pe urmele noastre când răsădeam roşii în grădina de lângă Râpa Galbenă. Ne-au încercuit şi, la puţin timp, a venit şi vipera de Manciu. Parcă era turbat. Ne-a încolonat în front. A lăsat o distanţă apreciabilă între noi ca să fim văzuţi pe stradă de mulţimea de gură-cască, înşirată pe la porţi. Pe Corneliu l-a aşezat în frunte, la vreo zece metri distanţă, legat cu mâinile la spate, încadrat de opt jandarmi cu baionetele în mână, iar ceilalţi erau încadraţi de două sute de jandarmi.

Oamenii priveau nedumeriţi de pe margine şi nu înţelegeau ce-am făcut de eram duşi cu o escortă atât de mare. Am fost purtaţi aşa ca nişte infractori pe străzile Iaşului, pe strada Carol, prin faţa Universităţii, pe strada Lăpuşneanu, Piaţa Unirii şi Cuza-Vodă, până la Prefectura de Poliţie. În faţa Universităţii se adunaseră mulţi părinţi revoltaţi de ceea ce se întâmplase. Profesorul A.C. Cuza le spunea că nu e grav, că îi vor elibera când îşi vor da seama că n-au încălcat legea prin ceea ce-au făcut din propria iniţiativă. Apoi le explică părinţilor că tot necazul li se trage de la faptul că n-au avut aprobarea organelor în drept, că sunt restricţii şi nu este permis să ne organizăm în grupuri, de teama diversiunilor. Erau controale riguroase, să se ţină totul sub control. Din mulţime se auzi o voce puternică, plină de indignare:

– Restricţii când e vorba de muncă!? Unde s-a mai pomenit aşa ceva? Nici nu ştiţi prin ce au trecut copiii noştri! Au fost schingiuiţi ca nişte criminali!

O altă voce din mulţime:

– Ce rău fac aceşti tineri? De ce le tăiaţi aripile?

– Chiar aşa, domnilor, pe cine supără copiii noştri?

Mai multe voci izbucniră deodată:

– Vrem dreptate! Să fie pedepsit Manciu!

Profesorul nostru, A.C. Cuza, încerca zadarnic să-i tempereze. Până la urmă jandarmii au reuşit în forţă să-i împrăştie pe părinţi, dar vai de noi ce-am păţit!

Corneliu era cel care a suportat mai mult. Am aflat asta chiar de la el. Era răvăşit şi venise la mine glonţ după ce i-a dat drumul de la secţie:

– Poate vrei să afli, Miroane, ce mi-a făcut Manciu!

– Sigur că vreau să aflu de ce a fost atât de crud cu tine şi numai cu tine!

– Nu numai cu mine. Ne-a luat câte zece la rând.

– Şi ce v-a făcut?

– În primul rând ne-a descălţat pe toţi de ghete şi ne-a pus lanţuri la picioare. Apoi ne-au agăţat cu tălpile în sus şi aşa, atârnaţi cu capul în jos, cu tot sângele vâjâindu-ne în cap, a început să ne schingiuiască ca pe hoţii de cai. Manciu s-a dezbrăcat de haină şi ne-a aplicat la fiecare lovituri la tălpi cu o râncă de bou. Zbieram ca din gură de şarpe, Atunci venea comisarul Vasiliu cu o căldare de apă, ne scufunda capetele în ea ca să nu se audă strigătele de durere şi disperare. Cum să uiţi aşa ceva? În dimineaţa asta ne-a dat drumul urlând la noi:

– Să vă săturați, 'tu-vă mama voastră de „patrioți". Vreți să faceți stat în stat? V-ați găsit voi mai breji să treceți peste ordinele mele? Bă, eu sunt pașă în orașul ăsta, nenorociților!

Noi nu spuneam nimic. Eram toți bezmetici, legănându-ne de amețeală, înfometați și prăbușiți sufletește. Dar neînduplecați în crezul nostru legionar. Sperăm că va ieși și pentru noi soarele odată.

– Când se va întâmpla asta, prietene? Suntem tineri, vrem să facem multe, dar ni se pun mereu piedici și nu înțelegem de ce! Nu facem rău nimănui. Pe cine deranjează forța noastră de a ne apăra neamul românesc în fața celor care au năvălit în țară să ne facă legile, să ne conducă ca pe o turmă?

– Le este teamă de noi, Corneliu!

– Miroane, noi nu facem politică. Am pornit la drum pentru a schimba fața țării. Dar oare cum să reușim, dacă nu avem puterea? Nu vezi că tot ce facem este răstălmăcit și se termină cu arestări? Suntem bătuți și schingiuiți, oare de ce? Că vrem să ne apărăm țara de trădători?

– Noi nu suntem Dumnezeu, Corneliu! Este știut că până acolo te mănâncă sfinții!

– Atât de mult cred în acțiunile noastre, Miroane, încât ai văzut ce-am făcut: am declarat război partidelor politice.

– Bine, bine, dar cu ce ne alegem?

Îl priveam nedumerit, de parcă el ar fi trebuit să-mi explice de ce este atât de pornit împotriva ordinii sociale.

Vorbeam mai mult pentru mine. Voiam să-mi răspund mie însumi dacă e bine sau nu ce facem noi, legionarii:

– Cum susținem dreptatea și adevărul, ni se dă în cap! Sunt pe urmele noastre. Ce caută bolșevicii în țara noastră? Ce urmăresc ei? Să ne strice credința, să facă din noi sclavii lor? De ce oare cei de la putere nu văd asta?

Corneliu se uita la mine cu ochii lui albaștri cu umbre cenușii. Când era supărat privirea i se frământa ca valurile mării, devenea când plumburie, când verzuie, cu reflexe sidefii. Atunci bănuiam în adânc o mare profunzime a gândurilor. În acele momente, nu vorbea, dar tăcerea lui spunea mult mai mult. Apoi îi auzeam cuvintele care veneau ca niște lovituri de pumnal:

– Cred că nici nu și-au pus problema asta, prietene. Mai degrabă totul ține de orgoliu și de răfuieli personale. Poate chiar este vorba de afaceri necurate, ceea ce este și mai grav.

– Ai dreptate, prietene! Răfuielile se dau chiar la tribunal, în fața completului de judecată. Nu se feresc să scoată pistolul.

În vâltoarea evenimentelor

Corneliu visa să ajungă lider naţional, dar se izbea de dispreţul studenţilor bucureşteni, care-l priveau ca pe un provincial.

După Congresul Conducătorilor şi Delegaţiilor Mişcărilor Studenţeşti, Corneliu era puţin dezamăgit. A venit la mine acasă. Am vorbit toată noaptea.

– Miroane, vreau să fac din Iaşi oraşul visurilor mele, dacă voi reuşi să-mi pun în practică ideile. Am planuri mari, Miroane!

– Îţi place să fii în frunte, te-a remarcat şi profesorul. Suntem plini de idei cuziste. Suntem naţionalişti! Şi aşa vom rămâne!

– Nu-mi sunt străine astfel de idei, Miroane! Am crescut cu ele. Tatăl meu este prieten cu profesorul.

– De-asta nu te poate opri nimeni. Ai dat lovitura la Nicolina. Ai reuşit să pui tricolorul în locul steagului roşu!

– Este prima noastră victorie, Miroane! De-acum ne-am ales drumul! Vom lupta împotriva bolşevismului care a invadat ţara, îi vom atrage de partea noastră pe cei mai buni români! Căci noi, Miroane, trebuie să salvăm neamul de la pieire.

– Avem nevoie de sprijin, Corneliu! Altfel vom fi arestaţi şi trimişi în puşcării ca nişte şobolani, fără drept de apel. Interesele celor mari nu sunt aceleaşi cu ceea ce vrem noi să facem. Cui îi pasă că noi vrem o Românie curată, fără trădători, condusă din interior şi nu din afară?

– Vom reuşi să punem stavilă duşmanilor de neam şi ţară! De ce crezi tu că sunt atât de înverşunat împotriva celor care secătuiesc ţara de tot ce are mai bun?

– Păi eşti înverşunat, Corneliu, pentru că eşti idealist! Vrei prea multe. Nu accepţi niciun fel de compromis.

– Cum să accept? Crezi că omul nou acceptă jumătăţi de măsură? Vor să ne anuleze ca neam, îţi spun eu! Eu n-am nimic împotriva evreilor care trăiesc liniştiţi şi-şi văd de viaţa lor! Eu am ce am împotriva celor care s-au infiltrat în posturi de conducere, a celor care ne duc ţara la ruină, în timp ce ei se îmbogăţesc! Omul simplu trebuie să ştie care e duşmanul lui real.

– Ai grijă pe cine te vei sprijini, căci drumul e lung.

– Deocamdată doar pe mişcarea studenţească, dar numai pe studenţii cu idei sănătoase, că şi aici sunt destui care susţin bolşevismul. N-ai văzut, Miroane, câte şepci roşii sunt în universitate? Pe ei, Miroane! Îi vânăm pe toţi şi le luăm şepcile, să se sature de bolşevism!

– Dacă ar fi numai ei... Dar uite şi tu cât entuziasm printre muncitorii care cred în comunism ca-ntr-o religie! N-ai auzit cum se cântă pe strazi „Internaţionala"? I-am ars o palmă lui Pascu, aşa, ca să-l usture, îţi imaginezi? S-a găsit el mai cu moţ să cânte alături de nişte muncitori, pe stradă, sub privirile pline de entuziasm ale altor colegi. Păi cum să stai cu mâinile în buzunar? Ne ducem de râpă cu astfel de trădători!

– Da, ai dreptate! Dar noi n-am cântat „Deşteaptă-te, române"? Să vedem care pe care!

– Nu mă pot abţine! Vreau să atrag de partea mea toată studenţimea! Asta vreau!

– Eşti răzvrătit, Corneliu, vezi ce faci! Volens nolens ne-am împărţit în două tabere, îi spusei eu izbucnind în râs.

– Măcar dacă ar crede în ceea ce fac, dar sunt sigur că s-au lăsat duşi de val, ăştia sunt credulii, Miroane. N-au idee de adevărata stare de lucruri.

– Ar trebui să stăm de vorbă cu ei. Poate au alte convingeri şi chiar sunt sinceri.

– Îi cunosc, Miroane! Joacă după cum li se cântă. Ăştia sunt oamenii slabi. Uşor de dus de nas.

– Uite, să ştii că am discutat cu Pancu. Ştii ce mi-a zis? Să lăsăm justiţia să-şi facă treaba. Iar în ceea ce ne priveşte, nu avea o părere prea bună.

– Ştii tu, Miroane, dacă justiţia e de partea adevărului? Când doi oameni de rând pornesc la judecată, fiecare crede despre dreptatea sa că e cea mai justă. Şi se jeluiesc şi se zbat, fiecare crede că dreptatea e de partea lui. Poate oare justiţia să facă dreptate? Cu ce argumente răstoarnă adevărul celuilalt? Poţi tu, Miroane, să mă convingi că dreptatea e numai şi numai de partea ta?

– Legile sunt făcute ca să fie aplicate după cum bate vântul.

– Păi vezi? Tocmai asta vreau să fac eu! Să împiedec marea anarhie pe care o fac comuniştii! Ăsta a fost imboldul meu! Când m-am aruncat în luptă, Miroane, a fost ca şi când aş fi văzut focul care mistuie o casă, am sărit în ajutorul celor cuprinşi de flăcări. Atunci am înţeles că suntem în pericol de a ne pierde ţara. Că nu mai avem ţară! Oare de ce muncitorii ăştia care cântă inconştienţi Internaţionala nu văd că sunt sărăciţi şi exploataţi?

– E vorba, deci, de o revelaţie!

– Da, Miroane, e şoapta divină: casa neamului mistuită de flăcări! Credinţa în Dumnezeu ne este salvarea, Miroane!

– Ei, vezi? De-asta sunt alături de tine, Corneliu! Ne leagă această credinţă nestrămutată în izbăvirea neamului prin credinţă!

– Numai prin credinţă, Miroane, ajungem la sufletul omului, să-l facem mai bun, mai pur, mai aproape de adevăr!

– Îţi înţeleg trăirile, prietene! Nu ne va fi prea uşoară viaţa! Ai fruntea în negurile cerului şi picioarele în mocirla infernului! Ţine minte vorbele mele, dragul meu prieten!

– Ce zici tu de războiul pe care l-am declarat partidelor politice?

– Păi ce să zic? E o nebunie curată!

Corneliu era sufletul acestor acţiuni. La câteva zile, la începutul lui iunie am organizat proteste împotriva nelegiuirilor lui Manciu. Eram susţinuţi de profesorul A.C. Cuza.

În octombrie, eu şi Corneliu ne-am dus la tribunal. Se judeca procesul împotriva lui Manciu. Fusese trimis în judecată pentru maltratare. Ne amestecăm prin mulţimea din sală. Corneliu s-a dus în calitate de avocat. Şi-a găsit un loc pe banca avocaţilor.

Urmărea cu atenţie acuzarea şi apărarea. La un moment, se întoarce spre mine precipitat.

– Ce faci, Corneliu?

Era alb ca varul. Îşi pipăia pistolul la brâu. Tremura. Nu-i convenea cum decursese procesul. Avea presentimentul că Manciu va fi achitat şi i se părea de neîngăduit aşa ceva.

– Canalia asta trebuie să dispară! Nu suport înscenările. Nu suport minciuna. Auzi? Era în exerciţiu funcţiunii! Auzi, circumstanţe atenuante! O să-l achite, o să vezi! Şi tânărul ăla ca o floare zace în pământ!

– Să nu faci vreo prostie! Nu merită! Îţi pierzi libertatea!

– Nu vreau, Miroane, să-mi pierd libertatea, dar Manciu trebuie să ştie că-i un satrap. Am să i-o arunc în faţă.

– Nu face asta, că nu va fi singur. Nu ştii ce ţi se poate întâmpla.

– Sunt înarmat. Mi-am luat măsuri de precauţie. Vreau să-i văd faţa când am să-i arunc în faţă toate mizeriile pe care le-a făcut şi pentru care trebuie să putrezească în închisoare.

– Renunţă, prietene! E periculos!

Tatăl meu se oprise pentru o clipă. Privea în gol. Aveam impresia că n-are chef să mai continue relatarea acestui episod.

– La ce te gândeşti? Ţi-e rău? Să ne oprim, dacă nu mai poţi!

– Nu, Mina, nu de asta, dar episodul ăsta îmi răscoleşte sufletul. Am regretul că n-am făcut mai mult să-l pot împiedieca pe Codreanu să facă prostia.

– Poate îi ajunsese cuţitul la os!

– Şi eu cred asta, mai ales că, până la urmă erau pe picior de egalitate, iar Manciu îl tratase ca pe un borfaş!

– Ce-mi povesteşti tu, tată, mi se pare un mare risc pentru Codreanu. Se pare că nu-i păsa de ce se va întâmpla cu el.

– Chiar aşa era. Lua totul pe cont propriu.

– Şi ce-a urmat apoi?

– N-am putut să-l urmez îndeaproape. A ţâşnit de lângă mine.

– Cum s-a întâmplat?

– Cu puţin timp înainte de a se suspenda sedinţa, Codreanu a ieşit din sală primul, fără să se mai uite la mine. Era transfigurat. Fruntea îi era invadată de broboane de sudoare. Pe culoar îi ieşiră în faţă trei agenţi înarmaţi. Erau agenţii lui Manciu. În spatele lor păşea Manciu surâzând, însoţit de inspectorul Eugen Closs şi de Gheorghe Huşanu. I-am văzut cum s-au retras în umbră, după una dintre coloanele de pe partea dreaptă. În stânga se deschise o uşă dublă din care ţâşnirã mulţi oameni comentând nemulţumiţi. Câteva femei aveau lacrimi în ochi. Manciu era impasibil. Agenţii lui Manciu în poziţie de drepţi în faţa judecătoriei. Corneliu Zelea Codreanu se depărtase puţin să fumeze o ţigară alături de câţiva tineri. Manciu îi rânji, îl ameninţă şi-l înjură!

Codreanu îi ieşi în faţă:

– Canalie, crezi că vei scăpa uşor?

– Ascultă, naţionalistule, nu faci tu legea în Iaşi. Aici eu sunt paşă! Când ai să înţelegi că sunt trimis aici să aplic legea?

– N-ai dreptul să-ţi baţi joc de aceşti tineri, să le frângi tu aripile ca să ieşi bine în faţa superiorilor tăi!!!

– Am eu ac de cojocul tău, măi Codreanule, de-ai să uiţi şi ţâţa pe care-ai supt-o de la mă-ta! Eu am puterea, nu tu!

– Odată tot o să ţi se înfunde, Manciule!

– Măi, derbedeule, îţi adun eu toată haita în puşcărie, 'tu-ţi crucea mă-tii cu arhanghelii tăi cu tot!

În acel moment, Manciu făcu un semn discret agenţilor, înclinând capul spre Corneliu. Agenţii se îndreptară spre el. Corneliu se retrase într-o parte şi aştepta încordat. Îi tremurau picioarele. Manciu striga să fie imediat arestat.

În acel moment Codreanu trage în Manciu, care se prăbuşeşte în capul scărilor. Mai trage încă un glonte în Eugen Closs, inspectorul, care însă nu se prăbuşeşte. Corneliu trăgea de frică, îi tremura mâna. Apoi aruncă pistolul, ridică mâinile şi se predă!

– M-am apărat! Altfel trăgeau în mine! Dar nu-mi pare rău! Nenorocitul a primit ce trebuia. I-am răzbunat pe părinţii studenţilor schingiuiţi.

Îl târau jandarmii şi loveau în el fără milă. Atunci l-am văzut pentru prima dată în cătuşe.

A fost un proces lung. Aşteptam veşti şi nu erau dintre cele mai bune. Nu i-au acceptat martorii. S-a fabricat un rechizitoriu aşa încât să iasă crimă cu premeditare, deşi erau dovezi clare că a fost legitimă apărare.

– Din ce-mi povesteşti, tată, situaţia era destul de complicată. Conflictul era destul de grav. Nu numai Codreanu este cel care intra în conflict cu autorităţile, ci toată gruparea studenţească, nu?

– Bineînţeles, de aceea era chemat Manciu în judecată. Maltratase mulţi tineri, părinţii se revoltaseră, era fierbere mare în tot Iaşul.

Răfuieli şi orgolii nemăsurate

Ca să înţelegi, fata mea, cum s-a ajuns aici, trebuie să mă întorc cu un an în urmă, pe 5 septembrie 1923.

Situaţia se agravase mult, fata mea, când Manciu fusese numit, în fruntea Prefecturii Poliţiei din Iaşi. La început a fost primit cu simpatie de cuzişti, dar ulterior se constată că Manciu nu-i în toate minţile şi că se repede ca un turbat asupra studenţilor creştini, împiedicându-le orice manifestare, însăşi dreptul sacru de a se închina la biserică. După o vreme, multă lume constată că are mania persecuţiei, i se pare că în Iaşi mişună bandiţi înarmaţi care vor să-i curme viaţa. Pe Codreanu îl invidia şi făcea tot felul de comentarii răutăcioase în faţa apropiaţilor:

– De unde o fi având Codreanu ăsta bani de aleargă de la un capăt la altul al ţării? Vrea să fie şeful unei mişcări zgomotoase ca să-şi câştige faimă? Lasă că-l aranjez eu!

Cei din anturajul lui Manciu încercau să-l tempereze.

– Cu ce te deranjează pe tine, Costică? Este treaba lui! Tu îţi faci treaba ta.

– Dar nu vezi ce faimă are? Mă umbreşte!

Adelina, soţia lui, punea paie pe foc:

– Tu vrei să-l laşi, dragul meu, să fie mai presus de tine? Un ţărănoi! Nu vezi cum se îmbracă? Numai în costum popular ca să-şi facă adepţi în popor! Atrage, bărbate, poporul de partea lui! Toţi studenţii roiesc în jurul lui! Iar tu, tu cu ce rămâi? Mâine, poimâine te striveşte!

— Lasă asta, dar ce-o să spună superiorii mei? Că sunt slab? Că nu pot să-i ţin în frâu?

— Păi ce crezi, dragul meu, până la urmă să vezi că o să te înlăture! Trebuie să-i ţii sub control! Să-ţi ştie toţi de frică.

Aşa că Manciu se puse pe bătăi, schingiuiri, maltratări de tot felul, arestări fără mandat. Asta era practica lui. Cum era de aşteptat, după aceste violenţe, studenţii începură să se organizeze, să pună la cale tot felul de planuri de răzbunare care să meargă până la suprimarea unor miniştri şi, mai ales, a lui Manciu.

Vreau să ştii, fata mea, că s-a mai întâmplat un fapt destul de grav înainte de împuşcarea lui Manciu. Nu vreau să-ţi dau prea multe detalii despre ce s-a petrecut în acei ani, cert este că studenţii acţionau nesăbuit. Apoi, erau atât de multe frământări, conflicte cu autorităţile, răfuieli în tot oraşul, se întâmplau tot felul de nelegiuiri şi de-o parte şi de alta. Uneori îmi era teamă. Nu eram întru totul de acord cu pornirea lor de a răspunde cu aceeaşi violenţă. Studenţii credeau, în utopia lor, că pot suprima partide politice, că pot anihila trădătorii pe care îi bănuiau infiltraţi în viaţa politică a ţării.

Să-ţi povestesc, fata mea, cum au aflat autorităţile de complotul din Dealul Spirii. Ei, ţi-am spus că spre Bucureşti a mers cu noi şi Vernichescu care era, chipurile, alături de Codreanu. Pe atunci venise de la Cluj şi Ion Moţa, un tânăr entuziast pus pe fapte mari. O să-ţi povestesc şi despre el. Ce crezi că face Corneliu? O listă cu cei care trebuiau lichidaţi. Ce face Vernichescu? Coboară la Buzău, chipurile, să ia nişte bani de la o rudă. Se înfăţişează la Prefectură şi dă în vileag complotul. Cum era de aşteptat, când ajungem în Bucureşti, chiar în timpul întrunirii suntem toţi arestaţi, inclusiv Vernichescu. Fusese de formă arestat, căci el era de fapt sursa de informaţie, chiar şi în închisoare. Continua să-i divulge pe complotişti. Moţa merge pe firul faptelor, intră în posesia declaraţiei lui Vernichescu şi atât i-a trebuit. Îi trimite o scrisoare trădătorului: „Vernichescule, am aflat de nemernicia ta şi este în interesul tău să iei legătura cu mine." De fapt, îl atrăsese într-o cursă. Ăsta se duce la întâlnire cu Moţa la registratura închisorii. Nu se aştepta să-l ia Moţa în primire:

– Fă-ţi cruce, ticălosule, că vei pieri! Apoi apăsă pe trăgaci. Ăla cade plin de sânge, în timp ce toţi agenţii erau în alertă. Moţa aruncă pistolul şi spune foarte calm:

– Ticălosul şi-a primit pedeapsa meritată.

Şi-a atras în acest fel un val de susţinere din partea celor încarceraţi la Văcăreşti. Şi cei din afara închisorii îl susţineau pe Moţa. Erau de părere că fapta lui Moţa e a noastră, atâta timp cât a zdrobit ţeasta şarpelui. Unii, mai înverşunaţi, strigau că pentru moartea unui trădător n-au de gând să-şi facă semnul crucii. Mai mult, se pun în vânzare mii de cărţi poştale cu chipul lui Moţa şi al lui Leonida Vlad, cu un text tipărit, amintindu-le că studenţii întemniţaţi sunt români adevăraţi.

Urmarea care a fost? Moța este achitat în septembrie 1924. Ce crezi că a însemnat pentru studenți? Încurajarea de a porni din nou la luptă, de data aceasta împotriva lui Manciu.

Ei, află, fata mea, că ți-am spus toate astea pentru că în închisoarea de la Văcărești s-au compus cele mai emoționante scrisori. Acolo erau toată simțirea, toată gândirea, toate trăirile studenților care au făcut parte din complotul din Dealul Spirii. Era acolo adunată toată suferința din întunericul închisorii.

− Din tot ce mi-ai povestit până acum, am impresia că situația era de netolerat. Dacă niște tineri încercau să-și facă singuri dreptate, înseamnă că erau într-adevăr prea multe nedreptăți, prea multă teamă, dar mai ales lipsă de încredere în autorități care, după cum mi-ai povestit, acționau după bunul plac.

Procesul lui Manciu

– Cam aşa au stat lucrurile. Dar trebuie să-ţi spun cum s-a desfăşurat procesul lui Codreanu pentru uciderea lui Manciu.

Acuzarea a fost necruţătoare, s-a fabricat un rechizitoriu din care trebuia să reiasă crimă cu premeditare. Au fost audiaţi numai martorii acuzări. Cei ai apărării, care erau vreo opt, nici nu au fost luaţi în calcul. Ştiam din informaţii sigure că Ecaterina Antoniu văzuse şi auzise totul. Era singura care ştia că a fost legitimă apărare. Mai era şi avocatul Alex Zamfirescu, însă acesta îşi alege cuvintele, cum că n-ar fi auzit bine, dar că l-a văzut pe Manciu că s-ar fi îndreptat spre Codreanu, moment în care a auzit cum s-a descărcat arma. Era clar c-a fost legitimă apărare. Judecătorii, în special Mihai Eşianu, n-a acceptat decât premeditarea, care atrăgea după sine complicitatea. Aşa că pe Corneliu îl aşteptau ani grei de închisoare.

Lucrurile însă n-au stat aşa. Căci, ca şi în cazul lui Ion Moţa, cei de afară pregăteau terenul pe alte căi pentru a-l ajuta pe Codreanu. Cât a fost Corneliu în închisoare, adepţii lui n-au stat degeaba.

De altfel, mişcarea studenţilor avea un ecou favorabil în epocă: acela de renaştere naţională, de purificare a moravurilor, lupta împotriva corupţiei. Toate astea au avut un impact psihologic. Câştigaserăm simpatia şi compasiunea oamenilor.

Mai mult, Ion Moța, Ilie Gârneață, Radu Mironovici și alții au editat în volum Scrisorile studențești din închisoare, cu scopul declarat de a oglindi „tot sufletul, gândul și mintea celui ce a vărsat sângele lui Manciu" și de a influența opinia publică și jurații.

A fost cel mai mare tărăboi cu acest proces. La început s-a ținut la Iași, însă din cauza conflictelor repetate, procesul s-a mutat la Focșani. Dar și aici s-a creat un val de simpatie care tulbura bunul mers al procesului. Pentru a evita situațiile neprevăzute, mai ales că aici erau foarte mulți evrei care ar fi generat conflicte nedorite, procesul a fost strămutat la Turnu-Severin.

– Foarte curios, dragă tată, de ce autorităților le era teamă de acest proces, doar aveau cum să pună stavilă unor conflicte…

– Aveau cum să oprească eventualele nemulțumiri, dar opinia publică era mai puternică. Manciu era detestat de aproape toți locuitorii Iașului. Avea numai antipatii pentru măsurile dure, uneori extreme pe care le lua după bunul plac. În plus, erau deja victime nevinovate, tineri studenți creștini cărora le interzisese să se închine într-o biserică. Și asta din cauza maniei persecuției, aceea de a nu i se șifona imaginea lui de mare prefect.

– Păi în cazul ăsta cel mai nimerit ar fi fost să fie înlăturat din funcție la momentul potrivit, până să se ajungă aici.

– Cine să se gândească la asta? Superiorii lui, care-l ridicau în slăvi? Manciu era intangibil. Era foarte apreciat.

Nu s-a gândit nici o clipă că s-ar putea să fie ucis. Credea că are toată situaţia sub control.

– Dar iată că s-a întâmplat...

– A fost un proces de pomină. Toată ţara era în vervă.

– Şi totuşi care este explicaţia, tată?

– Explicaţia este în primul rând psihologică. Starea de spirit pe care au creat-o scrisorile din închisoare. Vorbele lui Corneliu ajungeau la minţile şi inima românilor. Pentru că în ele nu era numai povestea unui neam obidit, ci şi speranţa că vom ieşi la lumină, că vom reuşi.

–Este o pornire pur omenească să-l susţii pe cel năpăstuit, tată dragă! Asta cred că s-a întâmplat. Omul de rând n-are cum să de-a crezare celui care are legea în mână şi-o aplică în favoarea lui.

– Acum să ştii, dragă Mina, că suferinţele „văcăreştenilor" în altă situaţie n-ar fi spus mare lucru; acum însă, în procesul lui Codreanu, au avut ecou în rândul celor mulţi care au început să-şi pună speranţa în noi, cei care îmbrăţişaserăm ideile lui Codreanu şi deveniserăm o mişcare studenţească puternică. Noi eram puritatea, sufletul nepervertit, bucuria uni ideal.

– Totuşi, tată, crima era clară, iar verdictul trebuia să fie necruţător, nu-i aşa?

– Uite că n-a fost aşa. Achitarea lui Codreanu se săvârşeşte tocmai datorită acestei stări de spirit care reverberează până în sala de judecată, iar juraţii pronunţă verdictul „nevinovat". Şi se întâmplă asta departe de locul faptei, în colţul celălalt de ţară, la Turnu-Severin.

Corneliu mi-a povestit ce s-a întâmplat la Turnu-Severin. O să-ţi relatez o secvenţă, aşa cum mi-o amintesc:

− Aşteptam rezultatul-începe Corneliu. Cu mai puţină emoţie, dar totuşi cu emoţie. Peste câteva minute, auzim în sala cea mare tunete de aplauze, strigăte, urale. N-am avut vreme să judecăm prea mult, pentru că uşile s-au deschis şi mulţimea ne-a luat pe sus, ducându-ne în sala de şedinţe. Lumea, când am apărut purtaţi pe umeri, s-a ridicat în picioare strigând şi fluturând batistele. Preşedintele Varlaam era şi el cuprins de un val de entuziasm căruia nu i-a putut rezista (...) Mi s-a citit verdictul de achitare, după care am fost luat pe sus şi dus afară, unde se aflau zeci de mii de oameni. Cu toţii au format un cortegiu şi ne-au dus pe braţe, pe străzi, în timp ce lumea de pe trotuare arunca flori. Am fost condus în balconul lui Tilică Ioanis, de unde, în câteva cuvinte, am mulţumit tuturor românilor din Turnu-Severin pentru marea lor dragoste pe care mi-au arătat-o cu prilejul acestui proces...

Eram impresionat de ce-mi povestea. Îl ascultam plin de emoţie:

− Când trenul, împodobit cu drapele şi verdeaţă, a intrat în Craiova, peronul gării era plin de peste zece mii de oameni, care ne-au ridicat pe sus şi ne-au dus în dosul gării, unde cineva ne-a urat bun venit şi biruinţă. A vorbit profesorul Cuza şi am vorbit şi eu câteva cuvinte. La fel am fost primiţi în toate gările mari. Ce spui de toate astea, Mina?

– Se întâmpla ceva care nu putea fi stăvilit, nu?

– Aşa este! Era o mişcare naţionalistă de amploare care, în ciuda presiunilor pe care le făceau autorităţile, nu putea fi înăbuşită.

– Nu crezi că era o ocazie chiar să dărâme guvernul?

– Codreanu nu ţintea puterea şi nici n-a vrut-o vreodată. Altele erau scopurile lui. Să lucreze asupra sufletului.

– Dar e o utopie asta, tată!

– Da, în final, s-a dovedit a fi o himeră! O himeră care a lăsat atâtea victime, mii şi mii!

– Cum a fost primit în Iaşi?

– Să nu crezi că i-a fost chiar bine. În sufletul lui cred că se simţea singur. Profesorul Cuza îl evita. Era stânjenit. Se rupsese ceva între ei.

Iorga nu mai voia să audă de el. Îi devenise duşman înverşunat. Pierduse şi mulţi simpatizanţi ai Mişcării. Numai eu eram lângă el. Îl înţelegeam, deşi în sinea mea nu puteam să fiu de acord cu ceea ce a făcut, oricâte argumente ar fi avut. Credeam însă în judecata justiţiei. Dacă ar fi fost vinovat, n-ar fi fost achitat. Aşa gândeam atunci, dar uneori aveam şi eu o oarecare şovăială în preajma lui. Şi el simţea asta. Dar viaţa mergea mai departe.

Era mai trist, mai tăcut, mai preocupat şi frământat. Căuta soluţii. Când tăcea, gândea. Îmi plăcea felul lui de a fi. Lăsa impresia că nu te vede, avea o privire pătrunzătoare, uneori întunecată ca o negură, alteori limpede ca zorile azurii…

Întâlniri în taină

La începuturile noastre legionare, primeam printre noi pe colegii care aveau o mare încredere în ei, puternici, hotărâți, tineri care nu acceptau compromisuri, dar mai ales pe cei cu mare credință în Dumnezeu. Acesta era leagănul nostru sufletesc.

Apoi am început să umplem închisorile. Intram din ce în ce mai des în conflict cu autoritățile care împiedecau pe toate căile acțiunile noastre. Eram în închisoare, schingiuți, înfometați și înfrigurați. În întunericul celulei aveam viziuni. Eram atât de singuri, încât simțeam cum coboară asupra noastră Duhul Sfânt. Atunci ni s-a înfățișat Arhanghelul Mihail, îi simțeam prezența cu toată acuratețea și ne făcea bine. Poate din cauza schingiuirilor, dar mai ales a foamei, avuseserăm asemenea viziuni, dar toți am simțit protecție divină.

Eram nedespărțit de Corneliu Zelea Codreanu. De câte ori ne întâlneam, îmi destăinuia toate gândurile lui. Uneori nu-l recunoșteam. Eu eram smerit, el era răzvrătit ca un haiduc, gata să încalece pe cal și să întâmpine dușmanul cu pieptul dezgolit. Avea o paloare care-l făcea mai frumos. Cu părul ondulat, în dezordine, răvășit, cu câteva șuvițe căzând pe frunte, Corneliu ne fascina! Era cel mai înalt dintre toți, avea peste un metru optzeci. Ochii albaștri adunau în ei limpezimea cerului de vară și văpaia soarelui. Mă surprindea patosul cu care vorbea, deși puțin. Mai mult tăcea, dar când izbucnea, în vocea lui se auzea parcă ecoul strămoşilor, cerându-i să facă dreptate.

Mi-a fost greu să vorbesc cu tatăl meu despre fapta lui Corneliu. Mă evita. Cred că era dezamăgit. Dar după ce a fost achitat mi-a spus:

– Băiete, cheamă-l pe Codreanu într-o scurtă vizită. Am nişte nedumeriri în ceea ce-l priveşte.

– Nu fi aspru cu el tată! Judecă-l în contextul în care a acţionat.

– Dacă a fost achitat înseamnă că se schimbă datele problemei, nu?

Întâlnirea cu tatăl meu a fost oarecum stingheră. Corneliu tăcea. Ocolea privirea mereu, întorcea capul, părea vădit stânjenit. Tatăl meu a venit lângă el, i-a pus mâna bărbăteşte pe umăr şi i s-a adresat dojenitor şi oarecum ironic:

– Ce face romanticul nostru? Tot cu capul în nori?

– La câte am tras de la o vreme încoace, domnule Adăscăliţei, mi-a cam pierit elanul. Va trece mult timp până să-mi revin.

Adevărul este că tatălui meu îi făcea plăcere să-l provoace. Când venea la noi, Corneliu se aprindea uşor. Îşi susţinea ideile cu argumente solide şi nu puteai să nu-i dai dreptate.

Era distins ca un cavaler medieval, avea în colţul buzelor un surâs misterios. Uşor înclinat în faţă, ne privea atât de intens, încât ochii lui albaştri scânteiau parcă într-un joc de lumini şi umbre.

– Tinere, mă bucur să te revăd! Ia spune, de la ultima noastră întâlnire şi până acum, ai reuşit să răstorni munţii?

– Încă nu, domnule Adăscăliţei, dar cred în forţa mea de a instaura o altă ordine şi de a salva ţara de la pieire.

– Mă bucur şi de aceea nici nu încerc să te contrazic. Miron mi-a spus cât eşti de înverşunat. Am aflat şi de fapta ta, care s-ar putea să-ţi aducă necazuri cu timpul. Va fi un impediment în cariera ta politică, în cazul în care vei dori să intri în politică.

– Nu-mi doresc asta. Până atunci sunt alte lucruri pe care trebuie să le pun la punct. Avem nevoie de pregătirea tinerilor. Cu asta mă voi ocupa. Schimbarea va porni de la suflet.

– Am înţeles că ai pus pe picioare o mişcare studenţească, e-adevărat?

– Mai mult de atât! Am ajuns la Cluj, unde a fost o grevă studenţească. Acolo, în inima Ardealului, întotdeauna s-a aprins flacăra. Neamul românesc a trăit prin Horia, Avram Iancu, prin Tudor şi Iancu Jianu, dar şi prin toţi haiducii…

– Şi tu pari a fi unul dintre ei, Corneliu, numai că tu n-ai să accepţi să mori degeaba, nu-i aşa? Eşti un om de acţiune şi pentru tine contează fapta şi nu vorba, după cum mi-a povestit Miron. Se pare c-ai tras destul în timpul studenţiei.

– Aţi pus punctul pe „i", domnule Adăscăliţei. Vreau acţiune, vreau să se mişte ceva în ţara asta. Voi organiza o „mişcare naţională a românilor".

– Eşti idealist, tinere! S-ar putea să fie o mare capcană, nu crezi?

– De ce-ar fi o capcană? Visez să fac o mare adunare naţională sub faldurile unui steag negru cu bordură din tricolor şi cu o pată albă la mijloc, ca o nădejde a învierii neamului.

– Ideea de a face un partid de mase e o ficţiune, tinere, nu te hazarda în ceea ce nu se va realiza. Eşti prea idealist. Crezi că te va susţine Bucureştiul? Crezi că bucureştenii nu au orgoliul lor? Iar Clujul nici atât!

– Cred în ceea ce fac! Trebuie să punem în valoare tradiţia creştină şi sufletul românesc.

– Ai un curaj nebunesc, Corneliu! Îţi pui viaţa în pericol.

– Ce poate fi mai grav decât umilinţa la care am fost supus de fiecare dată când am fost arestat?

– De ce-aţi ajuns acolo? Ar fi fost mai bine dacă vă ascundeaţi să nu fiţi descoperiţi!

– Dar noi vrem dreptate, domnule Adăscăliţei! Sunt un om credincios şi numai Dumnezeu ne poate salva!

– Cui îi pasă de asta? Puterea e mai presus decât Dumnezeu, băiete! Eşti tânăr şi nu ştii câte orgolii, câte ambiții, câte interese sunt în joc! Cui îi pasă că voi vreți binele națiunii?

– Ei, aflați că pentru toate aceste convingeri ale mele am fost închis! Aveți idee ce-am îndurat? De neimaginat! M-au ținut cu capul în jos, m-au legat de picioare, apoi mi le-au prins de tavan, m-au lovit cumplit la tălpi. Credeam că acel moment îmi va fi fatal, dar Dumnezeu m-a apărat. Cum credeți c-am ieșit eu din închisoare? Mai pot fi eu același om? Și n-am stat decât o săptămână!

– Dacă nu-ți schimbi atitudinea, s-ar putea să fie și mai rău. Acesta e abia începutul.

– Da, cred. Dar asta îmi dă putere!

– Nu știu ce vei face, dar sper să înveți din toată experiența asta, să te mai temperezi și să gândești înainte de a acționa!

– Tatăl meu mi-a sădit în suflet alte convingeri și nu voi renunța! Dinte pentru dinte!

– În cazul acesta, tinere, vei avea viață grea! Nici nu vreau să mă gândesc unde vei sfârși!

– Unde? Sus, acolo unde-mi este locul. Pentru binele națiunii voi trece prin foc și sabie! Vreau să fiu liderul studențimii românești, vreau să atrag de partea mea cât mai mulți adepți, iar masele să vibreze de bucurie când le vom întâmpina.

– Acesta este elanul tău tineresc! Nici nu-ţi dai seama în ce te bagi! Întotdeauna să fugi de grupuri, căci au tendinţa să acţioneze ca o turmă şi ferească Dumnezeu de furia mulţimii!

– Aici daţi-mi voie să vă contrazic! Marile revoluţii s-au făcut prin revolta mulţimii! S-au răsturnat guverne!

– Da, ai dreptate, dar ele au fost dirijate de oamenii politici care s-au ascuns în spatele acestei forţe.

– Noi vom intra în memoria colectivă, domnule Adăscăliţei, şi vom forma conştiinţe! Vom fi o şcoală spirituală!

– Şi cum o să faci asta, romanticule înflăcărat?

– Cum? Vom mărşălui prin sate să se audă până în cel mai îndepărtat cătun, pentru că noi suntem singurii care vom aduce bunăstarea acestei ţări!!

– Eşti bântuit de fantasme, dragul meu! De când e lumea şi pământul, evrei, neevrei, comercianţi de orice neam ar fi ei, s-au strecurat nepedepsiţi. Aşa că nu mai visa tu la cai verzi pe pereţi!

– Şi atunci să stăm cu mâinile în sân? Să facem concesii trădătorilor de neam şi ţară? Pot eu să fiu indiferent când îi văd cum fac afaceri veroase şi se îmbogăţesc peste noapte? Spuneţi!

– Ai dreptate, dar eşti idealist! Apoi măsurile tale sunt prea dure, tinere!

– Nu sunt dure! Ce e rău în stârpirea răului? E rău că îndreptăm sufletele şi inimile înspre Dumnezeu, implorându-i ajutorul? Vrem să construim oraşe noi, drumuri, spitale, şcoli, să schimbăm faţa ţării, să fie de vis. Să aducem bunăstare şi belşug tuturor românilor!

– La modul ipotetic, Corneliu, dar să te văd cum pui toate astea în practică?

– Cum? Cu fapta, nu cu vorba! Eu cu mâinile astea două o să fac cărămizi, o să deschid şantiere de lucru, tabere de muncă, eu voi fi în fruntea tuturor, ca să dau exemplu...

L-am condus pe Corneliu la mansardă, unde a preferat să înnopteze. Eu m-am întors în salon, unde mă aştepta tatăl meu oarecum răvăşit. Rămase nemişcat la masă şi privea în gol. Apoi ridică ochii spre mine:

– Sper să nu ajungi şi tu atât de războinic. Te ştiu paşnic şi chiar te avertizez să nu intri în vâltoarea politică. E cel mai periculos drum.

– Bine, bine, tată, dar cineva trebuie s-o facă! Suntem tineri, avem idealuri!

– Astea nu sunt idealuri, dragul tatei, sunt iluzii!

– Iluziile sunt motorul vieţii, tată!

– Nu ştiu ce te apropie de Corneliu, Miroane! Sunteţi total diferiţi!

– Poate-mi place la el ceea ce eu nu am. Corneliu compensează nevoia mea de dreptate. Aşa m-ai educat!

– Prietenul tău, băiete, e mai degrabă un romantic înflăcărat, decât un luptător gata să ucidă duşmanul. Pare prea blând pentru ceea ce are de gând să facă din viaţa lui. Vom vedea dacă îşi va pune capul pe altarul credinţei şi al adevărului, vom vedea ce va face el cu trădătorii de neam şi ţară. Până atunci, stai deoparte dacă nu vrei să înfunzi puşcăria.

– E singur, tată! Numai eu îl înţeleg. Mie îmi spune orice. Are încredere în mine, chiar dacă nu sunt de acord cu ideile lui. De cele mai multe ori reuşesc să-l temperez.

– Nu te-amesteca, băiete, în politică! Fugi ca dracu' de tămâie. Suntem prea săraci, n-ajungi departe cu asta. Codreanu n-are decât s-o facă. Taică-său e un om influent, îl cunosc bine, l-am auzit vorbind, e făcut pentru asta.

– Dar, tată, noi vrem să instaurăm adevărul, să apărăm ţara de hoţi.

– V-aţi găsit tu şi Codreanu să scoateţi hoţia din ţară. Asta n-o să se întâmple la noi, pentru că hoţii sunt mai tari. Vezi-ţi de treaba ta! Dacă vei intra în politică, vei avea mult de îndurat. Eu poate n-o să mai fiu, dar odată o să-ţi aduci aminte de vorbele mele, băiete!

Vinovat de orgoliu nesăbuit

Nu l-am ascultat. Eram la vârsta când credeam că toată lumea e a mea. Apoi simțeam cum Iașul fierbea și în mijlocul lui noi, tineri plini de vise! Corneliu iradia de entuziasm și energie. În plus, îl căutam, aveam nevoie de el. Prin vorba lui apăsată și prezența-i carismatică, ne aduna în jurul lui. Eram uniți prin aceeași credință. În adâncul nostru simțeam că numai noi vom schimba fața lumii și că salvarea noastră este în Dumnezeu.

Mai târziu Corneliu mi s-a părut de nerecunoscut. Stăteam tot mai mult de vorbă despre procesul de la Turnu-Severin. Nu știu de ce, dar mi se părea că-l macină ceva și simțea nevoia să desfacă firul în patru. Ceva îl neliniștea, dar era din ce în ce mai furios.

– Ce se întâmplă cu tine, Corneliu? Îți simți conștiința încărcată? Te simți vinovat?

– Vinovat pentru ce? Pentru abuzurile lui Manciu, Miroane? Ce să regret? Că Manciu făcea legile în Iași? Că îi bătuse pe tineri și îi schingiuise cu brutalitate, încât părinții erau disperați? Câtă suferință a adus acest satrap al poliției ieșene? Îmbătat de putere, șuiera cu vocea de tunet că în Iași el este pașă!

– Știu asta. Mi-ai spus.

– Da. Ți-am spus, dar îmi place s-o repet ca o acuzare de la care a pornit tot disprețul lui pentru tineretul Iașului.

78

Atunci l-am văzut pe Corneliu într-o ipostază care m-a speriat. Nu mai era el, cel blând şi cumpătat. I se citea furia pe chip. Ochii îi ieşeau parcă din orbite. Ţâşneau ca nişte flăcări, de parcă s-ar fi pregătit să trimită săgeţile spre duşmanul de moarte care era Manciu.

– M-a înjurat, Miroane, m-a lovit. Mai mult, a pus haita de agenţi pe mine. Asta a umplut paharul. Manciu a primit ce merita. Prea multe umilinţe! Cu ce drept? N-a adus războiul atâta durere? Câţi părinţi nu-şi plâng şi acum fiii ucişi în război?

– Crima e crimă, prietene!

– În locul meu vorbesc scrisorile studenţilor din închisoare. Adevărul trebuie să triumfe!

– E numai adevărul tău, prietene! Nu se face dreptate cu pistolul!

– Dar cum, Miroane? Câte vieţi vrei să mai aşteptăm? Nu vezi câtă corupţie este în ţară? Şi nimeni nu face nimic! O să facem noi, ai să vezi! Zdrobim capul duşmanilor de neam şi ţară!

– Ai dreptate, Corneliu! Dar soluţia este să intri în Parlament. De acolo poţi lupta cu armele politicianului cinstit, punându-te în slujba cetăţeanului. E anarhic ce faci acum şi se va lăsa cu multă vărsare de sânge. De acolo de sus votezi legi, propui soluţii de redresare care să-l ajute şi pe cel mai sărman român! Trebuie să participi la treburile ţării!

– O să ajung şi acolo! Dacă românul de rând ne va cunoaşte, va înţelege că noi suntem salvarea lui!

Stăteam de vorbă în salon fără să ştim că tatăl meu intrase neobservat, nevrând să ne întrerupă din conversaţia noastră înflăcărată. Se aşezase cuminte pe fotoliu, fumându-şi în linişte pipa. Tăcea şi ne asculta. Se vedea pe faţa lui îngrijorarea. Îi pândea lui Corneliu toate mişcările. L-a lăsat să-şi reverse furia. L-a ascultat calm, apoi i-a spus cu blândeţe:

– Oricâtă furie ai strâns în tine, băiete, nu-ţi strica viitorul, acţionând sub impulsul răzbunării. Acum te-au salvat scrisorile din închisoare, dar altădată s-ar putea să fii tu victima numărul unu.

– Domnule Adăscăliţei, adevărul va triumfa. Nu vă puteţi imagina cum a fost momentul achitării. Cred că aţi aflat că procesul s-a judecat la Turnu-Severin.

– Am aflat, tinere! Nu merge chiar aşa de departe! Nu ştii care e situaţia în ţară? Judeci lucrurile după entuziasmul de conjunctură, generat de un proces?

– Nu numai după asta. Dar ştiu cum stau lucrurile. În toată ţara s-a format un curent naţionalist aşa de puternic, încât am putea schimba legile, dacă am ajunge la guvernare. Am câştiga, cu siguranţă, alegerile. Sunt hotărât să candidez în anul următor. Poate îmi surâde norocul să pun în aplicare planul Mişcării noastre.

– Este foarte adevărat. Eu înţeleg. Cât ai fost în închisoare, se răspândeau scrisorile, lumea comenta şi toţi îţi dădeau dreptate. Cine a avut ideea asta cu scrisorile, tinere avocat? Era o strategie de-a ta?

– Acolo erau gândurile mele, neliniştile, insomniile mele. Numai cu gesturi extreme vom stârpi răul, domnule!

– E inutil să te contrazic, dar ştii tu povestea cu răsturnatul munţilor! Eu, poate, n-o să mai trăiesc, dar Golgota pe care vrei să urci, tinere avocat, e abruptă şi chiar imposibil de urcat. Te agăţi cu disperare, scormoni pământul cu unghiile, vrei să ajungi sus, dar e greu de crezut că vei vedea cerul!

Seara am rămas în cerdac până târziu. Corneliu părea prăbuşit! Cred că suferea. Ceva se întâmplase în sufletul lui. Nu mai era acelaşi. Avea o tristeţe în ochi şi o paloare pe chip. Părea un animal hăituit.

– Ştii tu, Miroane, ce le-am spus eu copiilor? I-am privit pe toţi şi eram copleşit de inocenţa lor. Mă speria gândul că sunt nevoit să le spun: „Sărutaţi cu drag ţărâna ţării, călcaţi încet, încetişor. Dedesubt sunt oase multe şi sânge mult."

– Astea erau, fata mea, cuvintele lui, izvorâte din inima lui de român adevărat. Îi plăcea să repete asta de câte ori ne întâlneam.

– Să înţeleg, tată, că s-a jerfit pentru un ideal în care a crezut până la moarte. Şi ca el, milioane de legionari!

– Aşa este. Înduram prigoana, ştiam că luptăm pentru o idee: izbăvirea neamului. Până la jertfă! La Jilava, s-a zdruncinat tot eşafodul misiunii noastre! Care este adevărul?

Unde este dreptatea? De ce ni se dictează de-afară ce să facem? Trăim într-un năvod în care stă la pândă duşmanul. O plasă care ne limitează zborul!

– Asta se întâmpla cu tine, tată, dar nu şi cu Corneliu Zelea Codreanu.

– Nu. Nici vorbă! A fost cel mai credincios idealului său şi a stat pe baricade până la sfârşit.

Nunta lui Codreanu

Trebuie să-ţi spun, Igor, că întâlnirile cu tatăl meu erau bucurii de neimaginat. Abia aşteptam vacanţele. Uneori căutam diferite pretexte să pot pleca pentru câteva zile de la şcoală. Odată, îmi amintesc, am făcut rost de un concediu medical pentru o boală închipuită. Se putea şi aşa. Plecam, de nu mai ştia nimeni de mine. Când mă vedea intrând pe poartă, îi râdea faţa. Era numai zâmbet. Încerca să se ridice de pe prispă să mă întâmpine, dar îl opream:

– Stai liniştit, tată, nu te ridica.

Mă uitam la picioarele lui umflate ca nişte butuci, cel puţin în ultimul an de viaţă avea mereu nevoie de diuretice să elimine apa. Se mişca din ce în ce mai greu.

– Stai, fata mea, lângă mine, că nu se ştie cât o s-o mai duc. Nu prea mai am putere.

– Să înţeleg, tată, că ai trecut prin momente de grea cumpănă. Cred că aveai nevoie din când în când de cuvintele lui Codreanu ca să te susţină, căci îmi dau seama că de unul singur nu prea aveai curaj.

– Da, fata mea, aveam nevoie ca de aer să ştim că el există şi că Mişcarea trăieşte. Când eram închis, reuşeam să-mi menţin starea sufletească gândindu-mă la toate discuţiile noastre. Ştiam că fără el n-o să reuşim nimic. Frământam vorbele lui în singurătatea celulei straşnic păzită, umedă şi cu miros greu de mucegai. Trebuie să recunosc, sunt mai fragil decât el. Deşi aveam credinţă, deşi ştiam că scopul Mişcării Legionare era de a păstra românismul, uneori instinctul meu de conservare personală era mai puternic şi-mi venea să abandonez! Mă revoltam, mi se părea că va fi inutil, va fi zadarnic tot ce încercăm să facem. În subconştient îmi ziceam: „Gata cu Mişcarea! Vreau să fiu liber, să nu mai trăiesc cu frica în sân că mă va aresta!"

Nu eram mulţumit de mine. Nu puteam nega faptul că în sinea mea eram un inconsecvent şi mă lăsam copleşit de emoţie ca o muiere!

Îl admiram pe Corneliu pentru echilibrul lui, pentru disciplina pe care a reuşise s-o impună, pentru faptul că nu se înşela în privinţa oamenilor. Ştia să facă selecţia.

Mă însurasem înaintea lui cu câteva luni.

Să-ţi povestesc despre nunta lui. A făcut-o la Focşani, pentru că asta a fost dorinţa focşănenilor, iar Corneliu s-a ţinut de promisiune. Îmi amintesc cât şi-a dorit să facă din nunta lui un eveniment al românilor. Era legat de tradiţie trup şi suflet. Mereu se îmbrăca în costum naţional. Era cea mai mare bucurie a lui.

Atunci eram îngrijorat pentru că ieşise de câteva zile din închisoare şi toată atenţia jandarmilor era îndreptată spre el.

Toate prefecturile din judeţe erau în alertă. Nunta lui se anunţa ca o sărbătoare care tindea să-i aducă multă popularitate lui Corneliu.

— Lilica... Lilica trebuie să fie în siguranţă, Corneliu!

– Asta m-a ţinut întreg la minte în închisoare, Miroane! Ştiam că mă susţine. Ne iubim. Dumnezeu va proteja iubirea noastră.

– Fii cu mare grijă la nuntă! Să nu crezi că nu vei fi vizat. Tu crezi că ăştia stau cu mâinile în sân? Tu crezi că n-ai duşmani? Cu cât eşti mai cunoscut şi mai iubit de popor, cu atât trebuie să-ţi păzeşti pielea, prietene! Eu te-aş sfătui să faci o nuntă discretă, fără tam-tam prea mare. E periculos. Manciu nu mai e, dar sunt ceilalţi. Crezi că lasă ei lucrurile aşa?

– Ştiu, Miroane! Am expus-o deja pe Lilica la destule riscuri. La nici trei luni după logodnă, poliţia a dat buzna în casa părinţilor ei, au percheziţionat-o de-a fir a păr, ca să găsească dovezi în legătură cu asasinatul. Am aflat apoi prin oamenii mei că se urmărea eliminarea mea în închisoarea de la Galata. Lilica ştia că mă aşteaptă ani de temniţă grea, dar a fost alături de mine. Lilica mă iubeşte, Miroane! E prea târziu să mă ascund. Deja am trimis invitaţiile. Vreau să fac din nunta mea o manifestare grandioasă a sentimentelor naţionale.

– Nu vreau să te sperii, dar populaţia evreiască este foarte îngrijorată. Unii chiar au părăsit Focşaniul. S-au trimis telegrame către prefecţii Poliţiei şi către inspectoratele generale din Focşani că nunta lui Codreanu va fi însoţită de o demonstraţie antisemită. Este aşa? Ai avut cumva o asemenea nesăbuinţă, Corneliu?

– Nici vorbă! Să nu încurcăm lucrurile. Este nunta mea şi atât! C-aş vrea să am alături tot poporul, este adevărat, că vreau să le transmit un mesaj de adâncă prețuire și să-i fac părtași la cel mai important moment din viața mea, nu pot nega. Aș vrea ca nunta mea să fie și un prilej de redeșteptare a unor sentimente naționale, asta urmăresc.

– Și de ce identifici nunta cu ideile legionare?

– Pentru că sunt mire și pentru că sunt fericit și vreau să împărtășesc această fericire cu poporul meu!

– Cine știe, mai târziu poporul o să vrea să te atingă ca pe niște moaște, îi spusei zâmbind cu nonșalanță.

– Până atunci, te aștept la nuntă. Lilica este sclipitoare! Voi face din ea cea mai fericită femeie din lume!

Era exuberant. Nu îl văzusem niciodată așa. Tăcerea lui însemna gândire. Cuvântul lui era greu și cu tâlc. Numele lui flutura pe buzele tuturor. Știa că este în centrul atenției și simțea o mare apăsare. Poate din orgoliu n-a vrut să-mi spună, însă îi ajunsese la ureche că are mulți dușmani care vor să-l elimine.

– Vrei să știi cum arăta Corneliu în ziua nunții? Era ca un Făt-Frumos! Călare pe un cal alb, mergea agale spre casa miresei. Îmbrăcat în nelipsitul costum național, cu cămașă albă din borangic, pantalon alb, prins într-un chimir lat, cu păru-i șaten, răvășit, căzându-i rebel pe frunte. Era imperial. Calul, cu pas încetinit, aluneca în fața nuntașilor pe un drum care ducea în afara orașului, spre Crâng. De-o parte și de alta a șoselei, printre copaci, multă lume, copii mai mari și mai mici, tineri, fete și băieți, un freamăt de bucurie domnea pe întinsa pajiște. Toți aveau buchete din flori de câmp și erau îmbrăcaţi în costume naţionale, răspândiţi pe aiurea. Atmosfera era sărbătorească. În urmă venea carul miresei cu şase boi, împodobit cu o bogăţie de flori multicolore. După carul miresei se înşirau mii de alte care, trăsuri şi automobile, toate încărcate cu flori.

Ajunsesem acolo înaintea mirilor, când se făceau ultimele pregătiri pentru oficierea nunţii. O mare de oameni prinşi într-o horă imensă dansa în cinstea mirilor. Răsunau tobele în tot crângul. Îmbrăcaţi în costume naţionale, ţăranii jucau la nunta lui Corneliu Zelea Codreanu. Mulţi îl vedeau ca un zeu. Totul s-a filmat, s-a reluat şi la Bucureşti, numai că Ministerul de Interne a dat ordin să se confişte filmul, apoi a fost ars. N-am înţeles de ce au făcut-o. Pentru ce? Era o nuntă, un eveniment de familie. Cred că era o mare temere în ceea ce priveşte propaganda Mişcării Naţional-Creştine, o alternativă la guvernare, îngrijorătoare pentru cei aflaţi la putere.

Apoi a urmat botezul fiului meu. Primul meu băiat, cu numele de Corneliu. Ne înrudiserăm prin alianţă, cum se zice. Botezul a avut loc la Ciorăneşti. Corneliu a creştinat atunci o sută de copii. Şi de data aceasta I.I.C. Brătianu a încercat să-l împiedice, decretând stare de asediu în oraş.

Avântul în politică

— Mă întreb şi acum, fata mea, care a fost greşeala lui. Ştiu că dorea să răstoarne din temelii nedreptatea. Ştiu că dorea din toată inima să stârpească duşmanii ţării, pe care el îi vedea pretutindeni, agăţaţi de funcţii mari care le dădeau dreptul să taie şi să spânzure după bunul plac. Ştia că nu poate face nimic fără putere. Atunci a intrat în vâltoarea politicii. Asta a fost, cred, începutul sfârşitului.

Candidează în mai 1926 pentru judeţul Putna, dar pierde. Pleacă în Germania să-şi dea doctoratul. Este nevoit împreună cu soţia să execute cusături populare româneşti pentru a supravieţui. Nu va reuşi să-şi continue studiile. Abandonează. „N-am fost niciodată bun la carte", va spune el cu amărăciune. Se întoarce repede în ţară să-şi pună în aplicare ideile privind mişcarea naţionalistă. Îi adună pe văcăreşteni la Iaşi în casa din strada Florilor şi înfiinţează în 1927 Legiunea Arhanghelului Mihail sub deviza: „Să vină cel ce crede nelimitat, să rămână afară cel ce are îndoieli". L-am văzut din nou plin de entuziasm:

– Miroane, unde-i încredere, acolo este şi credinţa în destinul neamului. Legionarul se teme de păcat, de Dumnezeu şi de momentul în care forţele lui fizice şi psihice îl scot din luptă. Frăţiile de Cruce nu sunt de-ajuns pentru a acoperi întreaga Mişcare din ţară. Vreau să mă despart de profesor, Miroane, de naşul Cuza. Nu mai face faţă. Am planuri mari şi nu-l pot include pe el.

— Nu e un gest de nesinceritate, Corneliu? Gândeşte-te bine!

— E bătrân, Miroane! Cum îţi închipui c-ar face faţă în călătoriile noastre prin ţară? Tu îl vezi mărşăluind pe uliţele satelor cântând imnul nostru?

— Te-ai gândit la un imn? Nu poţi porni la drum numai cu văcăreştenii! Să ştii, Corneliu, că scindarea Ligii o să fie în defavoarea ta, se vor depărta de tine, vei rămâne numai cu grupul tău şi nu vei avea putere.

— Dacă este adevărat că noi, care am trecut prin ce am trecut şi ale căror trupuri au suferit, am fi în stare de o asemenea imfamie, de a ne vinde în grup la inamic, atunci nu rămâne decât să se pună dinamită acestui neam şi să fie aruncat în aer. Nu merită să trăiască un neam care a născut şi crescut la sân asemenea copii.

— Ai grijă, prietene, gândind astfel, îţi pregăteşti terenul pentru prăbuşire!

— Ştiu ce spun! De la mişelie până la trădare nu e decât un pas! Cel care trădează nu merită să trăiască! Pentru trădători voi avea mereu pistolul la brâu.

— Cu astfel de idei vei rămâne singur. Câţi adepţi ai până acum în Legiune?

— Puţini. Dar nu mă grăbesc să elaborez programe. Îmi voi atrage adepţi prin cântece patriotice. Mesajul va fi mai puternic. Dacă vrei să ştii, ne-am găsit imnul pentru Legiune: „Sculaţi, români!"

– Ei, aici s-ar putea să ai dreptate! Omul se prinde mai degrabă în cântec decât în vorbărie!

– Da, dar pentru a cânta, omul are nevoie de o stare sufletească, de armonie în sufletul său. Cel ce merge să fure pe cineva, acela nu poate cânta. Nici cel ce merge să facă o nedreptate. Nici cel al cărui suflet e ros de patimi şi vrăjmăşie faţă de semenul lui. Şi nici acela al cărui suflet e sterp de credinţă.

– Nu ştiu, prietene, de ce te-ai desprins de Ligă, nu ştiu dacă vei fi mai puternic prin scindare. Tu vrei să faci o şcoală? Vrei mai degrabă o oaste decât un partid politic? Oastea Arhanghelului Mihail? Dar ce fel de oaste fără ostaşi?

– O oaste fără programe!

– Va fi un vid ideologic!

– Un vid, zici? Îl vom umple cu catharsisul cânteculului şi vibraţia va fi mai mare! Îl vom umple cu frânturi de gânduri din Sfânta Scriptură şi din scrieri profane, oricât de banale ar părea.

Era drumul cel adevărat. Nu ne putea opri nimeni. Acesta era crezul nostru legionar. Reprezentam tineretul. De la un capăt la altul al ţării vorbele noastre treceau ca un steag alb, steagul izbăvirii. Corneliu Zelea Codreanu era în fruntea noastră. Venise momentul să luăm singuri deciziile. Nu mai aveam nevoie de mentori. Acum, după o viaţă de om, îmi dau seama că aceasta a fost greşeala noastră. Să rămânem descoperiţi, luptându-ne cu morile de vânt.

Corneliu se voia singur într-o mare învolburată, fără să bănuiască naufragiul. A fost orgoliul? A fost exces de zel? A fost complexul de superioritate al lui Corneliu, care ținea să fie mai presus de toți? Nu știu, fata mea, ce-a fost! Dar voiam să ne despărțim de A.C. Cuza.

Îi sugeram lui Corneliu să renunțe, că nu e cinstit, că nu putem duce această luptă singuri, dar era încăpățânat:

– Dacă tot ai de gând să ne despărțim de profesor, hai s-o facem solemn. Mergem la el, îi mulțumim și-i lăsăm o scrisoare.

– De-ar fi să rămân numai cu văcăreștenii, tot merg pe drumul meu. Mă despart de profesor. Simt că a rămas în urmă, nu ne mai înțelegem. Eu vreau altceva!

– Te-ai gândit la influența pe care o are profesorul? Totuși este nașul tău, l-ai luat drept călăuză, ce faci acum?

– Starea sufletească din care s-a născut Legiunea a fost aceasta: „Nu ne interesa dacă vom birui, dacă vom cădea înfrânți sau dacă vom muri. Scopul nostru era altul: de a merge înainte uniți. Orice soartă ne-ar fi dăruită, înfrângerea sau moartea, ea va fi binecuvântată și va da roade pentru neamul nostru. Sunt înfrângeri și sunt morți care trezesc un neam la viață, după cum sunt și biruințe dintre acelea care-l adorm", spunea profesorul Iorga odată.

– Ești nedrept, Corneliu! De ce nu-l citezi și pe A.C. Cuza? A fost mentorul nostru, chiar nu mai înseamnă nimic pentru noi?

– Înseamnă mult, Miroane, dar el e boier. Îl vezi tu să stea de vorbă cu ţăranii, să cânte şi să facă marşuri alături de noi? Eu asta vreau să fac de-acum încolo, dragul meu prieten!

– S-ar putea să fii împediecat de jandarmi. Tu crezi că I.C. Brătianu, sau chiar Maniu, ar accepta să câştigi popularitate înaintea lor? Nu simţi că devii o putere şi că numele tău flutură pe buzele tuturor?

– Nu vezi cum mă părăsesc toţi, Miroane? Şi asta de ce? Pentru că profesorul a început să ne pună beţe în roate.

Seara am ajuns la profesor. Ne-a primit în salon, de parcă ne-ar fi aşteptat. Ne era sete. Am cerut un pahar cu apă. Aveam gura uscată. Eram emoţionaţi, se simţea asta din gesturi, din priviri, din roşeaţa din obraz. Profesorul ne privi imperturbabil, impozant şi ni se adresă cu răceală:

– Hai, daţi-i drumul!

Am rămas perplecşi. Muţi. Nu puteam articula un sunet. Atunci Corneliu a făcut un pas către profesor, solemn şi i-a înmânat scrisoarea fără să zică niciun cuvânt. Am aşteptat. Ni s-a părut o veşnicie. L-am văzut pe profesor strângând buzele, bătând uşor şi sacadat cu stiloul în masă şi ne-a spus cu un ton oficial:

– Vă avertizez, domnilor, să fiţi prudenţi! În politică greşelile se plătesc scump.

Apoi a întors spatele şi-a părăsit salonul cu paşi rari, la fel de imperial cum îl ştiam, ca şi cum nimic nu s-ar fi întâmplat. Asta a fost tot.

Am ieşit de la profesor devastaţi, de parcă ni s-ar fi tăiat cordonul ombilical. Ne simţeam ai nimănui:

− Acum, ce facem, Corneliu?

− Mergem înainte!

− N-avem program!

− Ţara asta piere din lipsă de oameni, nu din lipsă de programe!

Despărţirea de profesor am perceput-o cu un fior tragic.

− Acum suntem singuri ca-ntr-un pustiu şi va trebui să ne tăiem drum în viaţă prin propriile noastre puteri.

− Nu-i nimic, Miroane! Ne vom strânge şi mai mult în jurul icoanei. Şi cu cât greutăţile ne vor asalta şi loviturile lumii vor curge mai greu peste noi, cu atât vom sta sub scutul Sfântului Arhanghel Mihail şi în umbra sabiei lui.

Marşul în Basarabia

—Profesorul nu mai era în viaţa noastră. Eu aveam mari îndoieli în ceea ce priveşte reuşita. Mă stabilisem cu Agapia şi cei doi copii ai mei, fetiţa cea mare, Zenaida, şi Corneliu, în Bereşti, judeţul Covurlui. Plecarea mea din Iaşi l-a întristat mult pe Corneliu. Îmi simţea lipsa.

Mă voia activ în Mişcare şi mi-a cerut să înfiinţez un cuib de legionari în târgul meu. Mă simţeam important. Eu, şeful cuibului!... Eu, şef la mine acasă!... De altfel, în judeţ erau cei mai mulţi legionari plini de entuziasm. Moldova era într-o mare fierbere, de parcă noi am fi fost ultima soluţie pentru salvarea neamului. Cuziştii au pregătit terenul şi noi veneam din urma lor cu forţe noi. Eram mândri că lumea ne aplauda pe unde mergeam. Pentru cuibul meu aveam nevoie de doi oameni de mare încredere pe care trebuia să-i cunosc bine dinainte. I-am găsit. Pe Ion Adochiţei şi Niculae Durbacă, mai tineri ca mine cu câţiva ani, proaspăt însuraţi, dar straşnici bărbaţi. Veneau la mine pe înserat şi, la lumina difuză a lumânării, stăteam până târziu. Nu erau străini de legiune. Adochiţei fusese muncitor la Nicolina. Lucrase acolo ca ucenic şi a fost de faţă când Corneliu a înfipt steagul tricolor pe clădire, în locul celui bolşevic. A plecat din Iaşi de teamă. Se simţea străin într-un oraş învălmăşit.

Ne-am întâlnit la mine acasă, într-o odăiţă cu ferestre mici ce dădeau înspre grădină. Nimeni nu bănuia ce facem noi acolo. Eram în casa mea. Oricum, eram la adăpost şi puteam să punem țara la cale fără teamă că ne urmărește cineva.

Corneliu venea des în Berești. A venit în plină iarnă, prin ianuarie 1930.

– Miroane, Bereștiul trebuie să devină un centru puternic. De aici va porni puntea către Basarabia, legătura noastră cu frații de peste Prut.

În seara aceea am chemat vreo douăzeci de legionari și, la lumina difuză a lămpii, am stat până târziu de vorbă. Corneliu vorbea domol, calm, dar hotărât.

– Sunt Căpitanul vostru. Vreau să pornim la drum cu un legământ sincer ca să înfăptuim planurile noastre. Camarazi, începem marșurile prin județe! Covurluiul e primul județ. Să facem cum știm mai bine să iasă treaba bună. După acest marș o să vedeți ce ecou o să avem printre moldoveni!

Așa vorbea Corneliu. Nu era un orator bun. Când vorbea parcă dădea ordine. Era exact, scurt și precis. Așa se face că, în toiul iernii, Corneliu vine la Berești hotărât să începem marșul de propagandă legionară în Basarabia. N-am să uit niciodată acest episod. A venit călare pe un cal, cu vreo 15 călăreți după el.

Am mers călare prin Gănești până la Cristian. Acolo ne așteptau încă vreo 15 călăreți gata să ne însoțească. Cântam de răsunau dealurile. Ne-am oprit la Roșcani, am urcat un deal abrupt unde Corneliu s-a oprit. Și-a aruncat o privire de jur împrejur, cuprinzând toată valea și ne-a spus:

– Prieteni, știți voi că acum o sută de ani a fost omorât Ioan Vodă cel Cumplit? Legat de două cămile, l-au rupt în două. Asta au făcut turcii. Caii noștri bat acum pământul acesta încărcat de durere.

Înșirați pe coama dealului, caii noștri scormoneau cu copita zăpada afânată vălurită peste smocurile de iarbă uscată.

Era un ianuarie geros cu sclipiri diamantine. În zare se profilau masiv clădiri de diferite forme acoperite de potopul alb al iernii. Case mari și mici ale satului Oancea. Deslușeam malurile abrupte ale Prutului aproape înghețat. Dacă treceam podul, mergeam doar șapte kilometri până în Cahul.

Era duminică, Corneliu le propusese călăreților s-ajungă a doua zi în Cahul. Era târg lunea acolo.

– Camarazi, ar fi cel mai nimerit să facem un marș de propagandă legionară în Basarabia.

În satul Oancea ne-a întâmpinat profesorul Antohi, șeful legionarilor.

Am ajuns pe înserate. Profesorul Antohi era un om calculat, știa că venim, pusese totul la punct. Ne-a împărțit pe la case pentru a fi găzduiți peste noapte. Pe mine și pe Corneliu ne-a invitat la el acasă. Aveam multe de discutat.

Antohi avea deja un plan:

– Căpitane, mâine trecem Prutul. Ți-am făcut o cruce special pentru tine. Trebuie să dăm o anumită solemnitate momentului.

– Un moment mai bun nici că se putea. Sunt încântat de idee. Ai fost în gând cu mine.

În seara aceea, doamna Antohi ne-a ospătat cu pastramă de oaie, cârnaţi, mămăliguţă caldă, vin fiert cu piper şi scorţişoară, iar la urmă câte o bucată de plăcintă moldovenească cu multă smântână deasupra. Am stat până târziu la lumina lămpii cu gaz.

Afară ningea liniştit. Antohi s-a gândit de seara unde să dosim caii. La vreo câteva case se afla un saivan pentru animale al lui moş Ţugurlan, baciul satului, bătrân ca vremea, dar încă în putere. Bătrânul se ocupă de toate. Le puse cailor fân din belşug şi veni să ne dea vestea:

– Fraţilor, s-a pus pe ninsoare, nu glumă! Până dimineaţă va fi potop. O să avem de furcă.

– Nu-i bai, spuse Căpitanul, o luăm de dimineaţă şi ne croim drum. Caii sunt odihniţi şi rezistă.

A doua zi avem surpriza să găsim toate drumurile desfundate. Sătenii se sculaseră cu noaptea în cap; în plus, în drum aşteptau alţi 15 călăreţi gata să ne însoţească.

Traian Antohi i-a înmânat crucea lui Corneliu:

– Căpitane, ţine această cruce, să-ţi poarte noroc şi să ne unească întru credinţă cu fraţii noştri de peste Prut.

De pe uliţele satului ne dădeau bineţe sătenii cu lopeţile în mână, croindu-ne drum spre pod. Corneliu mergea în fruntea noastră cu crucea în mână. De sus curgea întruna zăpada ca o binecuvântare.

Dincolo de mal se deschidea în fața noastră o întindere imensă de un alb imaculat, sclipitor şi cristalin, iar din loc în loc, arbuşti, tufe răzleţe, copaci singuratici erau îmbrăcaţi în promoroacă.

În depărtare se distingea un drum mărginit de plopi înalţi, încremeniţi himeric în albul zăpezii, iar printre ei se mişca greoi câte o sanie împovărată de lemne. Cine ştie, poate erau nevoiaşii satelor care adunau de pe aiurea vreascuri fără să fie nevoiţi să le mai cumpere şi care până atunci nu făcuseră trebuinţă nimănui.

În sfârşit. După vreo şapte kilometri de mers pe drumul bătătorit de sănii şi copitele animalelor, ne apropiem de oraş.

Vedeam case aglomerate, înghesuite unele în altele, din care fumul gros şerpuia spre cer. Case cu o arhitectură masivă, cu turle sau acoperişuri de ţiglă ondulată sub stratul sidefiu de zăpadă.

La marginea oraşului ne întâmpină doi tineri studenţi. Traian Antohi avusese grijă să dea zvon că venim. Ne-au însoţit binevoitori pe străzile oraşului.

Am început să cântăm cântecul nostru de suflet: „Scoală, scoală, măi, române!"

Se deschideau ferestre, se deschideau porţi, lumea se lua după noi. Ajungem în piaţă. Acolo, o mare de oameni. Peste cinci mii de basarabeni.

Miile de priviri erau aţintite asupra noastră. Descopereau în noi chipuri de ţărani, ca şi ei, ne înconjurau cu căldură, ne zâmbeau, ne întindeau mâna a înfrăţire.

Se lăsă o tăcere de neclintit.

Corneliu începu să vorbească calm, dar hotărât, cum făcea de fiecare dată, despre Domnul Moldovei, despre Ioan Vodă cel cumplit, despre nevoia unității noastre în gând și în simțire.

Ca din pământ apare polițaiul Popov însoțit de sergenți și comisari care ne împing, ne bruschează. Ajunge în fața Căpitanului, îl întrerupe și-i cere să-și încheie imediat discursul.

– Lăsați-mă să vorbesc! Cu ce drept îmi interziceți? Cu ce am greșit? Suntem pașnici!

– N-aveți voie să faceți întruniri în piața publică. N-aveți aprobare pentru asta. Aici este o lege, nimeni nu-i de capul lui! Plecați imediat, strigă Popov. N-avem nevoie de lecția voastră de patriotism!

– Bine, bine, plecăm! Văd că ne puneți pumnul în gură! N-avem voie în piața publică? Bine! Atunci ne ducem la marginea orașului.

Țăranii izbucniră toți odată:

– Să vorbească! Să vorbească!

Sergenții împing oamenii din spate, îi lovesc la întâmplare. Unii opun rezistență, lovesc și ei cu pumnul, dar sunt imobilizați și loviți fără milă. Mulți se adună ciorchine, se prind de mâini într-o horă, greu de urnit. Era o învălmășeală de nedescris. Vociferări, înjurături, țipete, icnete, în timp ce din flancul drept se auzi o goarnă care suna prelung.

Căpitanul face un semn discret călăreţilor să-l urmeze. Strunesc bine caii, fac cale întoarsă spre marginea oraşului. Atunci am văzut o scenă imprevizibilă. Ţăranii îşi croiesc drum după noi. Erau vreo două sute de oameni, strângându-ne de mână şi cântând: „Scoală, scoală, măi, române!". Am apucat pe o stradă la stânga, dar în faţa noastră s-a oprit o trăsură din care a coborât un colonel masiv, îmbrăcat într-o manta gradată. Scoate un revolver şi-l îndreaptă spre Căpitan:

– Stai pe loc, să nu încerci să faci vreo mişcare, că te împuşc!

Căpitanul se apleacă uşor în şa, îşi aţinti privirea spre colonelul înfuriat şi spuse liniştit:

– Ce răcneşti aşa la mine, domnule colonel?

Huiduma de colonel se înfurie şi mai tare şi începu să urle:

– Cine eşti tu? Eşti cumva Avram Iancu?

– Da, sunt Avram Iancu!

În acel moment suntem înconjuraţi de soldaţi cu baioneta la armă. Noi încercăm să înaintăm printre ei. Caii nu vor să treacă printre baionetele puse în cruce în faţa noastră. Nu ne puteam mişca. Eram blocaţi, prinşi parcă într-un năvod.

Atunci unul dintre călăreţii noştri, Chiricuţă, un ţăran zdravăn de vreo 40 de ani, iese în faţă şi se adresează colonelului:

− Împuşcaţi-mă pe mine, domnule colonel! Că dacă n-am murit pe front, las'să mor acum!

Colonelul îl loveşte cu latul sabiei. Îl loveşte cu sete, de parcă ar fi vrut să îşi descarce toată furia pe care o adunase până atunci:

− Stai că te învăţ eu minte, mojicule! Noi n-am venit aici să mi te împotriveşti tu mie! Ordinul meu nu se discută, se execută!

Ne-am uitat unii la alţii. Eram încordaţi ca un arc, gata să răbufnim, dar Căpitanul ne-a făcut semn cu mâna să nu ne clintim din loc.

Colonelul lovea în continuare ca un sălbatic. Ţăranii primeau loviturile nemişcaţi. Păreau stane de piatră.

− Hai, vrei bătaie? Na, bătaie! Aveţi curaj, ai? Hai daţi şi voi!

− Nu, domnule colonel! Noi nu dăm! Noi suntem naţionalişti români! Nu lovim un colonel român! Hai continuaţi bătaia! Eu îmi aprind o ţigară.

Colonelul se opri brusc, se întoarse spre Căpitan, rămase cu sabia suspendată în aer, făcu ochii mari şi spuse pe un ton batjocoritor:

− Opa! Fumezi ţigări de carton! Şi zici că eşti ţăran! Măi să fie! Ai fi din neam domnesc!

Atunci mă pomenii vorbind:

– Domnule Colonel, măsuraţi-vă cuvintele! Căpitanul nostru este fiul profesorului Ion Zelea Codreanu!

Colonelul se luminează la faţă:

– Păi cum să nu-l cunosc eu pe tatăl tău, tinere! Am luptat cu el pe front.

Într-o fracţiune de secundă, Corneliu se aruncă în trăsura colonelului, face vânt cailor şi o porneşte spre Prefectură. Eu profit de calea pe care a deschis-o trăsura şi ţâşnesc şi eu după Corneliu. Ceilalţi călăreţi se iau după mine. Ţăranii au rămas pe loc nedumeriţi.

În faţa Prefecturii apăru şi colonelul, de data asta mai potolit şi cu totul altă atitudine:

– Ai noroc că sunt prieten cu tatăl tău, că altfel îţi arătam eu ţie!

– Puteţi să-mi faceţi orice, eu nu voi riposta din respect pentru uniforma de colonel român! Dar să nu vă închipuiţi că n-o să mă întorc după o săptămână. Este în joc onoarea noastră de legionari! La marşul meu spre Basarabia nu renunţ!

Ne-am întors umiliţi, urmăriţi şi goniţi de poliţişti. Căpitanul opreşte calul şi-i spune lui Gâlcă:

– Du-te înapoi şi spune oamenilor că lunea viitoare mă întorc. Să fie cu toţii la Cahul.

— Într-adevăr, la începutul săptămânii următoare ne-am strâns forțele și ne-am întors.

Era un ger cumplit. Era frig și-n sufletele noastre. Nu mai cântam, nu mai aveam nici pene la pălărie. Pe fețele noastre se citea tristețea. Ne era foame. Nu mâncaserăm nimic. Am mers toată ziua și toată noaptea. Dimineață am ajuns în Berești ca vai de noi.

– Onoarea întregii Legiuni este în joc. Plec la București, Miroane! Mă duc să mă plâng ministrului, lui Ialomițeanu. Vreau să știu ce are împotriva mea. De ce oare pune stavilă la toate acțiunile mele?

N-a stat degeaba. A pregătit întoarcerea noastră în Cahul. I-a cerut sprijinul și profesorului Codreanu. A trimis zeci de circulare pentru mobilizare.

Zăpada se topise, iar drumurile nepietruite ale Covurluiului musteau de noroi până la genunchi. Căpitanul a venit cu camioneta Căprioara, dar s-a împotmolit în noroiul gros și clisos. Când a ajuns la Berești era prăbușit de oboseală. Au împins camioneta, au scos tone de noroi. Mi-a spus plin de obidă:

– Nu-ți închipui, Miroane, prin ce calvar am trecut de la Tecuci la Berești. Am făcut o zi și o noapte. Muncă de ocnaș! Ridicam o casă la cât noroi am aruncat de sub roțile mașinii.

Am mobilizat atunci vreo 20 de legionari numai din Berești. Dar a venit și Stelescu cu băieții lui din Galați și două mașini de focșăneni. Vreo 450 de țărani în căruțe.

Eram mulţi. Ne-am îndreptat spre pod. Ni s-au alăturat şi alţii de prin satele vecine.

Când am ajuns în Cahul am aflat că guvernul nu aprobă marşul nostru. Circula zvonul că mii de ţărani de prin toate satele se îndreaptă spre Cahul cu topoare, că va fi o nenorocire. N-am aflat niciodată care era adevărul. Cert este că s-a ales praful de marşul nostru. Cred că a fost o alarmă falsă ca să ne împiedece. N-am cedat. Am mers prin sate aşa cum ne doream, cu cântecul după noi.

Cavaleri medievali prin sate

Cutreiram satele în lung şi-n lat ca să se ştie despre noi. Ţăranii înţelegeau că o facem pentru ei, pentru binele ţării, că vom înlătura fărădelegile, nedreptăţile şi abuzurile de tot felul. Dar şi aici ni se puneau piedici. Ce era rău în asta? Pe cine supăram noi?

Intram triumfal în sate în pas cadenţat, cântând aceleaşi cântece care ne defineau ca legionari. Eram mândri de asta. Transmiteam trăirile noastre românului de rând, simţeam că-i încălzim sufletul prin cântecul nostru în care vibra dragostea de neam şi ţară, credinţa în Dumnezeu. Credeam că vom face din ţară un colţ de rai, că va străluci ca soarele sfânt de pe cer. Astea erau cântecele noastre!…

Mişcarea noastră părea să se impună mai ales după 1930, după întoarcerea regelui, deşi nu avea nici o legătură cu instalarea la tron al lui Carol al II-lea. Însă starea de lucruri impunea ca acţiunile noastre să ajungă cât mai repede la inima românului de rând din cel mai îndepărtat cătun.

– Nu putem ignora, Miroane, ceea ce se întâmplă în ţară. Sunt semnale că sărăcia a pus stăpânire pe omul simplu şi nimeni nu face nimic, căci nimănui nu-i pasă. Asta nu mai e viaţă politică. Să ne gândim câte guverne s-au perindat în decurs de patru ani, un fel de du-te vino! şase luni, trei luni, ba chiar o lună. De unde vrei stabilitate, când ne fuge pământul de sub picioare şi ne ducem de râpă cu totul? Sărăcie şi iar sărăcie! Dar cine o simte mai tare? Tot ţăranul, tot el, săracul, se înconvoaie până la pământ şi merge târâş ca să supravieţuiască! Vom ieşi la liman, Miroane! Noi vom fi aceia care vom face lumină în acest hăţiş, vom croi cărare, urcând povârnişul anevoios până vom ajunge sus pe creste!

– Sunt multe capcane, prietene! Tu crezi că poţi face singur asta? Nu uita că jungla e mare şi lupta e pe viaţă şi pe moarte. Se ţes intrigi la tot pasul. Nu uita, prietene, în ce condiţii a ajuns regele la tron! Nu l-au aşteptat cu trâmbiţe şi surle decât afaceriştii. Tata a avut dreptate. Vom merge din rău în mai rău!

– Regele nu ne cunoaşte. Când va afla că intenţia noastră este de a păstra monarhia în ţară şi că ne dorim modelul democratic din Occident, va fi cu noi!

– Vom trăi şi vom vedea dacă şi Carol va fi un mare patriot, aşa cum a fost Ferdinand.

Lucrurile însă au evoluat altfel. Eram din ce în ce mai dezamăgiţi ce ceea ce se întâmpla la Palat.

– Ai văzut, Corneliu? Ţi-ai făcut iluzii degeaba. Treburile ţării nu sunt în atenţia regelui. Altele îi sunt priorităţile. El are ce are cu I.G. Duca. Îi stă ca un ghimpe în spate.

– Fii sigur că nu-l va lovi direct. E prea dibaci ca să se expună. Va scoate castanele din foc cu mâna altuia, vom trăi şi vom vedea.

– Un lucru este clar, Miroane! Suntem într-o stare de dependenţă totală ca ţară. Nimic nu mai este al nostru. Bancherii l-au primit pe rege cu braţele deschise, iar unul dintre magnaţii finanţelor, Aristide Blank, intră şi iese de la rege ca la el acasă. A cumpărat tot ce se putea cumpăra.

− Dar ştii de ce? Pentru că regele are mari datorii şi a promis marilor finanţişti din afară că va face din România un fel de sucursală la dispoziţia celor din Occident.

− Cine ştie, Miroane, dacă nu cumva de aici vine această instabilitate politică. Gândeşte-te la faptul că regele se amestecă în treburile guvernului. El vrea să ştie totul şi acţionează după bunul plac. Aşa a fost de la început!

− Am crezut că, prin venirea regelui la Iaşi, ne va privi altfel, ca pe nişte adevăraţi români!

− Dar te-ai convins că n-are nici în clin nici în mânecă cu patriotismul!

− De regi, numai de bine, nu-i aşa?

− Este o utopie că vrea binele ţării! Asta este numai în mintea noastră ca dorinţă, că aşa suntem noi, ne place să ne facem speranţe, până ne lovim de pragul de sus ca să vedem mai bine ce se întâmplă în realitate.

− Cred că s-a speriat când a văzut mulţimea de legionari din Iaşi. Ne-a perceput ca pe o forţă periculoasă.

− Pentru că suntem toţi tineri.

Pe de altă parte, regele era neliniştit şi pentru ceea ce-i ajunsese la urechi: vorbele lui I.G. Duca rostite într-o şedinţă a partidului liberal: „Mai bine îmi tai mâna dreaptă decât să semnez un act de colaborare cu un asemenea aventurier".

Presa vremii au făcut publice vorbele liberalului I.G. Duca, ceea ce a atras după sine nemulţumirea regelui şi dorinţa lui de răzbunare.

− Ei, Miroane, de astfel de oameni are nevoie ţara. Istoria va păstra memoria adevăratului patriot!

− Vom vedea dacă I.G. Duca va avea tăria să stea departe de jocurile puterii.

− E boier de viţă veche, Miroane! Boierii adevăraţi sunt şi iubitori de ţară!

Din nou în vâltoarea politicii

Numai că timpul a fost parşiv cu oamenii mari! În vâltoarea politicii de după 1930, mulţi oameni importanţi ai vremii au îngenunchiat în faţa presiunilor din interior, dar mai ales din afară. Oamenii sunt ca vremea, supuşi schimbărilor. Mâine putem fi alţii decât azi. După o noapte, după o zi, nimic nu mai e la fel. În acest vârtej ameţitor a intrat şi marele om politic I.G. Duca.

Era ştiut faptul că întoarcerea regelui a însemnat îmbogăţirea rapidă a afaceriştilor prin cele mai necinstite mijloace. Corneliu ştia lucrul acesta. Punea în balanţă totul şi judeca cu luciditate situaţia:

– Cercurile apusene doresc împăcare între cele două părţi, căci sub această acoperire puteau acţiona mai bine în favoarea lor. Au găsit terenul propice, fiindcă regele ştie cum să facă manevre murdare, iar pe de altă parte liberalii, în frunte cu I.G. Duca, au acceptat compromisuri pentru a nu fi eliminaţi, cum de altfel s-a şi întâmplat mai târziu.

– Un om ca Duca n-ar abdica de la principiile morale, după ce şi-a făcut public punctul de vedere.

– Eu cred în omul ăsta, Miroane, oricâte zvonuri se dau în ţară! Până atunci să ne pregătim marşurile pentru a împânzi prin sate puterea noastră legionară!

– S-o facem, dar să selectăm oameni capabili, nu toţi neisprăviţii. Suntem în postul Paştelui, este un prilej de a ne apropia de Dumnezeu şi de credinţă. Să sădim în sufletul ţăranilor speranţa în propăşirea neamului.

– De mâine mergem din poartă în poartă.

A doua zi ne înfiinţăm la Costică Amariei.

– Nea Costică, eşti bătrân şi nu mai poţi. Uite, noi am venit să-ţi reparăm gardul. Şi dacă mai găsim oameni vânjoşi în sat, binevoitori, ne apucăm să reparăm podeţul de la Vadul Morii. Acolo sunt mereu probleme la inundaţii. O să facem şi-un parapet lângă dig să protejăm satul de puhoiul ploilor torenţiale. Trei ani la rând au dat apele peste noi.

– Bine, măi băieţi! Ia să văd de ce sunteţi în stare. O să pun şi eu o vorbă prin sat să vă mobilizaţi pentru ce v-aţi propus în acţiunea voastră, că văd c-aţi venit cu gânduri bune!

– Am venit, nea Costică. Vrem să schimbăm faţa satului. Noi venim cu fapta, nu cu vorbărie goală!

Nea Costică ne zâmbeşte, la început stingher. Fusese gospodar de frunte când era în putere, dar de când i-a murit nevasta, nu mai avea nici forţă şi nici tragere de inimă. Era singur şi făcea cu greu faţă muncilor din sărăcăcioasa lui gospodărie.

– Apoi nu mai am putere, oameni buni! De când mi s-au prăpădit băieţii în război, apoi femeia, mă lupt singur cu greutăţile. M-a uitat Dumnezeu pe pământ! Mai bine m-aş duce şi eu de vale, în cimitir, să-mi hodinesc oasele lângă băieţii mei.

Faţa i se boţise a jale şi din ochii lui încercănaţi şi ascunşi sub nişte sprâncene stufoase se prelingeau lacrimi pe care nea Costică încerca să le ascundă cu dosul mânecii.

Ne-am adunat vreo zece inşi. În trei zile am intrat în patru gospodării. S-a dus vestea şi-n satul vecin. Oamenii ne aşteptau gata să intre cu noi în frontul de lucru. Ni se dusese vestea în toată ţara.

Apoi am început marşurile. În costume populare, cântam de răsuna tot satul imnul Mişcării Legionare, „Sculaţi, români"!

O idee prinsese rădăcini printre ţarani: că noi vom face dreptate şi vom înlătura nenorocirile care se abătuseră asupra ţării. Seara ne adunam la lumina lumânării şi comentam evenimentele de peste zi. Nea Costică îşi răsuci o ţigară şi începu cu o voce tărăgănată, zăbovind înadins după anumite vorbe ca să asculte părerile celorlalţi:

– Miroane, ce departe este acum Căpitanul nostru de haiducie! De unde până acum ceva timp în urmă, era gata să se retragă în munţi şi de acolo să lovească în duşmanii ţării, acum vrea să lupte cu cărţile pe faţă.

– Vrea să intre în politică! Până acolo l-a împins orgoliul, încât să înfiinţeze un partid?

– Garda de Fier va deveni arma lui politică!

– Să dea Dumnezeu să fie aşa!

– Pleacă la drum cu o armată de duşmani în spatele lui!

Pentru prima dată mă temeam pentru viaţa lui. Mă temeam şi pentru mine şi pentru toţi camarazii. Ne va trage după el! Ne abatem de la drumul nostru! L-am găsit pe Corneliu mai înverşunat ca oricând.

– Nu-mi place puterea, Miroane! Eu nu mă dezic de ideile în care cred cu ardoare. Mişcarea noastră nu înseamnă politică.

Era frământat. Se vedea asta din strălucirea ochilor lui albaştri, din conturul hotărât al feţei uşor alungite, din trăsăturile uşor înăsprite, mascând cu greu gravitatea gândurilor. Era un bărbat frumos, fără să vrei îţi atrăgea atenţia şi-ţi opreai cel puţin pentru câteva clipe privirea asupra lui. Era fascinant! Înalt, voinic, cu umerii laţi şi pieptul puternic, trădând forţa bărbătească. Se vedea că fusese călit la Şcoala Militară printr-o pregătire fizică care l-a făcut să reziste în situaţii limită.

– Prietene drag! Greu drum ţi-ai ales! Să dea Dumnezeu să-ţi fie bine, dar cred că îţi va fi mai greu ca unui haiduc. Cel puţin haiducul îşi revarsă revolta din când în când făcându-şi singur dreptate la drumul mare, dar tu, tu ce faci? Până acum ai fost arestat de nu ştiu câte ori şi achitat, dar cine ştie ce ţi se va pregăti până la urmă!…

– Drumul meu e fără întoarcere, Miroane! Este ţelul meu, este nevoia mea sufletească, dictată de convingerile mele religioase, oamenii trebuie să fie curaţi, iar ţara sfântă.

Am plecat din Iaşi hotărât să înfiinţez cuibul meu de legionari. Aşa că, ajuns acasă seara, am făcut întrunire cu Adochiţei şi Durbacă şi am mai înscris vreo câţiva care ni se alăturară. Erau de încredere. Contam pe ei. Chiar atunci, în acea seară se arătau îngrijorați de acțiunile noastre. Erau la curent cu tot ce se întâmpla în Iași.

– Căpitanul nostru se aruncă-n valuri fără colac, începu Durbacă!

– E prea dibaci ca să se înece! De ce credeți voi c-a înființat Garda de Fier? Cum vreți voi să ajungem la inima românului și să îl punem în situația să ne dea votul?

– Politica, Miroane! Ea este calea de a legaliza toate demersurile noastre, își dădu cu părerea și Adochiței.

– Ne vom lupta cu morile de vânt! spuse Durbacă, mai sceptic din fire.

– Căpitanul mi-a mărturisit că, dacă intră în Parlament, va lupta pentru dreptate fățiș, fără niciun ocoliș. Vorbele lui vor merge până la os. Să audă toată țara ce vrem noi, legionarii. Vaida e de partea noastră.

– Este, deocamdată! În învălmășeala în care trăim, nu se știe până mâine ce ne mai așteaptă.

Visul de a pleca spre Basarabia a fost spulberat de un incident în care s-a implicat Căpitanul fără să anticipeze consecințele. Chiar atunci, înainte de a pleca, tânărul Beza, un macedonean înfocat, trage focuri de armă asupra lui Constantin Angelescu, subsecretar de stat, care le luase apărarea bulgarilor din Dobrogea în defavoarea macedonenilor. Codreanu face imprudența și-l apără pe

Beza. Este arestat. Acelaşi Beza, mai târziu, va complota împotriva Căpitanului.

În închisoare îi cunoaşte pe macedoneni, de care se va lega în acţiunile de mai târziu. Mulţi dintre ei îi vor fi fideli până la moarte. După două luni, Corneliu este achitat pe motiv că toate marşurile prin sate nu sunt împotriva siguranţei statului; dimpotrivă, nu fac rău, ci trezesc conştiinţa naţională.

Garda de Fier rămâne totuşi în afara legii.

– Miroane, ăştia fac orice să ne anuleze. Trebuie să continuăm lupta. Am găsit ceva să intru în rândul lumii, să nu se mai ia nimeni de noi. Vom funcţiona sub numele de Gruparea lui Codreanu.

– Ca să fii mai uşor desfiinţat? Rămâi singur, Corneliu, şi hienele vor tăbărî asupra ta mai uşor. Îţi vor înscena ei ceva!

– Până atunci voi merge la vot cu semnul electoral reprezentând gratiile închisorii. Poporul va înţelege că sunt în război direct cu nedreptatea. Mărturie stau desele achitări după fiecare arestare.

– Am vorbit zilele trecute cu Lilica. Este speriată. Îi este teamă ca nu cumva, în această cursă electorală, să nu-ţi pui viaţa în pericol.

– Ştiu, Miroane, ştiu că-i aduc mari neplăceri, multe nelinişti şi insomnii, dar i-am spus din capul locului că eu nu mă întorc din drumul pe care mi l-am ales. Voi sluji poporul până la moarte.

M-am dus la el acasă să-l văd, să aflu ce are de gând să facă. M-a întâmpinat Lilica:

– Miroane, n-a închis ochii toată noaptea. Scrie şi iar scrie. Temperează-l tu, că n-a apucat pe Dumnezeu de picior. N-o să schimbe el guvernul! El este unul, ei sunt atâţia. Ce-şi închipuie Corneliu, că poate face legi de unul singur?

L-am găsit neliniştit. Se vedea că-i nedormit... Îşi pregătea discursul. Primul lui discurs în faţa Tronului. I se citea oboseala şi neliniştea pe chip. Se uita la mine cu un zâmbet triumfal:

– Îi desfiinţez, Miroane! Ştii cum am să-mi încep discursul?

– Sunt curios. Poate cu vreo perlă de-a ta!

– Fii atent aici: Poporul nu iubeşte partidele politice! Îţi place?

– Nu, nu-mi place! Ai să-ţi aprinzi paie în cap!

– Vom vedea! Lasă că nu-ţi mai citesc. În loc să mă încurajezi, mă critici! Oi vedea eu atunci cum vor reacţiona parlamentarii mei!

– Abia aştept! Până atunci mai este o săptămână.

Ce putea să fie după discursul Căpitanului în Parlament? Furtună! Era devastat când ne-am întâlnit.

– N-am vorbit, Miroane, am tunat! Şi-am ţinut-o tot aşa! Îmi ieşeau cuvintele din gură aproape fără voia mea. Era altceva decât pregătisem acasă. Îţi închipui? Am vorbit liber!

Adică mai mult am strigat. Cred c-am arătat şi cu degetul spre câţiva dintre corupţi, pe care-i ştiam de mult... Miroane, a fost un discurs fulminant! Le-am aruncat în obraz colegilor mei parlamentari toate fraudele rămase nepedepsite, toate fărădelegile. Cu ce tupeu s-au mai prezentat la alegeri când se ştiau pătaţi, când ştiau c-au băgat mâna până la cot în bogăţiile ţării?

– Mai bine spune-mi cum au reacţionat. Te-au ascultat?

– M-au huiduit, m-au fluierat, m-au întrerupt! Era un scandal de nedescris!!

– Ai greşit, Corneliu! Văd c-ai început să-ţi sapi groapa singur! Cum să te războieşti tu singur cu toate partidele? Eşti idealist!

– Am cerut răspicat pedeapsa cu moartea!

– Tu nu eşti întreg la minte?

– Da, asta trebuie să li se pregătească! Pedeapsa cu moartea pentru hoţi şi trădători! Să li se confişte averile, asta am cerut, c-au furat din biata ţară săracă! Au lucrat contra ţării, sprijinind afaceri particulare necinstite!

– Nu vei avea sprijin, Corneliu! Vei stârni antipatii! Cine o să te susţină? Spune!

Corneliu se prăbuşi pe fotoliu şi tăcu. Îşi prinse capul în mâini şi rămase aşa multă vreme. Lilica veni cu ceaiul fierbinte.

– Păstrează-ţi cumpătul, dragul meu, aşa cum ştii tu s-o faci. Răul nu se frânge dintr-odată. Ia-o încet!

– Ai dreptate, draga mea, dar am ţinut să răbufnesc în parlament, ca să ştie că nu pot face chiar totul de capul lor. Cineva trebuia să-i zgâlţâie.

– Şi te-ai găsit tu! Nu te supăra, dragul meu, dar trebuie să fii mai prudent.

– Politicienii trebuie să ştie că nu sunt veşnici şi că tinerii studenţi vor altceva, vor să scape de minciună şi corupţie.

Urmările discursului n-au întârziat să apară. Lovitura o primeşte întâi tatăl lui, Ion Zelea Codreanu, care este împiedicat să participe la alegerile din Tutova. Ordinul era răspicat: legionarii să fie scoşi pe targă din judeţ!

— Vezi cum se face istoria, fata mea? Unul pleacă, altul vine. Omul de rând crede că aşa e bine.

În anul următor, alt guvern, Iorga-Argetoianu, are misiunea să scoată Garda de Fier în afara legii. Numai că hăituirea Legiunii atrage şi mai mult electoratul şi, în iulie '32, Ion Zelea Codreanu este ales, iar dintre cei mai tineri, Mihai Stelescu, sprijinit mult de Corneliu.

Noi ne continuam marşurile. Îmbrăcaţi în costume naţionale, în pas cadenţat şi apăsat, cântam imnul Legiunii:

„Sculaţi, români la luptă, bate ora

Din urmă pentru neamul românesc".

117

Nu vorbeam. Cântam. Corneliu ne învăţa să tăcem. În şedinţele cuibului făceam exerciţii de tăcere. Cu asta începea educaţia legionară: rugăciune în tăcere! Fapte, nu vorbe! Departe de otrava literaturii imorale!

– Vom merge prin cât mai multe sate, camarade Adochiţei. E sărăcie, dar vom merge cu căruţa, pe jos, să discutăm de la om la om.

Totul depinde de cine se află în fruntea judeţului. Dacă prefectul era o persoană rezonabilă, jandarmii nu interveneau în acţiunile noastre. Dar am fost şi hărţuiţi, arestaţi pe nedrept, torturaţi de jandarmi... Devenisem însă o organizaţie puternică, gata să facă faţă alegerilor.

În Parlament Căpitanul nostru nu contenea să acuze. La greva ceferiştilor din '33 vine în Parlament cu o bucată de pâine neagră făcută cu tărâţe, gozuri şi rumeguş şi le-o trânteşte pe masă, îmbiindu-i: „Asta-i pâinea pe care o mănâncă muncitorul. Mâncaţi-o voi! Poftă bună!"

Ziarele încep să vuiască. Articole favorabile ne consolidau puterea şi ne ajutau să ne facem cunoscuţi în toată ţara.

În iulie, profesorul Ion Codreanu scrie un articol: „De ce este prigonită Garda de Fier?" Toate punctele pe care le dezvoltă profesorul în favoarea Gărzii sunt perfect legale. Şi atunci – se întreabă retoric profesorul – de ce este prigonită? Că este creştină, că iubeşte adevărul, că posedă cultul onoarei şi bucuria jertfei? De ce? Toate astea ne-au dus către sufletul românului.

În timp ce în judeţe se comiteau cât mai multe abuzuri împotriva noastră, tatăl lui Corneliu ne apăra în Parlament.

Mărşăluiam prin ţară o echipă de legionari sub numele de Echipa Morţii, un titlu care trimitea la sacrificiul nostru pentru apărarea ţării de duşmani. Pe urmele noastre, jandarmii! Acum, după încercările prin care am trecut, după loviturile pe care le-am primit, privind în urmă, cred că formularea de echipă a morţii a fost cât se poate de nefericită. Cred că a fost unul dintre punctele vulnerabile şi interpretabile ale Mişcării Legionare.

Asta a fost, fata mea, începutul greşelilor noastre.

Ne gândeam la momentul morţii ca la un act de sacrifiu. Moartea însemna pentru noi jertfa supremă pusă în slujba unei idei. Eram tineri şi nesăbuiţi. Mai târziu aveam altă viziune, dar deja denumirea de Echipa Morţii semăna teroare în sufletul omului de rând. Nu ne-am gândit atunci la impactul psihologic. Românul a trăit mereu cu frica în sân, fie că venea boierul şi-i punea bir greu pe toată agoniseala, fie că veneau tătarii, turcii, caraulele, jandarmii, oamenii puterii care loveau până la sânge, fără să cruţe pe nimeni. Toate astea au rămas înfipte în subconştientul românului ca o tară greu de înlăturat. Şi acum veneam noi cu echipele morţii. Pentru noi era ideea de sacrificiu pentru ideile legionare, dar pentru cei care loveau în noi era o formă de a ne denigra. Legionarul aducea cu el moartea prin încălcarea legii. Asta se ştia, asta se înţelegea şi de aici venea frica cea mare, era arma cu care se lovea în noi.

Am plecat la Iaşi. Voiam să-l văd pe Corneliu, trăiam sub ameninţările repetate ale jandarmilor şi voiam să ştiu care-i situaţia. Am găsit-o pe Lilica răvăşită. Corneliu, în salon, într-o tăcere absolută. Nici nu m-a văzut când am intrat.

– Nu-i a bine ce se întâmplă! încerc eu să-l trezesc din ale lui.

Corneliu se uită la mine rătăcit, ca şi cum ar fi văzut o fantomă.

– De ce taci, Corneliu? Voiam să-ţi spun ce se întâmplă în judeţe. Am vorbit cu Andrei Ionescu. Şi el este îngrijorat. Ne asaltează jandarmii peste tot şi ne pun piedici. Au mers până acolo încât să ne acuze că atentăm la siguranţa statului.

– Miroane, nu asta e problema! Ştim că se fac abuzuri peste abuzuri. Iar a căzut guvernul! Nu mai e Vaida Voevod. Era oarecum sprijinul nostru. Va veni, probabil, I.G. Duca. Sunt zvonuri. Până aici e rău şi nu e! —Dar am aflat, Căpitane, c-a fost la Paris şi acolo l-a reclamat pe Vaida Voevod că protejează Garda de Fier. A fost constrâns să promită că ne va desfiinţa, dacă ajunge la guvernare. Situaţia e gravă.

– Mă aşteaptă iar arestarea, Miroane!

– De ce s-ar vinde I.G. Duca? Este un patriot, n-ar face asta.

– De ce să n-o facă? Este constrâns! Suntem datori vânduţi ca ţară! Mai mult, trebuie să facă jocul regelui, care nu-i înghite pe liberali. Regele nu înghite pe nimeni. Nu-i acceptă decât pe cei care i se supun. Şi-a spus el vreodată părerea despre vreun partid? Are el susţinerea vreunui partid? Nici Maniu, nici I.G. Duca, nici noi, legionarii, nu-l susținem în totalitate. Atât timp cât încurajează afacerile murdare, atât timp cât sub ochii lui se fac jafuri inimaginabile, în timp ce el își ia partea leului, cum să-l susții? Mulg biata noastră țară, apoi o fac pe patrioții! Mi-e silă și mi-e lehamite!

Corneliu se prăbuși în fotoliu. Închise ochii, de parcă nu mai voia să vadă și să audă nimic. L-am lăsat o vreme să se liniștească. I-am spus calm:

– Și atunci vor să ne sacrifice pe noi, prietene, ca să supraviețuiască liberalii?

– Da, cred că ar fi o alternativă pentru ei. Dar culmea revoltei este că i-a promis lui Finaly, un mare bancher francez, să acorde cetățenia unui număr de trei sute de mii de evrei care au fugit din Germania, după venirea lui Hitler la putere. Iată o situație fără ieșire pentru I.G. Duca!

Dizolvarea gărzii de fier

— Am plecat descumpănit din Iaşi. Trăiam aproape fizic neliniştea lui Corneliu. Intrasem cu el în acest tăvălug şi simţeam cum mi se încurcă viaţa. Aveam acasă o mulţime de afişe pe care trebuia să le lipim. Trebuie să scap de ele. La o eventuală percheziţie, aş fi fost ridicat.

– Ce facem, Agapia, cu afişele? mi-am întrebat soţia. Le mai lipim? Căpitanul ne-a dat dispoziţii clare: până la sfârşitul anului să răspândim cât mai multe afişe. Candidaturile sunt depuse. S-a făcut chetă în Bucureşti să achităm taxa pentru alegeri. Termenul este 10 decembrie.

– Fii fără grijă, Miroane, te voi ajuta. Voi merge cu tine peste tot. Încă mă ţin picioarele. Sarcina nu-i aşa înaintată. Până în aprilie mai este.

A doua zi l-am chemat pe Adochiţei şi pe Durbacă şi-am plecat din nou la Iaşi. Atunci am aflat veşti teribile de la Căpitan.

– În noaptea asta se votează în Consiliul de Miniştri soarta noastră.

În acel moment sună telefonul. Era Andrei Ionescu.

– Căpitane, ne-a dizolvat! S-a dat decret! Se fac arestări! Sunt trimise circulare în toate judeţele. Legionarii sunt luaţi pe sus de la domiciliul lor. În toate judeţele, Căpitane, în toată ţara e alertă. Toate prefecturile îşi trimit jandarmii în judeţ.

– Dar avem depuse candidaturile în toate judeţele! Nu e drept ce se întâmplă!

– Asta era şi scopul lor, să ne desfiinţeze ca să nu intrăm în cursa electorală! Le este teamă de noi!

– Oare ăsta o să fie finalul nostru, Corneliu?

Corneliu tăcu. Tăcea aşa cum făcea de obicei.

– Sunt furios! strigă Adochiţei. Nemernicii! Nu e drept!

– Trebuie să facem ceva! Ce-aşteptăm?

– Nu faceţi nimic fără mine! Nu mişcaţi un deget fără ştirea mea! Să nu faceţi vreo prostie! Nu vă lăsaţi provocaţi!

Din nou sună telefonul.

– Titulescu a dat votul prin telefon, Căpitane! Este ultima informaţie pe care am primit-o de la Stere Ciumeti.

Ciumeti ăsta era un macedonean foarte credincios lui Corneliu.

Am sărit toţi:

– De ce-a votat Titulescu, fraţilor? De ce-a făcut-o? Ce interes avea?

– Ştiu totul despre Titulescu. Îi este frică de tinerii care au fost schingiuiţi în închisori. A trăit în lux, în petreceri, a dus o viață aristrocrată. Când îți este bine, uiți de unde ai plecat. Un parvenit! spuse cu obidă Căpitanul.

– Ferească Dumnezeu de furia tinerilor schingiuiți! Se vor răzbuna! Furia lor nu mai poate fi stăvilită! spuse Nicu Durbacă.

– Am ajuns la limita răbdării! Să-i anulăm!

– N-avem puterea, Miroane! De-asta am înființat Garda de Fier. Ca s-avem puterea să votăm legi, să propunem altele, altfel suntem îngenunchiați și privim cu neputință cum se pierde țara!

Aflăm că și Moța e arestat de poliția elvețiană și trimis și el la Jilava.

– Nu se poate! Este nedrept! Duca trădează! Înseamnă că s-a întâmplat ceva grav dacă a fost nevoit s-o facă.

Apoi se întoarce spre mine cu fața congestionată de furie.

– Duca trădează țara! A devenit o piesă de șah! După puțin timp primim o veste fulger. Ne anunță Andrei Ionescu că Duca este atacat din toate părțile. Nimeni nu-l susține. Nu vrea să semneze, dar tună și fulgeră Titulescu. Am auzit că Duca ar fi strigat negru de supărare: „De ce nu semnezi tu? Nu pot lovi în tinerii țării!".

Aflăm că totuși ne-a trădat, pentru că mai presus de orice este puterea lui. I s-a promis funcția de prim-ministru cu această condiție: „Îți dau puterea politică, numai scoate-mi din viața politică Mișcarea Legionară!"

Nu mai e nimic de făcut! Duca a acceptat. El, patriot cu tradiţie în familie, el, politicianul cu viziune clară, lucid şi echilibrat, a trebuit să-l asculte pe Titulescu, să semneze actul de dizolvare a Gărzii De Fier!

– Ne-a dizolvat, Căpitane! Suntem eliminaţi din viaţa politică!

– Nu mai e nimic de făcut! Ne-a blocat în tot ce ne propuseserăm.

– Înseamă c-am devenit o forţă de temut! Cui să-i convină asta? Regelui, care ura partidele? Liberalilor, care trăgeau cu dinţii de putere? Cui?

– Afară, Miroane, acolo este buba! De acolo vin presiuni. Europa fierbe! Hitler e la putere. Suntem comparaţi cu ei. Eu nici nu-l cunosc pe acest om, nu l-am văzut niciodată şi n-am nici în clin nici în mânecă cu dânsul. Am auzit că e un deşănţat, un descreierat care omoară cu sânge rece şi pe cel mai bun prieten care l-a slujit cu credinţă. Este sadic şi de temut! Are o plăcere diabolică să te vadă tremurând de frică! N-am nimic comun cu acest om! Ceea ce facem noi este năzuinţa noastră pur naţională, este românismul nostru şi nevoia de a ne păstra puritatea morală şi valorile creştine. Ceea ce facem noi este o lucrare asupra sufletului, ţinta noastră este omul nou, perfect, absolut!

– Să ne vedem de ale noastre, Căpitane. Ai citit ziarul din 9 noiembrie?

– La câte circulare am trimis zilele astea, Miroane, când să mai am timp şi de ziare?

– Ei, află că Duca scrie despre noi nefavorabil. Cred că-şi pregăteşte terenul ca să găsească o justificare a dizolvării noastre.

– Cu alte cuvinte, Miroane, după părerea lui Duca trebuie să dispărem. Deci suntem inutili în viaţa politică, căci nu facem altceva decât imităm un fenomen social din afară, nu-i aşa? Iată care este părerea lui I.G. Duca!

– Dar cui să-i spui asta, Căpitane? Oamenilor politici? Ştiu ei ce înseamnă păstrarea curăţeniei sufleteşti, când ei se mânjesc în ficare zi de mizeria corupţiei?

Mureau legionarii! Mureau nevinovaţi! Erau asasinaţi, fără drept de apărare, din ordinul lui Victor Iamandi, ministrul de Interne.

– Îi voi demasca printr-o scrisoare deschisă pe care o s-o public în ziarul Cuvântul. Îl voi demasca pe I.G. Duca, pe Titulescu şi pe Iamandi, vinovaţi de arestarea şi omorârea legionarilor noştri.

Corneliu se ridică în picioare cu pumnii strânşi. Am tresărit cu toţii. Părea atât de înalt, de straşnic, cu privirea cruntă care parcă se întuneca şi se tulbura, încât noi, cei de faţă, aveam impresia că nu mai este el. Venea parcă din altă lume. Părea o vijelie, cuprins de furie cum nu l-am văzut niciodată.

– O să le zdrobim capul ca la şerpi! O să-i nimicim! Vom găsi forţa să mergem mai departe!

– Vom fi alături de tine, Căpitane, vom fi uniţi!

– E clar că suntem o amenințare pentru liberali.

Mai mult, forța noastră prindea rădăcini în fiecare județ.

Românii își puneau speranțe în noi. Noi eram salvarea, căci veneam cu dorința de prosperitate, de înlăturare a tuturor nedreptăților, dar mai ales de însănătoșire morală a neamului.

– Nu știu ce să spun, tată, dar în acest moment învăț istorie de la tine.

– Așa este, fata mea! Când ai puterea în mână, gândești altfel. Puterea face din tine alt om. Culmea e că începi să crezi că așa e bine, că n-ai făcut altceva decât te-ai adaptat vremurilor. Asta s-a întâmplat cu I.G. Duca. Nu mai era același om, dar în sinea lui nu avea liniște. După o săptămână de la articolul nefavorabil despre noi apărut în presa vremii, Duca îi dezvăluie lui Argetoianu neliniștile în legătură cu soarta noastră. Era clar că își dorea puterea. Condiția era însă desființarea noastră. O adevărată mascaradă politică. Noi eram actorii iar în culise, în spatele nostru, se trăgeau sforile.

Corneliu rămase o vreme gânditor, apoi îmi spune cu mâhnire:

– Răul se întinde ca o pecingine, Miroane! Cum poate un om politic de vază să devină atât de vulnerabil? Să se dezică de tot ceea ce a gândit înainte?

Era clar că întoarcerea în țară a lui Carol al II-lea aducea schimbări adânci de gândire și principiu. Era clar că exista o încrengătură a intereselor de îmbogățire prin punerea la mezat a avuţiei naţionale. Acoliţii regelui erau oameni servili, ce se puseseră la dispoziţia acestuia.

– Oare ce s-a întâmplat, Miroane? În nici un chip Duca n-ar fi fost de acord cu regele. Era altceva la mijloc.

Corneliu rămase multă vreme pe gânduri. Nu-l puteam scoate din ale lui.

– Să nu crezi, prietene, că Duca s-ar lăsa corupt. Cel puţin nu este omul afacerilor necinstite.

– Dar asta nu-l absolvă de celelalte păcate, Miroane!

– Puterea, Căpitane, asta e! Îl ştiam un om moral.

– Păi cred că-n esenţa lui este. Numai că în situaţia de faţă a fost strâns cu uşa. Doar ştii care a fost poziţia lui când regele, după ce a promis că se va împăca cu regina Elena, şi-a adus metresa în ţară, spre indignarea tuturor.

– Crezi că în sinea lui nu dezaproba desfrâul de la palat?

– Dacă ar fi să rezumăm ce-a făcut regele în trei ani, cred că e de ajuns să ne gândim la împrumuturile afaceriştilor din bănci în favoarea lor pentru a le creşte fabulos averile.

– Căpitane, sunt la zi cu informaţiile din presă. Deocamdată se spune adevărul, nu ştim până când. Ştii ce-am citit în ziarul Calendarul? Cine semnează? Cine altul decât Nichifor Crainic, sub titlul: „Ţara regelui Waider şi a reginei Duduia". E un articol fulminant. În dosul perdelelor trase se ţes intrigi, se fac şi se desfac legi, toate dirijate de

Elena Lupescu: „femeia nefastă a poporului român", după cum a fost numită în presa vremii.

– Mă captivează tot ceea ce-mi povesteşti. Este istorie trăită de tine pe viu, dragă tată! De aceea te las să derulezi povestea vieţii tale în acele vremuri tulburi şi incredibile.

– Ce-ţi spun eu acum, Mina, sunt lucruri care s-au petrecut atunci, demult. În 1933 şi după aceea, când viaţa politică era sub controlul total al regelui.

– Pe mine mă miră cum de se spuneau lucrurilor pe nume! Cum de nu exista o cenzură, dacă spui că totul era sub controlul regelui?

– Încă se mai putea vorbi liber. Nimeni nu bănuia că se va înăbuşi şi acest lucru. Că peste puţin timp le vor pune şi lor pumnul în gură şi vor sluji numai interese de grup, dar totul sub controlul riguros al oamenilor puşi în slujba regelui. Dar iată că atunci cineva a avut curajul să dezvăluie o realitate. Şi acela a fost Nichifor Crainic. Da, fata mea, el a tras semnalul de alarmă în presă. Putea s-o facă. Avea uneltele necesare pentru a da în vileag o realitate dureroasă, dezastruoasă, care se petrecea sub ochii noştri. De aceea noi însemnam pentru românul de rând salvarea. Toţi cei care făceau legile în favoarea lor erau numiţi de Nichifor Crainic „tâlhari, călăi ai românismului".

– Dar cine erau aceia, tată?

– Păi unul era Felix Weider, imun la toate atacurile, personaj tabu care opera afaceri fabuloase cu concursul cămătarilor străini ai statului. Acesta era contextul politic nefavorabil nouă. Trebuia să dispărem din peisaj. Noi nu eram numai adversarii politici ai liberalilor, ceea ce nu era o crimă, dar ne propuseserăm să divulgăm şi să anihilăm trădătorii de neam şi ţară. Asta ne-a adus nouă dizolvarea.

– Presa şi-a continuat activitatea nestingherită?

– Nici vorbă! Ziarul Calendarul a fost o vreme suspendat. Nichifor Crainic era pus pe lista neagră. De altfel va fi şi el arestat împreună cu alţi legionari. Mai fuseserăm scoşi în afara legii şi cu un an înainte, cam prin martie 1932. Acum, după instalarea la putere a lui I.G. Duca, la 14 noiembrie 1933, se pune problema dizolvării noastre pentru a treia oară.

– Înţeleg că eraţi hărţuiţi...

– Eram, dar noi activam în ilegalitate. Acest lucru ni se permitea încă... Apoi mai erau şi alţii care aveau curajul de a divulga ascunzişurile vieţii de la palat.

– Cu alte cuvinte, adevărul începea să iasă la iveală. Nu-i aşa, tată?

– În acea perioadă, soţia generalului Eremia Grigorescu are pornirea nebunească şi trimite o scrisoare Elenei Lupescu, despre care s-a aflat în toată ţara. Ce crezi că scria? După cât mi-aduc aminte o acuza că această femeie a adus tot răul în viaţa regelui şi a ţării şi că scopul ei era să adune bani pentru rege ca să-şi continue împreună traiul de huzur.

– Incredibil! Ce ştiam noi şi ce se întâmpla în realitate... După cum vezi, fata mea, unii oameni politici au încercat să intervină într-un fel sau altul în destinul istoriei noastre, prin atitudinea lor de dezaprobare, dar se pare că manevrele din culise au fost atât de bine gândite încât n-au reușit să influențeze prea mult.

Eram în Iași cu Agapia. Lipeam afișele pe care le țineam în casă și voiam să scap de ele. Auzeam că se fac arestări masive. Vorbisem cu Nelu Adochiței și cu Nicu Durbacă. Fiecare dintre noi aveam afișe. Le-am spus despre ce este vorba, le-am cerut să le răspândească mai repede. Așa că acum ne furișam pe străzi, găseam un loc mai la vedere, lipeam afișul și plecam mai departe. Până seara eram acasă. Ne-am camuflat geamurile să nu se vadă lumină, dar în puterea nopții suntem treziți din somn cu izbituri violente în ușă. Jandarmii ne iau pe sus așa cum eram și pe mine și pe Agapia, ne înghesuie într-o dubă și ne trezim în beciul Chesturei Poliției din Iași. Erau acolo foarte mulți legionari arestați din toată Moldova. De acolo luăm drumul spre Jilava. Îmi era frică de ce se va întâmpla cu mama ta. Era însărcinată în șase luni, se cunoștea bine sarcina. O știam puternică, dar starea ei, mă întrebam, oare nu se va agrava? Am rupt orice legătură cu ea, doar la audieri am mai văzut-o.

Trei legionari îl împușcă pe I. G. Duca

Vreau să-ți povestesc acum un episod pe care nu l-am dorit, nici eu și nici Codreanu. Dar s-a produs. Ăsta a fost începutul sfârșitului nostru.

Gara de Nord. Oameni mohorâți ca și ziua de 29 decembrie 1933. O pâclă atât de deasă acoperise văzduhul încât la capătul peronului abia deslușeai siluete mohorâte, învăluite în haine groase, trăgând cărucioare cu bagaje. Erau hamalii. Lume pestriță... boieri cu geamantane pe care le duceau hamalii în spatele lor, doamne în blănuri somptuoase, coborând din calești gătite cu beteală argintie. Covrigarii strigau în gura mare, îmbiindu-și trecătorii cu plăcinte calde și covrigi aburind. Țărani cu paporniețe și damigene, legănându-se alene, bănci încărcate cu panere, coșuri, genți aruncate claie peste grămadă în așteptarea trenului. Un du-te vino infernal pe peronul Gării de Nord. Trei tineri cu paltoane largi și căciuli brumării își aranjau mereu fularele în jurul gâtului, astupându-și fața, zgribuliți. Retrași în spatele chioșcului de ziare, discutau înflăcărat:

– Fiți atenți, n-avem voie să dăm greș! Trebuie să apară din moment în moment. Știu din surse sigure că pleacă cu acceleratul de 14,30.

– Ești sigur, camarade?

– Cum te văd și cum mă vezi! Pe onoarea mea! Aseară am stat la pândă în fața Consiliului de Miniștri. N-am putut afla de ce-l cheamă regele. Am aflat însă că nu-l înghite pe I.G. Duca. Dar am văzut totuşi pe cineva vorbind în şoaptă, ştiu că pleacă azi.

– Acum e momentul, măi, Belimace!

– Dacă ratăm ocazia asta, s-a terminat! N-avem voie să dăm greş, mă înţelegi?

– Căpitanul ştie?

– Ştie pe dracu! Ce, fără el nu putem face treaba? Îi facem o surpriză. Ştiu că ne-ar felicita. Am auzit că şi generalul Zizi Cantacuzino l-a avertizat să-şi salveze pielea. Ce, mama dracului, dacă şi văr'su încearcă să-l ţină în frâu, noi, ăştia, mai de rând, de ce să nu-i dăm în cap, bine de tot?

– De unde ştii tu? Nu-ţi dai seama în ce ne băgăm?

– Măi, se lasă cu vărsare de sânge, spune temător Constantinescu.

– Tocmai de-aia nu trebuie să ştie nimeni. O facem pe şestache! Ţac-pac! Gata! S-a dus pe lumea ailaltă!

– Pe mine nici nu mă ştie, Constantinescule, nici pe Caranica. Lasă să afle şi Căpitanul ce viteji sunt machidonii! Duca şi-a băgat nasul în Dobrogea noastră, le-a dat dreptate bulgarilor! Acum îşi primeşte plata, să se sature! Acum e momentul să ne răzbunăm!

– Lasă să se ştie de ce sunt în stare machidonii noştri! Nu ne calcă nimeni pe bombeu!

Se auzi un şuierat prelung. Locomotiva înainta cu încetinitorul pe linia 1. Se ataşa vagon după vagon. Se forma trenul. Cei trei supravegheau trecătorii, cântărindu-i pe fiecare şi urmărind un anumit grup. Între timp, forfotă mare la urcare. Oameni precipitaţi se îmbulzeau să urce, dând din coate, agăţându-se de uşile deschise. Ţipete, văicăreli, înjurăruri...

– Aşa-i românul, dom'le! Până nu te împinge ca să intre el, nu e mulţămit, 'tu-i anafora mă-sii de treabă!

– Staţi măi, oameni buni, că nu rămâne nimeni pe dinafară, strigă un cioban cu blană de oaie şi cuşmă neagră.

Peronul se goli în mai puţin de cinci minute. Prin aburul sidefiu al peronului se desluşi o siluetă masivă însoţită de alta mai scundă, cu palton deschis la culoare şi pălărie neagră. Amândoi duceau în mâna dreaptă câte o mapă neagră. Păşeau apăsat cu siguranţa omului care nu se grăbeşte. Ştia că trenul nu va pleca fără ei. Erau aşteptaţi. Urcară în primul vagon de lângă peron, un vagon luxos unde intra numai lume bună. Era vagon special.

În ultima clipă urcară şi cei trei tineri, profitând de un moment de neatenţie a controlorului, care făcu semn impiegatului să dea drumul la tren.

Deşi n-aveau bilete de clasa I, cei trei tineri rămaseră pe culoarul dintre două vagoane, sub pretextul că vor să folosească toaleta. Controlorul le perforă biletele şi le atrase atenţia să-şi ocupe locurile, apoi trecu în celălalt vagon. Tinerii au zăbovit pe culoar până la prima staţie, apoi au intrat într-un compartiment care, între timp, se eliberase.

Au identificat în compartimentul vecin pe cei doi demnitari, pe I.G. Duca, însoțit de o matahală de om, înfășurat într-un palton negu și căciulă brumărie. Duca, aplecat peste o mapă neagră, tot scotea din ea niște hârtii pe care le răsfoia foarte concentrat. Avea o față obosită, încrâncenată, cu un rictus de nemulțumire. Belimace, mai jovial dintre toți, făcu o remarcă plină de umor:

– Boierul a dormit cu fața la perete. Cine știe, o fi fost la vânătoare de mistreți și nu i-a ieșit pasiența.

– Nici nu știe ce-l așteaptă! Hai s-o facem acum!

– Ce, ești nebun? Vrei să speriem copiii? Ca să nu mai spun cocoanele! Le stricăm petrecerea de Anul Nou!

– Păi, când s-o facem? Vrei să-l pierdem?

– După audiență la rege! Am tot traseul. Am fițuica aici în buzunar.

– De unde o ai?

– Treaba mea! Știi că ești curios din fire?

– Știi mai multe decât știm noi, măi, Belimace?

– Poate da, poate nu! Ce importanță are? Trebuie să dispară!

– Știi ce-mi convine? N-are escortă! Treaba o să meargă strună!

– Ştii ce nu-mi vine la socoteală? Oare de ce l-a chemat regele pe Duca în această zi? E sfârşitul anului. Nu era mai bine să stea şi el ca tot omul acasă de sărbători?

– Da ştii că eşti curios, Constantinescule? Ai să mori prea repede. Mă, nu mai pune întrebări. Ştiu eu de ce!

Belimace râse cu subînţeles. Avea el socotelile lui. Poate că numai el ştia care-i treaba şi-o ţinea în secret numai pentru el.

– Asta-i una la mână, continuă Constantinescu, făcându-se că nu aude ce-a spus Belimace, dar parcă e un om de rând. Zău că-mi vine să-mi scot revolverul şi să-l execut.

– La ce te-ai gândit?

– Păi îl scot pe barosanul ăla de lângă el, pe hol, îl întreb de una de alta, iar Belimace îşi face treaba. Nu vezi c-au rămas numai ei doi în compartiment?

– Şi dacă nu-l omori din prima? Nu e bine! Rămâne tot la întoarcere. Să vedem care-i treaba în gara Sinaia. Am eu nişte informaţii de la cineva, nu spun cine.

Cei trei au tăcut. În compartiment cu ei intră o familie cu un copil de vreo şase ani care punea mereu întrebări. Cei trei îşi ridicară reverele de la haină şi se prefăceau că dorm. N-aveau chef să intre în vorbă cu puştiul şi să atragă atenţia.

În sfârşit, au ajuns la destinaţie. Rămaşi singuri pe peron, au început să studieze toate intrările şi ieşirile. Se opreau, discutau, indicând anumite locuri, apoi se aşeză fiecare în alt loc, ca şi cum nu s-ar fi cunoscut.

Începu să ningă cu fulgi groşi de nu se vedea om cu om. O perdea de fulgi cobora pe fundalul amurgului, în timp ce luminile din gară pâlpâiau palid. Chipuri întunecate, uşor înclinate de greutatea bagajelor îşi făceau intrarea în sala de aşteptare în aceeaşi lumină chioară.

Belimace nu-şi găsea locul. Se ridică de pe banca din faţa peronului şi-şi făcu loc lângă Canarica.

— Măi, fratele meu, tu observi ceva?

— Ce să văd, frate? Că-mi cam bâţâie picioarele, parcă-am venit la furat!

— Eşti legionar sau ce mama dracului eşti tu? Misiunea trebuie s-o ducem la capăt ca la carte! Eu voiam să te întreb ce părerea ai tu de vreme?

— Ce părere să am! S-a pus pe iarnă! Ninge, nu glumă!

— Dar ia, uită-te tu, ce lumină chioară! O să-l nimerim sau nu?

— Măi, tăntălăule, n-am vorbit că Belimace îl ia pe la spate şi-i trage direct în ceafă? Tu tragi în celălalt. Vezi ce agenţi mai sunt! Tragi fără milă! Dacă şovăim, suntem terminaţi, ai înţeles?

— Nu cred că i-o trece prin cap să-i ceară regelui gardă!

— Stai liniştit, că nu face regele pustiul ăsta de bine, să-i dea lui Duca gardă.

— Bine-ar fi, ne-ar uşura nouă treaba!

Se întunecase de-a binelea. În difuzor se auzi vocea spicherului care anunţa o întârziere a trenului de aproape două ore.

– Ce ne facem, fraţilor?

– Ce să facem, aşteptăm! Poate că e mai bine. Cu cât mai târziu, cu atât mai bine. Vor rămâne mai puţini în gară şi mergem la fix.

– Măi, mi-e o foame de crăp! Haideţi la birtul din colţ să gustăm ceva, că avem timp berechet.

Cu puţin timp înaite de sosirea trenului, cei trei tineri erau pe poziţii, fiecare la locul lui. Prim-ministrul traversă gara, ajungând pe peron în lumina difuză prin care se desluşeau siluete grăbite într-un du-te vino continuu.

Prim-ministrul vorbeşte la telefon cu soţia. O anunţă de întârziere şi-o linişteşte, urându-i noapte bună! În acel moment izbucniră focuri de arme din trei locuri deodată. Belimace îl apucă de ceafă, trase, moment în care prim-ministrul se prăbuşi pe loc. Împuşcătură fatală. Au fost răniţi şi alţi trecători nevinovaţi. Cei trei au fost imobilizaţi pe loc şi arestaţi.

Zarvă mare în gara Sinaia. Sosiră două maşini la faţa locului, poliţiştii erau nedumeriţi, aşteptau veşti. Peste puţin timp sosi la faţa locului şi şeful Poliţiei Sinaia.

– Trebuie să-l anunţăm pe Majestatea sa, regele! Trebuie să ştie ce s-a întâmplat. Ce facem cu cadavrul? Unde-l ducem? se precipita unul dintre poliţişti.

– Ce să-l mai anunţăm! Îl ducem direct la palat. Cel puţin până mâine.

Stupoare! Regele nu păru surprins. Era imperturbabil. Schiţă un discret zâmbet de satisfacţie. Şeful Poliţiei privea înmărmurit:

– Ce facem, Majestate? Unde ducem cadavrul?

– Căraţi-l în spatele palatului, este o uşă care dă în bucătăria servitorilor şi de acolo, într-o săliţă cu o canapea. Lăsaţi-l acolo până mâine. Stabiliţi o comisie să se ocupe de restul, spuse regele grăbit, arătând parcă cu degetul a imputare către cadavru, ca şi cum mortul ar fi fost vinovat de propria-i moarte. Întoarse spatele păşind imperial, de parcă ar fi terminat o treabă de mult începută.

Doi dintre agenţi apucară cadavrul, târându-l în antreul unde se afla, de fapt, o canapeluţă. Îl urcară cu chiu cu vai, căci mortul se făcea din ce în ce mai greu, dar constatară că nu se putea încadra în spaţiul îngust al canapelei. Capul îi atârna într-un capăt, iar picioarele în celălalt capăt. De fier să fi fost, şi tot nu puteai să nu te cutremuri la un asemenea sfârşit al celui mai important bărbat al ţării. Poate nici un om de rând n-ar fi fost tratat cu o asemenea indiferenţă.

Regele n-a trimis măcar o floare.

Căpitanul dispăruse fără urmă, parcă înadins protejat de cineva. Parcă intrase în pământ.

Arestarea bunicului meu legionar

– Ăsta a fost, fata mea, episodul morții lui I.G. Duca, despre care eu am auzit în închisoare. Nu pot să spun ce ne-a pățit sufletul nouă, celor care eram închiși. Atunci credeam că este implicat Corneliu Zelea Codreanu, dar după ce am ieșit din închisoare, m-am întâlnit cu el. Voiam să știu ce s-a întâmplat. Mi-a mărturisit că era străin de asasinat, dar că a fost ajutat să se ascundă în casa verișoarei Elenei Lupescu.

– Bine, bine, tată, dar nu ți se pare ciudat?

– Ba da. Dar nici în ziua de azi nu știu care este adevărul.

– Este, într-adevăr, foarte ciudat cum de a fost adăpostit în taină chiar în casa verișoarei metresei regelui? Oare ce planuri ascunse funcționau aici? De ce ar fi vrut regele să-l protejeze pe Codreanu? S-a folosit oare de el?

– Fata mea, pe atunci regele cred că-l admira pe Codreanu. Am aflat că-l voia în preajma lui. Nu numai că-l admira, dar, cum îi era obiceiul, nu suporta să fie altcineva mai presus de el. Cred că avea și un fel de invidie. Voia, cu alte cuvinte, să-l folosească în interesul lui.

– Chiar crezi asta, tată?

– Cred, Mina, dar nu se știe nici până acum care era adevărul adevărat. S-a mers mereu pe presupuneri.

– Cu siguranţă! Cea mai plauzibilă ar fi ideea că, la vremea aceea, regele l-ar fi folosit pe Codreanu ca să scape de I.G. Duca. Mă mai gândesc şi la altceva. Cine ştie, poate regele îşi făcea planuri, în acţiunile lui machiavelice, de a se baza pe Codreanu. Bănuiam că şi arestarea noastră din preajma asasinatului ar fi fost o mascaradă, ca să muşamalizeze arestarea lui Codreanu. Nu ştiam nimic din toate astea.

– Păi n-aveai de unde să ştii, erai doar închis.

– Eram încarceraţi, dar nu scăpam de interogatoriul chinuitor. Ne-au scos în incinta închisorii într-un careu. Santinele peste tot. Au început să urle la noi şi să ne ameninţe, întrebându-ne dacă ştim unde s-a ascuns Căpitanul. Se şoptea printre noi că nu era de găsit. Dispăruse fără urmă şi era căutat de Siguranţă. Am auzit apoi că l-ar fi găsit pe Stere Ciumeti, care-l proteja pe Căpitan. Pentru că n-a vrut sub niciun chip să-l divulge, l-au bătut, l-au schingiuit, apoi l-au împuşcat. Oricum am întoarce lucrurile, nu putem nega faptul că regele nu era străin de tot acest scenariu. Să fi ştiut oare Carol de planul celor trei asasini şi l-ar fi lăsat pe Duca descoperit intenţionat? Presupunem şi asta dacă ne gândim la toate detaliile care au înlesnit atentatul: circuitul electric defectuos din gara Sinaia, apoi lipsa escortei. Pe atunci, mă tot întrebam dacă regele l-ar fi protejat pe Corneliu sau poate de teamă, s-a protejat singur, ascunzându-se. Dar se pune întrebarea: De ce oare îl proteja regele? Dar atunci, dacă regele ar fi ştiut, de ce l-ar fi mai arestat şi împuşcat pe bietul Ciumeti?

Am putea născoci zeci de scenarii, dar adevărul rămâne totuşi într-un con de umbră.

Eram speriat. Simţeam că viaţa îmi este dată peste cap. Zenaida şi Corneliu erau în Botoşani. Venise tatăl meu să-i ia chiar din 10 decembrie, după primele arestări masive, când auzise că ne-au dizolvat. Era îngrijorat de tulburările din preajma alegerilor şi voia să-şi protejeze nepoţii. Mă frământam în închisoare pentru toate astea. De mama ta nu ştiam nimic. L-am rugat pe comandantul închisorii, care mi s-a părut cumsecade, să-mi dea veşti despre soţia mea. L-am implorat, nu ştiu cum i-am vorbit, dar cred că l-am impresionat, că mi-a promis că mă va ajuta. După o săptămână, vine gardianul, mă ia şi mă duce nu ştiu unde.

N-am văzut decât o încăpere întunecoasă. Dau cu ochii de Agapia. Era vânătă la ochi, buza era umflată şi sângera uşor. Slăbise mult. Era străvezie. Sarcina i se cunoştea vizibil. Plângea... Agentul urlă la ea:

– Taci, femeie! Nu te mai smiorcăi! Tot drumul ai miorlăit! Vezi că-ţi astup eu gura acuşica!

Se răsucea inima în mine când am văzut scena. M-aş fi năpustit asupra lui, dar am avut atâta minte să-mi dau seama că agravam situaţia.

Ne-a lăsat singuri în celulă. Mă uitam la ea neputincios. Încercam s-o îmbărbătez, dar cuvintele îmi ieşeau greu.

– Rezistă, draga mea! Rezistă! Te rog, nu mai plânge! Gândeşte-te că-i faci rău pruncului. Ajută-l să nu păţească ceva. Fii tare!

Agapia a ridicat ochii înroşiţi de plâns. Avea pungi la ochi. I se umflaseră puţin pomeţii obrajilor, poate de nesomn, de zbucium, de foame, de frig. Mă topeam de durere. Mi se pusese un nod în coşul pieptului şi-mi simţeam capul vâjâind: „Doamne, ajută-mă! Nemernicii! O să-mi pierd femeia! Doamne, ajut-o să reziste! Dă-i putere, dă-i forţă ca să facă faţă! I-am prins capul în palmele mele umflate de loviturile repetate, i-am mângâiat părul răvăşit, legat cu o basma cu franjuri, atât cât apucase să ia de acasă în noaptea arestării.

Gardianul deschide uşa larg şi ordonă:

– Gata, ieşi din celulă! Am primit ordin să încheiaţi convorbirea.

Am mai aruncat o privire către Agapia, încercând să-i zâmbesc, dar ştiam că nu mi-a ieşit zâmbetul, cred că doar o grimasă de durere. Agapia clipi din ochii ei cafenii, umbroşi, din care se prelingeau două lacrimi, zăbovind înadins parcă pe obraji.

Au trecut câteva săptămâni în care n-am văzut-o. Of, Doamne, ea este femeia care m-a însoţit cu credinţă peste tot pentru a vorbi oamenilor despre Mişcarea Legionară. M-a însoţit cu iubire şi credinţă în Dumnezeu, căci numai aşa, fiica mea, ajungi la sufletul omului. Nu puteam să dorm. Nu mai era mult până îi venea sorocul să nască. Ne-a adus din nou la confruntări.

Era slabă, dar parcă ceva din privirea ei se schimbase. Era absentă la tot. Nu mai tremura. Avea un fel de a te privi de parcă mi-ar fi spus: „Puţin îmi pasă, nu mi-e frică!

Fie ce-o fi!". Comandantul închisorii ne-a lăsat singuri câteva minute, a făcut-o înadins, ca să ne punem de acord! Aşa am crezut. Mă gândeam că în următoarele minute va intra călăul. Am prins-o de mână, am plimbat amândouă mâinile pe pântecul ei. Mişca. Cel mic îmi dădea bineţe:

– Bună, dragul tatei, bună, scumpul meu copilaş! Te simt, fii bun şi naşte-te uşor, să nu sufere mama ta mai mult decât a suferit.

– Nu voi suferi, dragul meu, sunt puternică! Educaţia legionară mă ajută să trec peste toate!

– Pe mine nu, Agapia! Mă simt slab şi simt c-am să cedez! Am coşmaruri şi tremură inima în mine că nu vom apuca să ne mai creştem copiii împreună. Ce ne facem? Cum ieşim din iadul ăsta?

– M-au bătut, Miroane! Mi-au spus că tu nu vei recunoaşte copilul, că nu-ţi pasă de mine, tot felul de minciuni!

– Şi tu le-ai crezut?

– Repetau în fiecare zi aceleaşi cuvinte ca să mi se întipărească pe creier. Mă trezeam noapte ţipând la tine: „Nuuu! Sunt soţia ta, sunt credincioasă! E copilul nostru! Jur!" În ultima lună nu m-au mai bătut, dar mi-au turnat tot felul de minciuni despre tine ca să-mi slăbească încrederea şi să te demasc. Să spun tot ce ştiu despre Căpitan, zeci de întrebări! La puţin timp după asta au intrat doi inşi care s-au năpustit asupra noastră:

– Ei, ce ştiţi despre Căpitan? În aprilie este procesul. Avem nevoie de cât mai multe informaţii despre Mişcare! Vă facem noi de petrecanie, legionarilor! 'Tu-vă mama voastră! Vreţi puterea, ai? Vă dăm noi putere!"

– Lăsaţi-o pe soţia mea în pace, nu ştie nimic! A ţinut neapărat să lipim împreună afişe pe ziduri.

Agapiei i s-a făcut rău. I-au adus o carafă de apă şi i-au cerut s-o bea dintr-odată. N-a putut. Îi împingeau în gură cana. M-am întins şi i-am vărsat cana cu umărul. Unul dintre indivizi m-a lovit cu piciorul. Am căzut. Încă un picior şi încă unul! A început şi celălalt să mă lovească în faţă.

– Daţi, daţi, până nu mai puteţi! Nu ştiu nimic!

– Nu ştii? Nu vrei! Lasă, c-o să vrei tu acum!

O apucă de păr pe Agapia, o izbi de perete de mai multe ori, apoi o întoarse spre mine:

– Uite-o, o vezi? Spui sau o leg de scaun covrig, poate naşte acum, sub ochii tăi, vrei asta?

N-am mai putut rezista, m-am târât spre ea, am îngenuncheat, m-am uitat în ochii ei, am clipit de mai multe ori ca să înţeleagă că-i un semn şi-am strigat:

– Spune, Agapia, spune tot ce ştii! Aminteşte-ţi! Fă-o pentru copilul nostru!

Ştiam că n-are ce mărturisi, n-avea ce să ştie, o târâsem eu în această nebunie.

– Ce să spun, dragul meu? Nu ştiu nimic!

– Ba ştii! Fă-o pentru copilul nostru! Te implor!

Unul dintre ei îi aduse Agapiei încă o carafă de apă.

– Staţi, staţi! Spun tot! Vreau să scriu tot ce ştiu, strigă Agapia.

Au dezlegat-o de scaun, au stropit-o cu apă, au aşezat-o în faţa unei mese, unde o aştepta o foaie de hârtie pe care Agapia începu să scrie cu repeziciune. Pe mine mă aşeză la altă masă şi-mi ceru să scriu tot ce ştiu.

– Numele legionarilor! Pe toţi!

Agapia scria, scriam şi eu, ne-am înţeles din priviri să inventăm. Născoceam scenarii din disperare. Zeci de nume pe care le întâlniserăm în viaţa noastră erau aşternute pe hârtie, fapte plăsmuite erau scrise cu repeziciune pe hârtie. Erau aproape toţi oameni nevinovaţi, unii dintre ei nici n-aveau de-a face cu Mişcarea Legionară. Nici nu se mai făceau verificări pentru corectitudinea celor spuse. Anchetatorii erau mulţumiţi c-au reuşit prin metodele lor mârşave să scoată ceva de la o femeie îngrozită de chinuri. Am învăţat amândoi că scenariile inventate sunt o formă de supravieţuire.

De-atunci n-am mai văzut-o pe Agapia, scumpa mea soţie, mama copiilor mei! Am rămas cu gândul la ochii ei de-un cafeniu-închis, în care citeam atâta tristeţe. Îi văzusem atunci pentru ultima oară ochii umbriţi de gene negre, absenţi şi întunecaţi de durere···

Îţi spun asta, fata mea, după douăzeci şi şase de ani de la naşterea ta, ca să ştii ce-am fost noi, părinţii tăi, ce-am trăit în acele vremuri, cum ne-am pierdut liniştea şi cum am dispărut ca familie, punându-ne în slujba unor idealuri în care credeam cu sfinţenie.

După confruntarea cu Agapia, mă şubrezisem de tot. Nu mai aveam rezistenţă, nici fizică, dar nici morală. Îmi pierdusem încrederea în tot ceea ce făcusem până atunci. Mi se părea că luptam pentru o cauză pierdută şi simţeam cum cedez. Trăisem atâţia ani lângă Corneliu, dar nu aveam forţa lui. Mă gândeam din ce în ce mai des cum să evadez, ce să fac să pot scăpa din acest iad. După ce-am văzut-o pe Agapia, mi s-a părut mai importantă viaţa, iubirea pentru femeia mea, am început să preţuiesc mai mult ceea ce ţine de împlinirea mea ca om, ca bărbat şi ca soţ, familia mea şi atât! Era un nonsens implicarea mea în Mişcarea Legionară? Unde vom ajunge? Ne vor nimici! Sunt mai puternici ca noi! Sunt un biet om muritor! Ce să fac? Cum să scap? Nebunia! Asta era. Să mă prefac c-am luat-o din loc! Dar dacă mă vor împuşca ca pe un rebut? O să mă creadă o epavă şi-mi vor trage un glonte în cap ca să scape de mine, Dacă mă aruncă la groapa de cai? Cu astfel de gânduri am adormit spre ziuă, atât cât am reuşit să aţipesc puţin ca s-o pot lua dimineaţă de la capăt…

Mă trezesc dimineaţă şi, înainte de a se striga „Adunarea!", fac exerciţii, inventez scenarii, strig pe cineva despre care ştiam că nu mai e printre noi, vorbesc cu Sfântul Petru sau cu Sfântul Arhanghel Mihail. Cu o zi înainte, am scris un scenariu pe care am început să-l învăţ pe de rost. Cred că e singura mea formă de supravieţuire, în caz că voi asista la eliminarea noastră fizică. Vreau să trăiesc, vreau să-mi văd copiii, vreau să-mi duc viaţa mai departe, fără să mai fiu legionar, fără să mai fiu nevoit să dau raportul Căpitanului. Vreau să nu mai fiu hăituit. Mă dezic de toate ideile legionare! Nu mai cred că noi, legionarii, vom schimba lumea.

Hăul în care trăim nu va permite să ducem la bun sfârșit jurămintele noastre legionare. Sunt descurajat, sunt învins, mi-o spun asta în fiecare zi. Mă gândesc să-i trimit și eu o scrisoare Căpitanului, așa cum i-am trimis profesorului Cuza, ca să-l rog să mă dezlege și pe mine de jurăminte. O s-o trimit din închisoare sau poate chiar o să mă întâlnesc cu el. Trăiesc o mare dezamăgire! Mă simt fără vlagă. De când am văzut-o pe Agapia, nu mă mai interesează nimic. Sunt pregătit să mint, să spun tot ce vor ei, numai să-mi salvez familia. Știu că intru în capcanele trădării, ceea ce este extrem de grav. Dacă ar ști Căpitanul, cred că mi-ar spune că nu mai merit să trăiesc. Oare pot să fac asta? Oare mai pot ridica ochii spre Căpitan, mai am vreodată curajul să-l privesc?

Simt nedreptatea care ni se face. Adunați ca niște vite în incinta închisorii, loviți cu patul puștii, împinși, umiliți, tratați fără respect. De ce? Am treizeci și cinci de ani și doi copii care vor crește fără tată. De ce? Pentru că vrem o țară fără hoți, fără corupți, fără trădători?

Nu vrem puterea, nu facem politică, dar cum oare să ajungem la sufletul românului, dacă nu facem propagandă? Cu ce-am greșit dacă am mărșăluit prin sate să fim cunoscuți? Simt că se dorește exterminarea noastră fizică. Iar eu vreau să trăiesc! Vreau să trăiesc! Era sfârșit de februarie. Două luni de închisoare! Mi se parea c-a trecut un an. Timpul nu mai avea importanţă! Eram mulţi. Nu mai încăpeam în închisoare. Pe mine, pe Adochiţei şi Nicu Durbacă ne-a dus la Cetăţuia, o fostă mănăstire, devenită acum închisoare.

– Hei, Adăscăliţei, ieşi la raport!

I-a strigat şi pe ceilalţi. Ne-a scos pe holul închisorii şi ne-a avertizat că nu avem voie să vorbim între noi. Apucasem să-l văd pe Durbacă. Era galben ca ceara! De felul lui era roşcovan, acum nu mai avea sânge în obraz, iar părul parcă i se rărise. Poate pentru că era nespălat şi stătea lipit de cap. Oricum, avea o faţă de mahmur!

– Vă faceţi bagajele! Într-o oră plecăm!

– Unde? am întrebat toţi deodată,

– Fără întrebări! Nu e treaba voastră! Avem ordin să vă transferăm. O să aflaţi. Ehei, vreţi să evadaţi, ai? Poate faceţi vreo mişcare!

– Este dreptul nostru să ştim unde ne duceţi!

– Gura!

Ne încarcă în camioane pe toţi. Eram vreo patruzeci. Afară un frig cumplit de ne tăia la oase. Coborâm la gară. Zăpada viscolea pe peron, ne intra în ochi, ne plesnea peste faţă. Spre ziuă ne urcăm într-un tren. În fiecare vagon, jandarmii stăteau de veghe de-o parte şi de alta a vagonului. Printre noi, jandarmi. Trăgeau cu urechea la ce vorbim. Noi tăceam. Încercam să desluşim spre ce destinaţie ne duc. Era cert că plecam din Iaşi. Apoi am aflat că ne îndreptam spre Bucureşti. Pe înserate, trenul nostru se opreşte înainte de a ajunge în gară. Acolo ne aşteptau alte camioane. Plecam spre o destinaţie necunoscută. Ne uitam unii la alţii neliniştiţi. Nu ştiam ce ni se pregăteşte. Camioanele se opresc cu un huruit greu. Suntem număraţi, iar la o comandă scurtă coborâm supravegheaţi cu stăşnicie de santinele.

– Alinieeerea!

Ne aşezăm în formaţie şi ne îndreptăm către porţile mari metalice ale noii închisori. Suntem număraţi, apoi strigaţi după tabele şi păşim câte unul dincolo de grilaj. Observăm pe frontispiciul porţilor scris mare: „Fortul nr. 13 Jilava".

Aşadar, am ajuns la Jilava. Înseamnă că e ceva grav dacă ne-au adus aici. Lucrurile se complicau. Cine ştie dacă nu l-au arestat pe Căpitan! Poate ne adună la un loc să ne lichideze pe toţi odată. Simţeam că-mi trec şerpi pe şira spinării, gândindu-mă la ce-i mai rău. Imaginaţia mea o lua razna. Orice gând se amplifica şi nu vedeam în faţa mea decât o groapă comună unde vom fi aruncaţi ca să ni se piardă urma. M-a trezit din gândurile mele negre o santinelă care striga: „Dă-te jos de la geam! Mişcă!"

Am intrat înăuntru. M-a izbit un miros greu de igrasie şi umezeală, un miros rânced de sudoare şi haine murdare. Se aude un zumzet surd. Coridorul lung era luminat palid de un bec prea mic pentru a face faţă lungimii care parcă nu se mai termina. Siluetele noastre se profilau sinistru pe pereţii scorojiţi. Aveam impresia că ni se multiplică trupurile, iar noi ne înghesuiam unii în alţii ca să încăpem. Din fiecare celulă se auzeau voci nedumerite, întrebări de toate felurile, toate rostite în acelaşi timp: Cine sunteţi, fraţilor? De unde veniţi?"

Apoi o voce exlamă cu bucurie: „Au venit ieşenii! Fraţii noştri de suferinţă!"

Ca la un semn nevăzut izbucniră toţi în acelaşi cântec:

„Sculaţi români la luptă, bate ora

Din urmă pentru neamul românesc."

După ei, izbucnim şi noi, cu pas cadenţat, bătând ritmul cu piciorul. Ieşeau toţi din celulă, iar noi nu ne opream din cântat. Santinele strigau zadarnic. Atunci am auzit un foc de armă descărcat într-un loc probabil ferit. Am amuţit. Nu mai mişca nimeni.

− Gura! Nu mişcă nimeni! Intraţi în cameră după cum vă auziţi strigaţi.

Intrăm fiecare după tabel, mai mult bâjbâind până ajungeam la patul tare acoperit cu rogojini, din fiecare celulă. Mă trântesc, frânt de oboseală. Trebuie să mă obişnuiesc cu noua mea condiţie de deţinut la Jilava, cea mai temută închisoare. La Iaşi mai era o oarecare îngăduinţă în ceea ce priveşte comunicarea, aveam cel puţin o dată pe zi răgazul să mai schimbăm câteva vorbe. Dar aici santinelele sunt mereu cu ochii pe noi. Cu cât se apropie procesul lui I.G. Duca, cu atât regimul nostru e mai sever. Circula printre noi vestea că pe Căpitan îl aşteaptă ani de temniţă grea. N-a fost arestat.

Nu l-au găsit nicăieri. Se vorbea tot mai des de un camuflaj. Ajungeau la noi tot felul de veşti despre împrejurările în care a fost împuşcat Duca. Circulau tot felul de poveşti. Unii dintre noi făceau remarci pline de nedumerire. Oare merita acest boier de viţă veche, mare patriot, să fie tratat ca un om de rând? Şi asta numai pentru că n-a intrat în jocul puterii la întoarcerea regelui la tron. Oricum ai lua-o, moartea lui rămâne învăluită în mister. Poate că acest camuflaj era regizat de însişi oamenii puşi în slujba regelui!

Nicadorii erau separaţi de noi. Aveau regim special. Erau consideraţi un pericol public.

Erau încarceraţi marii oameni ai ţării: Nae Ionescu, Nichifor Crainic, Ion Zelea Codreanu, tatăl Căpitanului, Ion Moţa, Gheorghe Cantacuzino-Grănicerul. Erau separaţi în cealaltă curte.

Aici s-a născut cântecul „Geme Jilava". De câte ori îl cântam, ne simţeam mai puternici. Ne eliberam parcă de nedreptate, de durerea sufletească, de încorsetarea şi privarea de libertate.

„Hai, Căpitane, dă-ne semnalul,

Prin foc şi apă te vom urma."

Nae Ionescu obţinuse privilegiul de a ne aduna într-o cameră mai mare şi a sta de vorbă cu noi. Astfel se ţineau un fel de microconferinţe pe diferite teme. Dintr-odată mi s-a părut viaţa mai uşoară. Mă hrăneam sufleteşte şi regretam momentul când fusesem bântuit de ideea de a abandona Mişcarea. Sorbeam cuvintele profesorului Nae Ionescu.

Ascultam cu interes ceea ce spunea Moţa despre jertfa supremă, dar mai ales discursul domnului Banea, moldovean de-al nostru, care venea din când în când să stea printre ieşeni. Ne-a vorbit despre Căpitan cu atâta patos, cu atâta sinceritate! Vorbele lui spuse cu blândeţe ne ajungeau la suflet. În seara aceea am adormit cu imaginea Căpitanului în gând.

Prin martie ne-am rărit. Erau eliberaţi cei care n-au fost prinşi efectuând activităţi legionare. Cei mai mulţi au fost ridicaţi doar pentru faptul că făceau parte din Mişcare. Eu am rămas, la fel şi Nelu Adochiţei şi Nicu Durbacă şi mulţi alţii pe care nu-i cunoşteam. Acum aveam voie să ne plimbăm prin curtea interioară. Nici paza nu mai era atât de strictă. Puteam fi supravegheaţi mai uşor.

După eliberarea lor, aveam o stare de lehamite. Nu ştiam nimic de Agapia.

Într-o zi am cerut să vorbesc cu comandantul închisorii. Nu ştiu de ce am făcut-o. Prea multe nu putea face pentru mine. Eram încadrat la subminare. Afişele pe care le lipisem erau împotriva guvernului. Era cel mai grav cap de acuzare. În acest caz audienţa mea la directorul închisorii nu putea viza gradul meu de vinovăţie. Asta o făcea instanţa de judecată. În plus, s-a luat în calcul relaţia de prietenie pe care o aveam de-o viaţă cu Căpitanul şi asta atârna greu. La audieri m-au chinuit să dau amănunte despre locul unde s-ar putea ascunde Căpitanul. A trebuit să vin cu multe argumente din care să reiasă că întâlnirile noastre fuseseră din ce în ce mai rare, că drumurile noastre nu se mai intersectaseră decât la şedinţele şefilor de cuib. Îmi făcusem însă curaj. Auzisem despre directorul închisorii că e foarte cumsecade, că are înţelegere faţă de deţinuţii cu purtare frumoasă şi eu aş putea fi unul dintre aceia. Căzusem într-un fel de depresie şi simţeam nevoia să-mi dea cineva un impuls, o veste bună, voiam să ştiu ce face soţia mea. Se apropia sorocul. Eram cu inima la gât, nu ştiam dacă mai trăieşte sau nu. Dacă au torturat-o? Ce face? Ce mănâncă? Cine o îngrijeşte? Toate aceste frământări mă epuizau psihic şi nu-mi găseam locul.

Domnul Izet mă primi binevoitor. Era comandant de vreo câţiva ani. De origine turcă, nu aderase la niciun partid. El nu făcea politică şi nimeni din neamul lui. Venea din capitală, unde avusese în subordine Jandarmeria din Bucur Obor. Aici era detaşat pentru un an, dar întrucât nu avusese loc niciun incident, niciun evadat, domnul Izet era privit cu respect de superiori.

Jilava era o închisoare privită de deţinuţi ca o sperietoare. Aici erau întemniţaţi cei acuzaţi de fapte grave, dar mai ales deţinuţii politici, care primeau ani grei de temniţă.

– Domnule comandant, vin la dumneavoastră cu mari speranţe! Încerc şi eu marea cu degetul. Nu cer, Doamne-fereşte!, vreo favoare, dar soţia mea este şi ea deţinută şi nu ştiu unde au dus-o. Trebuie să nască luna asta şi nu am niciun semn de la ea. Mă puteţi ajuta! Dumneavoastră aveţi cum să aflaţi. Măcar să mă liniştesc!

– Adăscăliţei, nu-ţi promit nimic! Dacă stă în puterea mea să te ajut, o s-o fac!

– Domnule comandant, vă implor! Simt că nu mai sunt în toate minţile. Nu mai sunt eu omul care am fost! Am coşmaruri şi mă gândesc în fel şi chip cum să fac să ajung acasă.

– Cred că nu-ţi trece prin cap să evadezi?

– Mi se pare o mare nedreptate ceea ce mi se întâmplă! Legăturile mele de-a lungul anilor cu Căpitanul îmi agravează situaţia. Presimt c-or să atenteze la viaţa mea. După asasinatul lui I.G. Duca, cine ştie ce măsuri se vor lua!... Sunt zvonuri că vor să ne lichideze şi fizic. Mă şubrezesc pe zi ce trece. Dacă auziţi că nu mai sunt în toate minţile, vă rog să mă ajutaţi!

– Deci astea sunt temerile tale? Vrei să-ţi aduc un medic în închisoare?

– Nu, deocamdată nu! Vreau să ştiu ce-i cu soţia mea.

– Te sfătuiesc să ai răbdare şi să nu cumva să faci vreo prostie! Îţi agravezi situaţia şi-mi vei face şi mie neplăceri!

– Eu sunt scriitor. Vreau să mi se dea hârtie să scriu. Ce să fac toată ziua? Poate aş suporta mai uşor singurătatea celulei, pustiul întunericului!

Eram mulţumit de cum a decurs audienţa. Mi se părea c-am găsit înţelegere. În plus, pregătisem terenul pentru prezumtiva mea nebunie. Cine ştie, ăsta va fi drumul către eliberarea mea, indiferent de consecinţele pe care le voi suporta. Mă condamnam la moarte socială, dar eram viu şi poate îmi vedeam copilaşii!

Când eram mulți, înghesuiți la careul din curtea interioară, era altceva. Preotul Protopopescu făcea seara slujbă, ne adunam, dezbăteam tot felul de probleme, era o atmosferă legionară și ne încărcam sufletul. Zilele treceau mai ușor. Acum, dintr-odată, mă simțeam singur. Nici rugăciune nu mai aveam putere să fac. N-am fost eu niciodată atât de evlavios cum era Căpitanul, deși mersul la biserică și rugăciunea erau mereu pe primul plan, dar acum se întâmplase ceva. Îmi pierdeam încrederea. Nu mai eram atât de sigur că Dumnezeu este cu noi. Dacă ar fi, ar face ceva să nu mai fim atât de prigoniți! Eram un om plin de îndoieli. Cât am stat în umbra Căpitanului, eram mereu în formă, un om de acțiune. Cât am trăit lângă Agapia, credeam că toată lumea este a mea. Ceva s-a rupt în mine. Nu sunt un legionar adevărat!

În curte am dat de Nicu Durbacă.

– Miroane, fug! Nu mai suport! Am făcut legământul cu Mișcarea, am depus jurământul, acum sunt în situația de a trăda, nu mai vreau s-aud! Mă duc acasă în sărăcia mea, îmi văd de vitele mele și cu asta basta!

– Te înfunzi mai tare, Nicule! Nu te gândești că s-ar putea să te prindă, iar santinela să aibă ordin să tragă în tine? Așteaptă să vedem cum va decurge procesul lui I.G. Duca. Ai răbdare!

– Eu, dacă scap de aici, tălică, nici nu vreau să mai am de-a face cu Mișcarea! Dă-o în paștele mamei ei de politică, nu mai vreau nimic. Sunt un om așezat, la locul meu, ce-mi trebuia mie legiune? Sunt un om simplu, bateți-vă voi capul să schimbaţi lumea, nu un om sărman ca mine cu trei copii acasă!

— Nelu ce spune? Ai vorbit cu el?

— Nelu se roagă! Stă toată ziua în genunchi cu faţa la răsărit, se roagă la Sfântul Arhanghel Mihail. Apoi iese în curte şi cântă imnul de unul singur. Îşi întreţine starea. Eu nu sunt ca el. Când îl văd că stă cu ochii închişi, rugându-se, am impresia că nu mai e întreg la minte!

— Nu crezi că rugăciunea îl ţine?

— Nu ştiu, Miroane, dar tu cum suporţi?

— Cum suport? Vrei să fiu sincer cu tine? Ei, află că starea asta de puşcăriaş m-a depărtat de credinţă. Nu mai cred în valorile cu care am pornit în viaţă. N-aş spune că sunt sceptic, dar nu merită. Vreau să ies din această tărăşenie! E cel mai alunecos drum, plin de capcane, de hăţişuri, din care nu se ştie dacă mai ieşi! Câte victime au căzut, Nicule? Nici noi nu suntem departe de a cădea pradă sigură în mâna jandarmilor! Mă gândesc să ies din Mişcare!

— Căpitanul a greşit când a înfiinţat Garda de Fier. Iată unde am ajuns! Au pus jandarmii pe noi şi ne hăituiesc ca pe nişte câini!

— Suntem prea mici, Miroane! Acesta a fost visul Căpitanului: să schimbe faţa ţării, să formeze omul nou! Ştii ce spunea? Adu-ţi aminte cuvintele lui: „Pe când miile de legionari vor face o grădină din pustiul care se întinde peste România?"

– Căpitanul nostru este un romantic! E un om de acţiune, dar crede prea mult în forţa legionară, în forţa de a stârpi din rădăcini răul!

– Trăieşte şi va trăi până la moarte cu visul izbăvirii neamului!

– Izbăvirea neamului prin suferinţa noastră!!!

Mătuşa Mina s-a născut în închisoare

Era la începutul lui aprilie. Peste o săptămână era procesul în privinţa morţii lui I.G. Duca. Eram toţi într-o aşteptare tensionată. Pentru noi procesul acesta însemna viaţă sau moarte! Îmi părea rău că nu sunt liber ca să pot asista şi eu. Nu ştiu exact cât de vinovat este Corneliu de asasinat, dacă este sau nu este implicat. Dar faptul că s-a ascuns mă duce cu gândul că nu este străin de moartea lui I.G. Duca.

13 aprilie! Vine gardianul şi mă anunţă să merg la comandant. Mi-a îngheţat inima! Slăbisem mult, pe cât eram eu de firav înainte, dar acum mă bătea vântul! Mă şubrezisem şi fizic şi psihic! Orice veste mă zdruncina ca un vârtej. Ce poate fi? O fi născut Agapia? Inima îmi bătea să-mi sară din piept! Am intrat în birou gâfâind.

– Stai jos, Adăscăliţei! De ce tremuri aşa? Am şi veşti bune şi rele. Ţine-te bine!

– Să-mi trag sufletul, domnule comandant!

– Ai o fetiţă! S-a născut acum o lună. Am luat legătura cu comandantul închisorii de femei. N-am stat degeaba de la ultima noastră întâlnire. Am şi eu oamenii mei. Să ştii c-am luat toate măsurile! Fetiţa e bine, dar…

– Dar ce?… şoptii eu pierit. Mă răcisem. Aveam frisoane. Comandantul luă de pe masă un pahar de apă şi mi-l întinse:

– Ia, bea, să-ţi revii!…

159

Se făcuse tăcere. Aşteptam încordat. Auzeam vocea comandantului de departe:

– A murit nevasta ta! N-a rezistat! Era prea slăbită!

N-am avut puterea să articulez niciun sunet. L-am văzut pe comandantul închisorii, domnul Izet, un turc cumsecade, blajin şi cu vorba domoală şi uşor poticnită, cum se ridică de pe scaun şi se apropie de mine. Mă cuprinde de umeri protector şi-mi zice:

– Atât am putut face pentru tine, Adăscăliţei. Ştiu că mai ai un băiat şi o fată. Am primit toate datele. Dacă vei mai sta aici, voi îngădui să te viziteze. Dar să ştii că mâine e procesul. O să asistaţi şi voi. S-a luat hotărârea să asistaţi la o sentinţă drastică pe care o vor primi Nicadorii şi Căpitanul. O să fiţi acolo ca să aflaţi şi voi verdictul, să vă fie învăţătură de minte, să vă lecuiţi de legionarism.

În ceea ce priveşte situaţia ta, o să am eu grijă. Am oamenii mei care se vor ocupa de copil. Nu va rămâne al nimănui. Vei afla la timpul potrivit. Îţi promit că voi urmări drumul fetiţei tale. Deja e pe mâini sigure. Mai mult nu-ţi pot spune.

– Nu mă duc la proces! Nu sunt în stare! Vreau să mă ascund în celulă şi să zac!

– Poate faci vreo prostie! Vezi că avem dispoziţie să tragem fără somaţie!

– Nu sunt în stare, n-am putere!

Am ieşit din birou împleticindu-mă. M-am aşezat pe scări, fără vlagă, luându-mi capul în mâini, privind aiurea. Nu ştiu când s-a întunecat. Am auzit talanga care anunţa stingerea. În curte am dat de un deţinut care mi-a zis că-i macedonean şi că-l cheamă Arnăutu. Spera să meargă şi el mâine la proces.

– Cum suporţi, camarade, detenţia? De când eşti aici?

– Păi m-au transferat de la Văcăreşti, ca să fim la un loc, să ne aibă mai bine sub pază. Suport cu gândul la Dumnezeu. Ştiu că asta e lucrarea lui Dumnezeu! Când am primit sentinţa pe 10 ianuarie, zâmbeam. L-am enervat pe Preşedintele Completului de Judecată. Am de executat trei ani de închisoare pentru subminarea puterii de stat.

– La fel ca mine. Nu cumva ai lipit afişe?

– Da, asta am făcut în Constanţa. Primisem un pachet de la Andrei Ionescu la întâlnirea şefilor de cuib. Mişcarea lucrează, camarade! Afară se continuă activitatea. În Dobrogea de sud sunt cuiburi puternice şi câteva Frăţii de Cruce. Avem cuiburi la Cerchezchioi, Căscioarele, Derichioi, Caraşcula şi Bazargic. Sunt multe neamuri pe-acolo, de toate felurile, s-au amestecat tătari cu turci, cu olteni. Noi, macedonenii, suntem mai uniţi. Nu îngăduim să ni se strice sângele. Dar în Mişcare am intrat. Avem noi socotelile noastre, camarade! Nu ne e frică de moarte. Suntem gata să ne jertfim!

– Eu sunt gata să părăsesc drumul jertfei! De-ajuns! Soţia mea e deja o jertfă legionară! A născut în închisoare şi la o lună a murit! Schingiuirile pe care le-a îndurat în închisoare din decembrie şi până acum, astea au răpus-o!

Am dormit chinuit de gânduri. În zori am auzit un zgomot surd de maşină în curtea interioară a închisorii. Apoi talanga suna deşteptarea. Ne-am adunat aşa cum eram somnoroşi în curte, a venit maiorul Pălămidă însoţit de-un gardian. Stătea în faţa noastră impozant, ne studia ţuguindu-şi buzele, încrunta din sprâncene, încercând să-şi fixeze privirea asupra mea sau aşa mi se părea, apoi strigă cu o voce baritonală:

– 'Tu-vă mama voastră de legionari! Când o să vă intre în cap că nu faceţi voi legile în ţara asta, măi deşteptilor! Nu suntem noi la cheremul vostru, descreieraţilor! Aşa că ispăşiţi-vă pedeapsa! Cred că v-au intrat minţile în cap!

Apoi scoate un teanc de hârtii, le desface, le cântăreşte şi-şi continuă discursul:

– Azi vă facem cea mai mare favoare: vă scoatem la o mică plimbare, apoi o să umpleţi sala tribunalului să vedeţi şi voi ce nelegiuire aţi făcut! Cum să-l împuşcaţi voi pe Duca, măi nenorociţilor! spuse, încruntându-se din nou, de parcă i-ar fi părut rău. Afişa ostentativ durerea pe chip printr-o grimasă, aproape strâmbându-se, încât era evident că juca teatru. Îşi scoase o batistă mare, albă, tamponându-şi fruntea, apoi îşi şterse ochii cu repeziciune, încât nu ştiai dacă avea într-adevăr lacrimi sau simulează asta. Înmânează gardianului hârtiile şi-i ceru să ne strige pe rând:

– Miron Adăscăliţei. Tu nu mergi! Ieşi afară din front!

Am ieşit, răsuflând uşurat. Deci domnul Izet e om de omenie!

Gardianul continuă să facă apelul:

– Ion Adochiţei şi Nicolae Durbacă, sunt prezenţi?

– Prezent!

Fac un pas înainte ca să fie văzuţi. Durbacă avea un zâmbet pe faţă care semăna a sfidare, ca şi cum le-ar fi râs în faţă: „Sunteţi speriaţi! Vă e frică de Mişcare şi ne prigoniţi pentru că aveţi puterea, dar nu mai e mult şi va veni rândul nostru".

Gardianul continuă să strige lista, în timp ce în grup începu să se audă vociferări, în momentul în care nu se mai auzi niciun nume.

– Şi noi vrem! Pe noi de ce nu ne strigaţi?

– Voi sunteţi încadraţi la alt articol. Va veni şi rândul vostru! Nu hotărăsc eu! Înapoi în celulă! Executarea! strigă gardianul.

Camionul porni cu un huruit greu. Încă nu se luminase de ziuă. Peste închisoarea Jilava se lăsă o tăcere de mormânt. De undeva, din afara zidului gros, o cucuvea îşi trimitea refrenul ei prevestitor! Pe cer doar câteva stele mai pâlpâiau anemic. „Acum e momentul să escaladez zidul", îmi încolţi în minte. O iau încet pe podeţ, profitând de faptul că nu se aude niciun zgomot suspect care mi-ar indica prezenţa vreunui gardian, şi mă caţăr pe zid, agăţându-mă de marginea zimţată, mâncată de ploi şi de vânturile aspre ale iernii. Mă prăbuşesc dincolo de zid cu un zgomot surd. Fac doar zece paşi. Aud un foc de armă. Mă prăbuşesc. Gloanţele şuieră pe lângă mine:

– Hei, legionarule, 'tu-i mama mă-sii! Cum ne-a fost vorba?

Înlemnesc! Mă ridic, văd că mă ţineau picioarele şi încep să număr, răsfirând degetele:

– Un legionar, doi legionari şi cu mine trei, fac un cuib legionar. Bravo!!! Uite, vine Arhanghelul Mihail!!!

– Vine pe p... mă-tii! Vrei să-mi faci necazuri, ai? Vrei să evadezi, ai?

– Un legionar, doi legionari, trei legionari!

Mă tăvălesc prin iarba înmugurită de aprilie, bâţâi capul, mă ghemuiesc şi înşir cuvinte fără noimă, încât gardianul se sperie, mă înhaţă pe sus, mă târâie până în interiorul curţii, în timp ce eu număram necontenit. Se lumina bine de ziuă. Mă înconjoară şase gardieni. Mă ghemuiesc şi mă prefac atât de bine că vorbesc cu I.G. Duca: „Domnule ministru, eu sunt mic, nu ştiu nimic, eu nu sunt legionar, eu nu vreau să vă împuşc. Puneţi o vorbă bună pe lângă Arhanghelul Mihail, că nu vreau să trădez, eu îmi iubesc ţara, eu nu trădez!"

– E nebun! A luat-o din loc de frică! Am tras în el, dar nu l-am nimerit, domnule comandant!

– Lăsaţi-l în plata domnului, e şocat, i-a murit nevasta în închisoare! Duceţi-l în celulă şi-l încuiaţi! Vedem noi ce facem cu el de mâine!

A doua zi vine gardianul, îmi aduce mâncare într-o gamelă, îmi lasă apă şi trage zăvorul. Mă lasă singur. Zgâlţâi uşa şi strig:

– Maică-măiculiţă, sfântă Fecioară care m-ai făcut tu pe mine să pătimesc pe lumea asta. Îndură-te de mine şi miluieşte-mă până la a doua Înviere. Hai, coboară asupra mea milostenia, vine, vineee!

Urlam şi zgâlţâiam uşa. Dincolo de uşă gardianul râdea:

– Dă-i înainte, zi-i, nebunule, cere-i Tatălui să te elibereze. Ha, ha, ha!

– Vineee! Tatăl nostru carele eşti în ceruri...

– Poate te aude Căpitanul...!

– Eu n-am căpitan, eu am Dumnezeu! Eu am împărăţie, eu sunt rege!

Îl aud cum se depărtează, râzând...

„Hai că v-am păcălit, 'tu-vă mama voastră! Poate-mi daţi drumul, ce să faceţi voi cu un nebun?..."

Spre seară, am auzit din nou huruit de camion în curtea interioară. Se întorceau camarazii de la proces. Cântau imnul legionar. Nu-i putea opri nimeni! Zgâlţâiam uşa celulei până mi-a deschis o santinelă, mi-a pus cătuşele şi m-a dus la comandant:

– Adăscăliţei, uite aici ordinul de eliberare. Azi a fost procesul. Căpitanul s-a prezentat la proces, spre stupefacţia juraţilor, care-i pregătiseră o sentinţă grea. Au pledat mulţi în apărare, iar discursul lui a fost impresionant! A fost achitat!

Tăceam şi-o făceam pe nebunul, simulam că n-am înţeles nimic. Înadins, n-aveam niciun fel de reacţie. Tăceam ca mutul, dar în sinea mea jubilam. „Na! Că şi de data asta Căpitanul v-a dat lecţii! E liber! Înseamnă că e nevinovat!"

– Du-te, Adăscăliţei! Luaţi-l! I-am anunţat pe cei doi camarazi, Adochiţei şi Durbacă, să aibă grijă de tine! Poate-ţi revii!

Am păstrat aceeaşi tăcere în faţa camarazilor mei. Nu voiam să ştie nimeni ce-am făcut! Voiam să mă văd ieşit pe poarta închisorii, să uit, să-l văd pe Căpitan. Cu el trebuia să discut toată situaţia mea! N-o mai aveam pe Agapia! Lumea mea se întunecase! Îmi pierdusem busola! Nu m-ar fi înţeles decât Căpitanul, prietenul meu de-o viaţă!

Bunicul iese din închisoare

— Eram, în sfârşit, liber, fata mea. Şi nu ştiam ce să fac cu această libertate. Nu ştiam pe ce drum să apuc.

Am umblat ca bezmeticul pe străzi. Voiam să te găsesc, fata mea. Nu ştiam unde să te caut. Gardianul mi-a spus că s-ar putea să fii la Buzău. Că te-ar fi lăsat la uşa unor boieri care n-aveau copii. Întrebam în dreapta şi-n stânga. Era ca şi cum aş căuta acul în carul cu fân.

Pe de altă parte, abia scăpasem din închisoare şi-mi era teamă să nu găsească jandarmii un pretext să mă ridice din nou. M-am strecurat pe toate străduţele, zăboveam pe lângă casele mai arătoase care mi se păreau c-ar fi boiereşti, dar n-am găsit nimic. Eram frânt de foame şi de oboseală. Am dormit pe un maidan, mai mult am aţipit iepureşte, ferindu-mă de câini. A doua zi am luat trenul spre casă. O săptămână n-am ieşit din casă. Apoi l-am căutat pe Corneliu. Aveam nevoie de el. Ştiam c-o să-mi dea forţa să merg mai departe.

Primul lucru pe care mi l-a spus la întâlnirea noastră m-a neliniştit! Nu era în firea lui temerară.

– Miroane, m-am ascuns! Mă ştiam nevinovat, n-aveam ce face, trebuia să-mi apăr pielea. Lilica era disperată! Credea că mă vede pentru ultima oară!

– Parcă nu mai eşti tu, Corneliu! Ai cam deviat de la linia Mişcării. Parcă nu erai de acord cu laşii!

– Oare se cheamă lașitate faptul că m-am ascuns? Eram ținta lor, aflasem că vor să mă lichideze fizic. Oare merita să mă duc în bătaia puștii?

– Asasinatul e un act mișelesc, Corneliu! Camarazii care l-au lichidat pe I.G. Duca au acționat pe cont propriu. Chiar vreau să știu care e părerea ta.

– Părerea mea? De ce mă mai întrebi? Oare nu e și părerea ta? A fost sau n-a fost I.G. Duca un trădător? Nu merita să moară, Miroane? Nu crezi că și-a găsit singur moartea? Au făcut dreptate! C-au făcut-o de capul lor, asta este altceva! I.G. Duca ar fi trebuit să fie împușcat prin decret! Cum să-ți trădezi țara? Cum să promiți masonilor din Occident că vei executa ordinele lor? Ce fel de patriot ești? De-asta voiam să ajungem la putere: să executăm trădătorii!

– Greșești, prietene! Treaba asta o face justiția. Mi-ai spus de atâtea ori că ai încredere în justiție. Ești om cu frică de Dumnezeu, Corneliu! Nu încurca lucrurile!

– Vreau să văd cum pier, unul câte unul, așa cum au făcut ei cu noi în ultimii ani!

– Cât am fost închis la Jilava, am crezut că ne vor împușca pe toți. Am vrut să evadez!

– Ai dat dovadă de slăbiciune! Ceea ce-ai făcut tu este deviere de la linia Mișcării!

– Am fugit, nu mai am repere, prietene! Agapia a murit! A murit dragostea în sufletul meu! Dezleagă-mă de jurământul legionar! Nu cred că mai merit să fiu în Mișcare!

– Miroane, legionar eşti tu? Unde este credinţa ta? Unde sunt amintirile noastre? Dragostea e un evantai! Ea nu poate muri! Vrei să te pierzi? Unde încetează iubirea, încetează totul! Legiunea nu moare, pentru că totul se clădeşte prin iubire! Iubirea acceptă sacrificiul suprem!

– Dar eu vreau să trăiesc, prietene! Iubesc viaţa, îmi iubesc copiii şi vreau să fiu lângă ei! Pun mai presus de orice ceea ce mă defineşte pe mine ca trăitor pe pământ! Cu fărâmiturile pe care mi le oferă clipa! Nu mă pot jertfi inutil, Căpitane! Sistemul e putred! Noi nu vom schimba nimic!

– Pentru că n-avem puterea! Dar o vom avea!

– Acolo sus nu vom ajunge niciodată! Pân' la Dumnezeu te mănâncă sfinţii!

– Unde este elanul tău, Miroane? Nu te mai recunosc! Cu oameni ca tine nu vom curăţa ţara de hoţi! Unde este setea ta de dreptate? Vrem să fim stăpâni peste ţară!

– Niciodată nu vom fi stăpâni peste ţară! Nu mai avem partid. Nu vezi? Pe ce ne vom sprijini dacă nu putem acţiona din interior? Ce legi dăm noi din afară, Căpitane? Nu ne rămâne decât să visăm la cai verzi pe pereţi! Gata! Ne-a terminat! Fără armă politică nu vom face nimic! Pistolul la brâu nu e o soluţie, ci doar anarhie! Pieirea noastră vine din afară, nu din interior! Dar ce e mai grav, suntem comparaţi cu partidul lui Hitler! De ce crezi că I.G. Duca a fost nevoit să promită că va lichida Mişcarea, dacă va ajunge la putere?

– De ce?

– Sunt jocuri de putere, sunt interese! De-aia! Suntem idealişti!

– Bine, bine, dar există un guvern, există un stat, nimeni nu se poate amesteca!

– Orice guvern care va veni, va avea puteri limitate. Gândeşte-te de câte ori Carol a schimbat până acum guvernul! Nu era pe placul lui! Ascultă ce spun, până la urmă va desfiinţa partidele, o să vezi!

– Vom vedea! Dar pe tine n-o să te dezleg de niciun jurământ!

– Căpitane, în închisoare am avut momente de grea cumpănă! Voiam să mă lepăd de legionarism! Ţi-am scris o scrisoare pe care nu ţi-am mai expediat-o. Am simulat nebunia ca să mă salvez.

– Bine, să zicem că vom ieşi din viaţa politică, dar la ideile noastre nu vom renunţa, Miroane! Vom deveni cei mai buni gospodari ai ţării! Hai să facem asta! Schimbăm faţa ţării prin toate acţiunile noastre, asta ne va aduce popularitate şi atunci vom înfiinţa alt partid. Dar la lupta noastră nu vom renunţa!

– Poate că ai dreptate! Dacă ieşim din viaţa politică, vom deveni inofensivi şi vom fi lăsaţi în pace!

– Asta şi urmăresc, Miroane! Suntem o şcoală spirituală, nu politică! Modelăm tinerii ţării în spiritul muncii, al valorilor creştine, al bunului simţ şi al onoarei. Asta vom face, asta e menirea noastră! Ei, ce spui? Rămâi în Mişcare? Că de jurământ nu te dezleg!

– Nu mai vreau să fiu arestat niciodată, Căpitane! Mi se pare cel mai umilitor lucru. N-am făcut rău nimănui! Îţi dai seama? M-am prefăcut că sunt nebun. Am jucat un teatru ieftin de care mi-e silă acum. S-ar putea s-o mai fac, dacă ajung din nou la Jilava. Ăsta este punctul meu slab! Sufăr de claustrofobie, sunt în stare să-mi pun capăt zilelor.

– Las-o moartă, că asta n-o cred! E mai puternic instinctul tău de conservare personală!

– Este şi asta, dar cred că nimănui nu-i este permis să-mi ia libertatea, să-mi împuţineze aerul pe care-l respir!

– Iorga a spus o vorbă mare, Miroane! Oricâte greşeli ar fi făcut, aici sunt de acord cu el: „Cu suflete tari se ţine lumea şi înaintează!"

– Vezi? Îl citezi pe Iorga! Înseamnă că eşti de acord cu el!

– Sunt de acord, Miroane! El nu este de partea noastră!

– Nu este, Corneliu! Şi ştii de când? De la procesul lui Manciu.

– Iorga este influenţabil, este orgolios, dar uneori pleacă urechea, ceea ce înseamnă că e pătimaş!

– Cred că nu ştie adevărul, prietene, iar tu eşti la fel de orgolios!

– Iar eu spun, Miroane, că izbăvirea neamului înseamnă urcuşul muntelui suferinţei. Iorga ne-a ironizat, el ne numeşte „ucenici fericiţi ai nenorocirii"!

– Pentru că aici e un curaj nesăbuit! Căpitane! Nu crezi că e o nebunie să-ţi asumi misiunea izbăvirii neamului prin suferinţă?

– Eu asta vreau! Îmi voi pune viaţa în slujba totală a neamului meu!

– Iar eu, Căpitane, sunt mai profan! Vreau să-mi trăiesc felia mea de viaţă cu bune şi rele! Disperarea mea este c-am pierdut-o pe Agapia. Dar am copiii! Te am şi pe tine! Te voi sluji, dar cu prudenţă! Nu cred că voi putea accepta sacrificiul suprem!

Din nou alături de căpitan

— Asta am făcut. Am mers ca o umbră în urma Căpitanului meu. Şi ca mine mulţi alţii. Aveam un cult pentru el. El era forţa, iar eu aveam nevoie de asta. Într-o zi, după întrunirea şefilor de cuib, mi-a spus categoric:

− Miroane, nu te las, trebuie să fii lângă mine până la capăt. Am trecut prin atâtea împreună şi acum să renunţăm?! Acum avem elită legionară! C. Noica, Mircea Vulcănescu, Mircea Eliade şi Vasile Marin de la Axa. Nae Ionescu ne susţine, cu toate pendulările şi inconsecvenţele lui, dar este cel mai carismatic om de cultură.

Eu am tăcut. Pierdusem din elanul de altădată. Cred că aveam altă percepţie a lucrurilor după moartea Agapiei. În plus, aveam îndoieli. Aflasem că-n judeţul Covurlui se unelteşte împotriva Căpitanului. Era vorba de Mihai Stelescu, care se pare că la întâlnirea cu tinerii se credea el şeful, ceea ce le-a stârnit furia. Căpitanul l-a sprijinit, dar nu ştiu ce s-a întâmplat între ei, că Stelescu visa tot mai mult să fie el şeful. Dacă aş fi ştiut atunci adevărul despre cearta lor!!!… Am aflat după moartea Căpitanului şi am fost foarte dezamăgit. Dezamăgit de slăbiciunile omului. De cum poate el să cadă în ispite! Îmi era foarte greu să cred că scrisoarea lui Stelescu era reală. Auzisem de infamiile la adresa Căpitanului şi eram foarte revoltat. Nu, nu putea fi adevărat! Nu ştiu ce minte diabolică a putut avea Stelescu încât să arunce atâta venin asupra imaginii Căpitanului. S-au ţesut atâtea intrigi în jurul lui că numai bunul Dumnezeu ştie dacă este sau nu adevărat.

– Dar la ce te referi, tată? l-am întrebat eu nedumerită pe tatăl meu.

– Se vorbea despre un chef dintr-o mănăstrire cu maici, petreceri, desfrâu... îmi era peste putinţă să cred asta. Poate chiar Stelescu, în nebunia lui de a ajunge la conducerea Mişcării, o fi scris toate aceste infamii.

– Le-or fi inventat, tată!

– E posibil! Pe vremea aceea se fabricau la comandă scenarii, era o armă sigură să fii arestat. Presa scria ce vrei şi ce nu vrei.

– Dar astăzi crezi că e altfel, dragă tată! Astăzi Securitatea taie şi spânzură!

– Dacă-ţi punea cineva gând rău, Mina, zilele îţi erau numărate!

– Dacă este adevărat asta, tată, înseamnă că ai motive să fii dezamăgit.

– Închipuie-ţi, tinerii care îl divinizau pe Căpitan, mai târziu nu mai ţineau cont de ordinele lui. Luau singuri decizii după cum îi tăia capul! Şi, dragă doamne, unii erau studenţi la teologie, dar n-aveau frică de Dumnezeu.

– A fost, cu alte cuvinte, o dezbinare în interiorul Mişcării?

– Da, Mina! Iată care era dezamăgirea mea! Eram oare cu sufletele curate? Foloseau tinerii legionari violenţa pe cont propriu ca scop în sine? De asta am simţit că se surpă totul în mine.

– E trist ce-mi poveşteşti. Mă sperii. Oare de aceea astăzi n-avem voie să rostim cuvântul legionar?

– Nu numai asta. Cred că ne-am autodistrus! Dar să-ţi povestesc cum au evoluat lucrurile. Ura care se cuibărise în interiorul Mişcării şubrezea coeziunea, comunicarea dintre noi devenise un dialog al muţilor. Căpitanul nu mai era atât de agreat. Eram neliniştit şi-am vrut să lămuresc aspectul ăsta cu el. L-am găsit într-o stare deplorabilă:

– Toată lumea e contra noastră! Nu mai avem niciun prieten. S-au infiltrat printre noi trădătorii care ne dezbină! În această lume mare suntem singuri!

– Nu crezi că procesele împotriva Gărzii de Fier au dus la slăbirea imaginii noastre?

– Ştiu, Miroane! Cred c-am făcut greşeli ireparabile! Am răspuns cu prea multă violenţă la prigoana împotriva noastră!

– Da! Cu asta n-am fost niciodată de acord!

– E prea acerbă lupta pentru putere, Miroane! Am vrut să stârpesc răul din rădăcini, dar văd că sămânţa răului este nepieritoare! Ea este înfiptă adânc în sufletul omului şi nicicând n-o vom stârpi.

– Mocneşte răul în noi, Căpitane, ca un foc nestins! Ai auzit cât de mult te urăşte Stelescu?

– Am dat ordin să fie exclus din Mişcare. A fost şarpele pe care l-am încălzit la sân. Eu l-am adus în Parlament şi acum urlă împotriva mea!

– L-ai dezamăgit, Căpitane! Am citit scrisoarea lui către tine. Poate c-ar trebui să reflectezi! Poate te macină prea mult orgoliul?

– Nu orgoliul, ci gândul trădării!

– Ştiu, dar aceste uneltiri ale lui au stârnit furia tinerilor. Potoleşte-i să nu se întâmple vreo nenorocire! Să evităm pe cât posibil crimele! Duşmanii noştri vor profita de asta!

– Tu vrei, Miroane, să stăm cu mâna-n sân? Să nu mai facem nimic?

– Dar nu cu pistolul la brâu, Căpitane! Omul de rând are nevoie de siguranţă, nu de ameninţare!

– Omul de rând trebuie să ştie că ţara e plină de hoţi! Românii trebuie să fie chemaţi să conducă! Într-o ţară de români, ei sunt cei care-şi hotărăsc singuri soarta!

– Nu suntem singuri în univers! Interesele politice vin şi din afară, nu numai din interiorul ţării! Gândeşte-te că afară Mişcarea nu are o imagine favorabilă! S-a pus la cale exterminarea noastră şi au reuşit.

Gânduri despre căpitan

– Trebuie să mă opresc puţin, Igor, să-ţi spun cât de bulversată eram de tot ce-mi povestise tatăl meu. Îl ascultam şi mi se părea că sunt în alte vremuri, că nu e posibil să trăieşti sub ameninţarea morţii, a urii, în nesiguranţă şi teamă. Poate că era numai unghiul lui de vedere. Dacă aş fi ascultat şi alte variante, cine ştie ce-aş mai fi aflat. Asta era drama lui. Mă fascina însă Corneliu Zelea Codreanu. Despre el aş fi vrut să aflu mai multe, însă nu cred că tatăl meu ştia chiar totul, oricât de apropiaţi ar fi fost. Îţi trebuie o viaţă de om şi tot nu poţi să cunoşti toate dedesubturile din viaţa unui om, din orice unghi ai privi situaţia. Dacă ai nelămuriri, să mă întrebi, Igor, poate îmi scapă ceva ce te-ar interesa.

O priveam pe mătuşa Mina. Cred că obosise. Avea obrajii roşii şi ochii sclipitori. Povestea cu însufleţire. Trăia fizic întâlnirea cu tatăl ei, se vedea că retrăieşte emoţia. Mi-o transmitea şi mie. Încercam să compun chipul bunicului meu. Mi-l imaginam blând, cu vocea domoală, cald şi iubitor. Mi-aş fi dorit să-l fi cunoscut, oricât de bătrân ar fi fost. Poate ar fi avut barbă. Un moşulică firav cu barbă albă. O priveam pe mătuşa Mina şi gândurile îmi zburau aiurea… Oare a fost tot atât de puţin la trup ca şi mătuşa? Zâmbii. Însă povestea lui despre Corneliu Zelea Codreanu mă fascina. Îl vedeam ca un om viu, privindu-mă cu ochii lui de-un albastru metalic sau verde plumburiu sau poate sidefiu, mi-l imaginam în toate felurile.

Mătuşa Mina păstra pe chipul ei urmele unei frumuseţi angelice. Ochii alungiţi ca o frunză de pelin aveau o strălucire argintie. Deşi uşor încercănaţi, iradiau o lumină stranie. Privea întinderea de diamant a unui februarie nefiresc de cald. Până şi clima o luase razna.

– Să mergem în casă, Igor, cu tot soarele ăsta, parcă mă ia cu frisoane!

– Mergem, mătuşă, căci o astfel de zi poate fi înşelătoare. Răceşti uşor.

Straşnică mătuşă mai am! Într-o zi o să scriu o carte despre viaţa ei. Poate am s-o încurajez s-o facă singură. Să-şi scrie memoriile. Oare ar putea să captiveze aşa cum mă captivează acum pe mine toate amintirile despre bunicul meu, Miron Adăscăliţei? Dar o s-o las să-mi povestească mai departe despre Corneliu Zelea Codreanu. Pun pariu că cei mai mulţi români nu o ştiu. Ar trebui să mă simt privilegiat că am auzit povestea asta prin viu grai.

– Hai, continuă, mătuşă, legenda acestui om!

– Niciodată n-o să ştim totul despre el. În jurul lui s-au ţesut atâtea poveşti care mai de care mai exagerate, încât posteritatea nu va şti care este cea adevărată. A intrat în legendă. Pentru cei de la putere era un om de temut, dar pentru cine-l cunoştea de aproape, părea un sfânt şi de o mare blândeţe şi smerenie. Aşa că l-am întrebat pe tatăl meu în ce a constat carisma lui.

– Trebuie să ştii, fata mea, că acest om atât de vânjos, înalt şi falnic, în interior era ca un vulcan. Nu ştiu de unde găsea atâta putere încât să nu se lase doborât. Mai mult tăcea decât vorbea. Dar tocmai această tăcere crea un mister în jurul lui. Iar ochii erau fascinanţi. Te privea şi spunea totul. Nu-l puteai minţi.

Anul 1934 a fost anul construcţiilor de şcoli, poduri, mănăstiri. A înfiinţat Cărămidăria de la Giuleşti, unde s-au lucrat 80.000 de cărămizi. Dar, cum era de aşteptat, jandarmii au închis tabăra şi-au pus mâna pe cărămizi. Căpitanul mergea înainte cu acţiunile sale. Trimitea mereu circulare în judeţe şi cerea să îi respectăm cu sfinţenie ordinele. Cine se opunea, era eliminat. Mă miram că, în discuţiile noastre, nu ajungeam să-l supăr atât de tare încât să rupă relaţia! Avea nevoie de mine, căci în momentele lui de îndoială, de nelinişte, alerga la mine.

Oricum, după dizolvarea noastră, a fost o perioadă de linişte. Căpitanul era hotărât să ne afirmăm prin muncă. A fost cea mai fructuoasă perioadă a noastră. N-am mai făcut politică, n-am polemizat cu niciun partid. Munceam în tabere de muncă. Am făcut lucruri minunate. Mai vorbeşte cineva de ele astăzi? Ştie cineva ce-am construit noi? Tot ce-am făcut noi şi-au însuşit comuniştii şi se bat cu pumnul în piept că ei au făcut totul. Du-te la munte, să vezi câte cabane am ridicat, câte adăposturi pentru bătrâni, pentru oameni sărmani, câte mănăstiri, biserici, cămine culturale, vestita Casă Verde din Bucureşti, dar cât n-am mai făcut! Poduri am ridicat. Cele mai solide poduri sunt ridicate de noi. Dar recunoaşte cineva asta? Nimeni! Au fost cele mai mari realizări ale noastre pe care comuniştii şi le-au atribuit şi acum se umflă în pene cu realizările socialiste!

Căpitanul a deschis o tabără de muncă pe Rarău, imediat ce s-au încheiat cursurile studenţeşti la Iaşi. Am stabilit oameni care să se ocupe cu aprovizionarea şi pe alţii care să facă legătura cu alte tabere din ţară. Instalaserăm corturi pentru a ne odihni. Ne-am împărţit pe echipe: unii tăiau lemne, alţii scoteau pietre pentru fundaţie, în sfârşit toţi aveam sarcini precise. Acolo am lansat un cântec nou: „Urlă duşmanii-n cărare". Bucovinenii îşi aveau cântecul lor: „Pământul ţării noastre geme".

Pe Rarău a venit şi Căpitanul, care muncea alături de noi, fie la tăiat copaci, fie la scos pietre, Stătea de vorbă cu fiecare. Se uita la mine zâmbind şi-mi spunea:

– Miroane, aici îţi vei reface forţele. Eşti tu mic şi pricăjit, dar să vezi ce vânjos te vei face!

Ştiam că nu va fi aşa, dar îmi plăcea că venea lângă mine şi-i simţeam prietenia. Stăteam de vorbă, mai ales seara, în jurul focului. Lângă noi se aşezase şi profesorul de Drept, Ştefan Berechet, care-şi exprima admiraţia faţă de iniţiativa Căpitanului:

– Codreanule, ceea ce faci tu pentru acest tineret va avea urmări peste ani.

Apoi se adresă tinerilor care se amuzau în jurul altui foc de lângă noi, povestindu-le ba de una, ba de alta:

– Munca nu e o ruşine, domnilor, e o virtute! Ţara are nevoie de munca tinerei generaţii, mai cu seamă de cea care trece prin universităţi.

A doua zi, profesorul a cărat câteva roabe de piatră în aplauzele tuturor. Am construit Cabana de pe Rarău care şi azi domină culmea ca semn al trecerii noastre pe acolo.

Apoi Căpitanul a înfiinţat Cărămidăria de la Bucureştii Noi, unde se lucrau cărămizi pentru Casa Verde. Eu n-am fost acolo în acea vreme. Primisem alte sarcini de la Căpitan, pregăteam Congresul studenţesc pe ţară, al studenţilor din România. Numai că au fost foarte multe piedici. S-a instituit stare de asediu şi totul s-a înăbuşit prin trimiterea în judecată a unora dintre participanţi.

Atunci am avut noroc să nu fiu luat de valul arestărilor. Eram deja marcat după experienţa cu Jilava. Plecasem cu puţin timp înainte. Aflasem că Mihai Stelescu înfiiţase din proprie iniţiativă o tabără de muncă la mare şi pusese la cale suprimarea fizică a Căpitanului. Câţiva studenţi au venit pe Rarău ca să-l prevină pe Căpitan. Eu trebuia să investighez cazul. Am plecat împreună cu Aurel Serafim la Bucureşti ca să verificăm casa lui Luca Gheorghiade. Bineînţeles c-am găsit otrava. Era o faptă foarte gravă şi se punea problema judecăţii lui Stelescu de către un juriu format din comandanţi legionari. Stelescu a fost acuzat de trădare şi exclus din Mişcare. De atunci cuvântul nostru de salut a fost: Trăiască Legiunea şi Căpitanul.

Mişcarea Legionară a căpătat forţă, dar mai ales prestigiu prin generalul Gheorghe Cantacuzino-Grănicerul, boier de viţă veche, de origine aristrocratică. În perioada aceea când eram huliţi de toţi, urmăriţi, arătaţi cu degetul de agenţii guvernului, blamaţi pentru că am fi fost cauza tuturor relelor, apare acest distins om, cu prestigiu şi demnitate. Coborâtor din familia Cantacuzinilor, era şi os imperial al Bizanţului, căci după ocuparea Constantinopolului de către turci, familia aceasta imperială şi-a găsit refugiul în Ţara Românească, devenind români, păstrându-şi blazonul familiei: vulturul imperial bicefal. Cavaler de ţinută, vioi şi plin de energie, acest bătrânel cu barba albă părea coborât din tablourile voievozilor. El a fost scutul protector al unor tineri, portdrapelul idealurilor legionare. Ca tânăr ofiţer, fusese aghiotantul regelui Carol I, cunoscut în cercurile româneşti selecte ca un om de caracter, cu simţul onoarei şi al datoriei faţă de ţară. Iată că vine în rândurile noastre, ne susţine şi ne oferă casa lui ca sediu al Mişcării Legionare, timp de cinci ani. Era convins că ducem o luptă dreaptă, că vrem să stârpim racila politicianistă şi cozile de topor ale unor cercuri oculte străine.

Legiunea mergea înainte împrospătată şi cu mai mult elan. Eram hotărâţi să intrăm din nou în arena politică. Astfel la 20 martie 1935 a luat fiinţă un nou partid, Totul pentru ţară, sub preşedinţia generalului Gh. Cantacuzino-Grănicerul.

Ce crezi că a făcut Corneliu? A venit la mine, într-o mare formă. Jubila. Radia de bucurie. Făcuse o scrisoare plină de entuziasm ca să-i mulţumească generalului pentru că a acceptat să fie preşedintele partidului şi-l asigură că el se va ocupa cu probleme de educaţie şi pregătire a legionarilor.

Atunci ne-au crescut aripi. Generalul a făcut un apel către toţi românii, prin care anunţa înfiinţarea partidului. apel pe care l-a intitulat Chemare.

Îţi dai seama, fata mea, după o asemenea chemare care a fost reacţia românilor? Toată lumea ne privea cu speranţă.

Renăşteam sub lumina legendarului Cantacuzino-Grănicerul, cu faima lui de mare om de caracter şi de aleasă educaţie.

Domnea o mare bucurie. Pe străzi se cântau cântece legionare, printre care Ştefan Vodă al Moldovei.

În ţară continuau taberele de muncă cu şi mai mare asiduitate. Erau tabere locale care aveau ca scop construirea de poduri, şcoli, instituţii de protecţie socială, biserici, iar altele de interes naţional, de a-i face cunoscuţi pe legionarii adevăraţi, destine luminoase ale neamului, cum îi plăcea Căpitanului să-i numească.

O să-ţi amintesc aici o tabără de muncă din centrul capitalei chiar în curtea generalului Cantacuzino, ce urma să fie sediul nostru. A fost un prilej de afirmare a noilor legionari. Ni se alăturau cu mic cu mare locuitorii capitalei şi nu le venea a crede când îi vedeau pe profesorii universitari, alături de studenţi, punând umărul la muncă.

Guvernul urmărea cu interes programul şi chiar s-a gândit să şi-l însuşească. Însă Mihail Manoilescu a dat o explicaţie în Senat despre ce vrea să însemne o tabără de muncă, apreciindu-ne.

S-a discutat foarte mult despre problema evreiască. Cred că s-au aruncat săgeţi veninoase asupra noastră, cum că-i urâm pe evrei. O făceau ca să atragă asupra noastră dispreţul celor din jur. Era o minciună folosită pentru a ne blama. Noi aveam ce aveam cu cei care acaparau averile noastre, lăsându-i pe români să bată la uşa lor ca nişte cerşetori. Uite, ca să înţelegi care era atitudinea lui Codreanu în această privinţă, am să-ţi redau un caz la care am fost martor.

Mă întorceam odată cu Zelea Codreanu de la Iaşi, cred că era în iarna lui '32 sau mai înainte, nu-mi aduc aminte precis perioada. În orice caz, era iarnă. El era deputat pe atunci şi mă rugase să vin cu el pentru o treabă la Bereşti. Ei, aproape de Râmnicu Sărat, trenul s-a înzăpezit. Lumea îngheţase, erau copii, femei bătrâne, bătrâni, unii dintre ei nu suportau frigul şi începură să apară problemele. Căpitanul trimite atunci repede vorbă farmacistului Aristotel Gheorghiu, seful organizaţiei judeţului Râmnicu Sărat, să procure cantităţi de ceai, alimente şi medicamente, pentru călători. Normal că printre călători se aflau şi mulţi evrei, copii, femei, bătrâni. Toată lumea a primit ajutorul fără nici o discriminare. Unii, mai răutăcioşi, l-au întrebat cum de împarte aceste alimente şi evreilor, mai ales că se cunoştea din presă care este opinia lui referitoare la evrei. Răspunsul Căpitanului a venit prompt şi i-a lăsat pe toţi cu gura căscată.

– Românul are în el omenia. Noi nu facem deosebire între oameni care sunt creaţii ale lui Dumnezeu. Omenia noastră nu face discriminări, de nici un fel. Noi nu avem a face cu evreul ca om, luat în parte, care-i ca oricare dintre noi. Avem aceleaşi sentimente de milostenie creştină şi faţă de ei ca şi faţă de altă fiinţă omenească. Aceasta este conduita noastră, de la care nu trebuie să ne abatem. Pentru aceasta înţeleg să nu fac nici o deosebire în momentul acesta ivit".

De multe ori am discutat cu Corneliu problemele astea.

– Miroane, ştii bine că ne-am despărţit de profesor pentru a merge pe altă linie. Noi nu suntem antisemiţi. Eu sunt înverşunat când vine vorba de evreii afacerişti care ne-au acaparat comerţul, economia, ba mai mult, puterea politică.

Având puterea economică, sigur că poți dirija totul din umbră. Banul poate fi învârtit în orice direcție, dacă interesele impun asta.

– Asta era, fata mea, punctul lui de vedere în problema evreiască. Din păcate, i-au pus în cârcă treaba asta cu evreii, dar un există nici un document clar care să fi dovedit asta. Până a murit, nu i-a atins pe evrei nici măcar cu un deget. A vrut să demonstreze prin comerțul legionar că suntem mai cinstiți decât ei, atâta tot.

Este adevărat că pe vremea studenției mele, în Bucovina erau foarte mulți evrei cu roluri importante, mai ales în comerț. Încercau să ne domine. Se simțeau mari și tari și ne considerau inferiori. Un profesor conștiincios se străduia să-l învețe românește pe fiul unui evreu pe nume Falik. Crezând că totul i se cuvine, acest fiu de evreu era arogant, superficial și obraznic. În mintea lui încolțește ideea de a-l înjosi pe profesorul român și, mai ales, de a-l umili.

Iată că într-o seară, când profesorul se afla în parcul din central orașului ducându-se spre casă, pe o alee mai dosită, Falik, în frunte cu gașca lui, îl pândește pe profesor de după un copac și, când ajunge în dreptul lui, îi aruncă un sac în cap și-l bate crunt, amenințându-l.

Întâmplarea asta a făcut ocol în toată Bucovina, stârnind revolta tuturor. Numai că lucrurile nu s-au oprit aici. Un tânăr de 18 ani, elev în ultimul an de liceu, pe nume Nicolae Totu, fără să se sfătuiască cu cineva, s-a dus în orășelul din Bucovina și i-a curmat viața evreului cu un glonte. Așa a înțeles el să repare umilința profesorului.

Ziarele au dat amploare evenimentului, analizând cazul ca un exemplu de victimă a antisemitismului. Astfel, percepţia oamenilor a fost că noi suntem antisemiţi.

Acolo, în părţile acelea ale Moldovei, îndeosebi la graniţa de nord a Basarabiei şi în Bucovina, românii noştri simpli erau umiliţi şi storşi de toată vlaga. Cum puteam noi rămâne indiferenţi?

Căpitanul a avut grijă să se delimiteze de rasism. Era extrem de revoltat că Mişcarea este comparată cu partidele extremiste din afară. De aceea ţinea să facă precizări ori de câte ori avea ocazia: „Miroane, trebuie să înfiinţăm comerţul legionar. Le arătăm noi ce înseamnă cinste şi corectitudine. Cu aceste două principii vom cuceri pieţele şi-i vom elimina. Se vor opri şmecheriile lor, înşelăciunile de tot felul, toate pe spinarea bietului român. Mai ales se va termina cu specula care îngroaşă ceafa escrocilor.“

Tabăra de la Carmen Sylva a fost primul exemplu de comerţ legionar prin înfiinţarea unui bufet după principiile corectitudinii. Turiştii ne apreciau foarte mult. Schimbasem oarecum optica în materie de comerţ. Treceam de la vorbe la fapte.

Totul părea să reintre în normal. Numai că Mihai Stelescu îşi făcea în continuare de cap. Uneltea în mod prostesc împotriva Căpitanului, fără să-şi dea seama că-şi sapă singur groapa.

Apoi a venit nenorocirea! Stelescu este împuşcat în Spitalul Brâncovenesc cu nouăsprezece gloanţe, apoi căsăpit. Citesc anunţul şi mă îngrozesc! Primul gând a fost dacă o fi aici mâna Căpitanului. M-am linştit când am citit că nu este implicat. Citeam despre o bandă de derbedei! Dar aflu că aceşti derbedei erau studenţi la Teologie, culmea! Erau, chipurile, viitori preoţi cu frică de Dumnezeu. Au omorât cu sânge rece, au tras în trădător. Dar oare era chiar trădător? Poate era şi el la rândul lui dezamăgit şi voia să-şi facă gruparea lui legionară! Eram trist, dezarmat, îmi venea să mă ascund, să nu mai ştie nimeni că sunt legionar! Nici n-am vrut să mă mai întâlnesc cu Corneliu!

Atunci n-am mai crezut în nimic. Ziarele relatau fapta în mai multe variante. Mi se părea neverosimil ceea ce s-a întâmplat în Spitalul Brâncovenesc. Îmi puneam tot felul de întrebări. Îmi amintesc o discuţie aprinsă pe care am avut-o atunci cu Căpitanul:

− Ce fel de căpitan eşti tu? Nu vezi pe ce drum o luăm? Dă-i afară din Mişcare! E un act banditesc, căpitane!

− Nu dau afară pe nimeni, Miroane! Dorinţa mea este să devenim cât mai mulţi şi cât mai uniţi. Dezbinarea ne distruge!

− Atunci, lasă-i să-şi facă de cap! Odată şi-odată vom dispărea din istorie prin astfel de crime, ţine minte asta!

− Dar crimele guvernului, Miroane, victimele legionare, despre ele ce va spune istoria?

− Poate greşim, dar altă soluţie n-avem! Stelescu şi-a săpat singur groapa!

– Nu te mai recunosc, prietene! El şi-a săpat groapa, iar nenorociţii ăia i-au dat vânt în ea, nu-i aşa? Ce spui de gestul lor?

– Stelescu a pus la cale să mă otrăvească, avem dovada clară! Dacă era să-l distrug, o făceam de atunci! Eu n-am, Miroane, mâinile pline de sânge!

– Dar au făcut-o alţii în numele tău! Crezi că te va ierta istoria?

– Ca să mă ierte pe mine istoria, trebuie să-i ierte şi pe cei care ne-au omorât în numele regelui! Doar ştii că tot ce mişcă în ţara asta, de la mic la mare, este adus la cunoştinţă Majestăţii sale.

– Într-o zi, Corneliu, şi soarta ta va fi pecetluită de rege!

– Dacă se va întâmpla, înseamnă că asta ne va grăbi victoria! Numai prin jertfe vom izbândi!

– Cu tine omul nu poate discuta! O ţii, una şi bună, pe-a ta! Vom vedea, dar eu unul cred că mă voi retrage din Mişcare!

Corneliu a amuţit. N-a mai scos o vorbă. M-a lăsat şi a plecat îngândurat. Simţeam pustiul din sufletul lui.

– Asta a fost, fata mea, discuţia pe care am avut-o cu Zelea Codreanu. Nu-mi aduc aminte să mai fi avut cu el vreo altă discuţie aşa de aprinsă. Vedeam pe zi ce trece că se depărta de mine. Era alt om. Se închidea în sine, numai eu ştiam că nu-i este bine. Mergea pe un teren alunecos. Era însă încăpăţânat şi orgolios.

– Pe mine mă nedumereşte, tată, un lucru: cum să intri, tată, înarmat într-un spital?

– Ţi-am mai spus asta, fata mea, dar te rog să mă crezi că şi acum am momente când mă tot gândesc la scena aia din spital. Am tot citit despre asta, dar nu mai ştiu ce să cred. Eu n-am dat crezare ziarelor de atunci în totalitate, pentru că unele ziceau una, altele amplificau.

– Bine, se pot face tot felul de speculaţii, dar crima e crimă şi este de condamnat. Câtă ură poţi avea în tine încât să tragi într-un bolnav? Doamne, atâtea gloanţe într-un trup!

– Că au fost 19, că au fost 120 de gloanţe, nici acum nu ştim câte…

– Ce minte diabolică poţi avea să tragi cu sete într-un biet om neînarmat, apoi să intri într-o horă a morţii în jurul unui pat de spital?

– Să ştii un lucru, fata mea, că aici cred că a fost un ritual păgân, pe care numai aceşti studenţi de la teologie îl ştiau. Să nu crezi că ar fi dirijat Căpitanul acest ritual macabru, chiar dacă au făcut-o în numele lui.

– Doar nişte minţi bolnave, scelerate. Îţi înţeleg dezamăgirea.

– Aici nu e vorba numai de răzbunare.

– Dar ce este, tată, decât o pornire maladivă spre crimă?

– Corneliu n-ar fi îngăduit asta, oricâtă obidă ar fi adunat în el. Era de-ajuns că l-a eliminat din Mişcare. Cred că şi el era în felul lui dezamăgit de cum mergeau lucrurile.

– Ştii, Igor, cât de mult mă gândeam la tot ce-mi povestea tatăl meu? Abia aşteptam să plec din nou la Bereşti ca să-mi lămuresc multe întrebări. Vremurile pe care le-a trăit tatăl meu sau la care a fost martor cred că n-au mai fost în istorie.

Am simţit eu nevoia să discut asta cu tatăl meu. Atunci i-am spus ceva care l-a pus pe gânduri:

– Ştii ce mă îngrozeşte pe mine mai tare? Ce-o fi vrând să însemne hora aia macabră din jurul patului. Da, aşa este cum ai zis tu, un ritual păgân. Cum se împacă însă cu adânca credinţă a legionarilor? Este un paradox. Oare Codreanu ar fi avut ştiinţă de asta?

– La cât de credincios era, fata mea, nu cred! Nu ştia Căpitanul ce fac fanaticii Mişcării în spatele lui!… Nu admit o astfel de versiune. Ştiam ce gândea el când era vorba să tragi cu pistolul. Era omul ordinii şi disciplinei. Mi-a mărturisit odată: „Într-o hărmălaie, unde toţi vorbesc şi nimeni nu ascultă, pentru ca să atragi atenţia şi să te faci ascultat, trage cu pistolul". Dar de aici până la a omorî un om e mult. Ştiu că duce cu el un mare păcat, acela de a fi tras în Manciu. Dar acolo a fost altceva. A fost legitimă apărare. Aşa au constatat şi judecătorii care au analizat cazul în instanţă. Corneliu nu s-a gândit o clipă să-l omoare. Eu aşa cred, deşi mi-a mărturisit de multe ori că Manciu era un câine de om şi că ar trebui să-i sfărâme capul ca la şerpi pentru câţi tineri nevinovaţi a schingiuit şi a omorât. Dar oare s-ar fi gândit s-o facă el? Cine ştie? Mintea omului e imprevizibilă, dar nu prin moarte se rezolvă nelegiuirile unui om. Aici eram eu împotrivă. I-am spus de multe ori că nimănui nu-i este îngăduit să ia viaţa cuiva. Este o lege creştinească. Cum putea Corneliu să încalce această lege? Că l-a ucis pe Manciu în aceste împrejurări, nu înseamnă că la acest păcat s-ar fi adăugat şi altul, cum ar fi căsăpirea lui Stelescu. Cu siguranţă Căpitanul n-ar fi avut cunoştinţă de cruzimea acestui fapt.

Mai este un episod pe care aş vrea să ţi-l povestesc şi la care, oarecum, am luat şi eu parte. Eram mereu prezent la întâlnirile şefilor de cuib. Primeam mereu circulare, le respectam şi le aplicam cu stricteţe, atât cât se puteau realiza în Bereştiul meu. Este adevărat că urmăream presa vremii. Începusem să mă îngrijorez din nou de abuzurile pe care le făceau jandarmii cu legionarii. Din nou violenţe, crime, din nou încălcarea legilor, din nou prigoană. Cu cât ne consolidam mai mult ca partid, cu atât începeau asalturile şi piedicile împotriva noastră. Se pregătea din nou aceeaşi avalanşă de crime similare cu cele din decembrie 1933. Din nou arestări masive. Ni se pusese gând rău.

Vreau, fata mea, să-mi adun gândurile, pentru că este poate cel mai important exemplu de jertfă legionară. Ţi-am mai spus că eu nu prea acceptam jertfa ca o necesitate a victoriei. Sunt destule exemple în istorie de eroi care au murit inutil. De ce? Cu ce preţ? Ca să înţelegi, cred că ştii că marile conflicte au adus milioane şi milioane de jertfe. Culmea ironiei este că în spatele războiului care aducea atâţia morţi, alţii se îmbogăţeau, se acumulau averi imense, în timp ce alţii mureau pe front fără noimă, nici ei nu ştiau de ce.

Erau trimişi acolo şi gata! Împinşi din spate pentru o cauză pe care mulţi dintre ei nici n-o pricepeau. Asta este absurditatea morţii. Să crezi că vei fi erou, iar a doua zi să nu mai vorbească nimeni de tine.

Nostalgiile mătuşei Mina

– Dragă. Igor, am ajuns într-un moment când vreau să ne oprim puţin. Îmi amintesc că prin anul 1965 erau mari frământări în ţară. Fusese ales Ceauşescu la conducerea ţării, iar noi trebuia să sărbătorim asta prin şcoli.

– Îmi amintesc, mătuşă, eram atunci la liceu, venisem acasă pentru câteva zile şi îi vedeam pe ţăranii din Poşta adunaţi pe podeţul satului, punând ţara la cale.

– Eu nu mai ştiu cum a fost în Brăila, numai că auzeam de pe la unii cum că o s-o ducem mai bine prin grija partidului.

– Aşa ne spuneau şi nouă profesorii. Îmi amintesc de o oară de dirigenţie despre Lenin, era o lecţie deschisă şi în fundul clasei asistau profesori mulţi, aliniaţi ca la şedinţele pionereşti. Noi, elevii, eram înarmaţi până în dinţi cu citate pe care le învăţaserăm pe de rost. Aveam roluri precise. Cineva trebuia să spună un citat, altcineva să citească dintr-o carte, după, care am început să cântăm la sfârşit „Hai la lupta cea mare / Rob cu rob să ne unim".

– Da, îmi amintesc, îi puneam şi eu pe elevi să cânte asta. Parcă făcea parte din Internaţionala, nu?

– Dracu' mai ştie! Parcă! Dar stai să-ţi spun ce făceau ţăranii din Poşta atunci când a venit la putere Ceauşescu.

Credeau ca proştii în schimbare, dar era de fapt aceeaşi Mărie cu altă pălărie.

— Aşa a fopst întotdeauna, Igor! Acum, c-ai îmbătrânit şi tu, uită-te în jurul tău să vezi cum istoria se repetă.

— Aşa e, mătuşă! Unul striga sus şi tare că se va desfiinţa colhozul. Aşa se spunea atunci, cei mai mulţi erau ucraineni şi pronunţau colhoz. Grişa se umfla în pene c-o să-şi ia înapoi căluţul. Avusese o căruţă şi-un cal alb pe care i l-a confiscat, l-a dat la colectiv. Prima dată Grişa îi înjura pe toate drumurile şi când au văzut ăia că n-o scot la capăt cu nebunul, l-au pus căruţaş pe propria lui căruţă. Era tânăr pe atunci, dar tot aşa zăpăcit era! Nebunul îşi mângâia calul în fiecare zi. Era cel mai frumos cal din C.A.P. Alţii sperau să-şi ia pământurile, alţii, viile, toţi îţi făceau iluzii că-şi vor recupera agoniseala de-o viaţă. Moş Leonte stătea mai rezervat: „Luaţi-vă adio, la anu' şi la mulţi ani, tovarăşi! Mai bine ţineţi-vă leoarba pe-acasă, că vă ridică! Ascultaţi-mă pe mine! Fiţi cuminţi!“ Atunci i-am văzut pe ţărani plecându-şi capul, apucând fiecare pe la casele lor. Seara l-am auzit pe tata spunând la masă: „Fă, Zenaido, îmi pun capul că Leonte ăsta e coadă de topor, 'tu'i America mamii lui de hoţ! Ştii cum ne-a pus la punct? Am zbughit-o care încotro de pe podeţ!“ Şi mama de colo: „Ce mai vrei, măi, Ichime, alte vremuri, are dreptate omul, la ce să ne mai întoarcem? S-au dus vremurile alea! Gata!

– Eu nu ştiu, Igor, ce-a fost pe la sate. Eram străină de toate aceste schimbări din viaţa ţăranilor. Ce mai ştiam din literatură, dar una e să citeşti şi alta să vezi cum au stat lucrurile. Am aflat mult mai târziu. Dar atunci, în '65 n-am putut să mai merg la Berești. Cred că aproape jumătate de an nu l-am mai văzut pe tatăl meu. N-aveam cum să mai iau legătura cu el. Ca să nu-ți mai spun că mă îndrăgostisem prostește de un muncitor mai tânăr decât mine cu vreo șapte ani. El nu știa asta și nici n-am vrut să-i spun, de frică. Mă ceruse de nevastă, iar eu abia așteptam să mă mărit. Trecusem de 30 de ani și mi se părea că n-o să mă mai mărit niciodată. Îmi doream mult să am copii. Dar la cununia civilă a aflat vârsta reală și să vezi circ în familia lui! Maică-sa a făcut panaramă de se cruceau invitații. Încercau s-o potolească, că sunt frumoasă, că nu se cunoaște, c-o fi, c-o păți! Nimic! O ținea una și bună! Singurul ei băiat să se însoare cu una mai în vârstă? Poate să fie și Ileana Cosânzeana, nici nu voia să audă! Și totul s-a rupt. Așa c-am terminat-o și cu măritișul meu.

– Cred, mătușă, că ai avut o karmă proastă!

– Așa cred și eu, dacă o fi și asta adevărat! Așa că, după acest moment nefericit din viața mea, am reluat dumurile spre Berești.

– Mina, de ce ai întârziat atâta? Te tot aștept. De ce vii atât de rar?

– Nu mai am atâta timp, dragă tată, te rog să mă înțelegi. Vin și eu când pot.

– Simt că mă lasă puterile și mi-e teamă că n-am să te mai văd. Vreau să știi și lucruri pe care n-am apucat să ți le povestesc.

Mătuşa Mina acuză

– Dar, tată, dragă, eu vin la tine nu numai pentru povestea vieţii tale, vin pentru că vreau să mai recuperez din trecutul nostru. Ultima poveste despre moartea lui Stelescu m-a îngrozit şi se pare că este nedrept. Cu atât mai mult cu cât vorbim despre o mişcare creştină. Cum se împacă asta cu un masacru atât de diabolic?

– Ei, află, fata mea, că pentru mine nu rămâne decât prietenia cu Corneliu Zelea Codreanu. Atât! Acum, când trăiesc singur, când am lăsat în urmă o viaţă de om, judec altfel lucrurile.

– Tu ce crezi, tată, după toate astea prin câte ai trecut?

– Mă tot întreb de la o vreme din ce se mai compune viaţa mea, când m-am risipit inutil, alergând după himere?

– Nu trebuie să te învinovăţeşti. Ai făcut parte dintr-un alt timp istoric.

– Poate tu să mai apuci vremurile alea când se va face lumină asupra acestei perioade istorice. Acum ne afundăm şi mai mult în minciună!

– În orice timp am trăi, tată, se găsesc oameni care să spună că societatea i-a sacrificat.

– Nu suntem niciodată stăpâni pe destin.

– Păi, sigur că nu suntem, dacă ne aruncăm în vâltoarea politicii.

– Corneliu Zelea Codreanu s-a dedicat politicii?

– Nu, Corneliu n-a țintit niciodată să ajungă la putere. Cred că-i era frică.

– Frică de ce?

– El știa mai bine ca oricine că a fi politician înseamnă să accepți jocuri murdare, înseamnă să intri într-un lanț al manipulărilor de orice fel și să termini prin a accepta compromisuri. Cred că în sinea lui știa că ăsta a fost și destinul lui I.G. Duca.

– Pe ce se baza?

– Fusese în Parlament. Știa ce se întâmplă la vârful puterii. Apoi, fata mea, să-ți mai spun un lucru de care cred că Zelea Codreanu era conștient.

– Care?

– Beția puterii! Asta i-a adus sfârșitul marelui I.G. Duca.

– E trist, tată! Nu suntem noi cei care facem alegerea pentru un anumit mod de a trăi? De ce ajungem aici?

– Pentru că vrem să ne împlinim în ordine socială, fata mea! Și asta cere până la urmă un preț!

– Și dacă nu ne iese, ne credem învinși, nu-i așa?

– Da, fata mea, aşa cum mă cred eu acum! Că nu m-am oprit la timp, că n-am pus mai mult preţ pe fericirea mea personală. Să fi ţinut cu dinţii de familie şi să nu fi dorit să ies în faţă, alături de Corneliu Zelea Codreanu. Vezi câte gânduri îmi trec prin cap, Mina?

– Cred că ai dreptate! Dar eu în acest moment n-am viaţă personală şi sunt pe punctul de a deveni comunistă.

– Să nu faci asta, fata mea! Îţi va aduce multă dezamăgire!

– Poate că ai dreptate! Dar se ţin de mine nişte tovarăşi şi parcă îmi doresc acest lucru.

– Vrei să trăieşti pe cont propriu ceea ce-am trăit şi eu? De câte ori plecai de la mine, aveam sentimentul că mi-a scăpat esenţialul, că nu ţi-am povestit tot, c-am trecut prea repede peste anumite momente din viaţa mea. Cred c-ar trebui să-ţi povestesc ce s-a întâmplat cu tine după ce te-ai născut.

– N-aş vrea să ştiu. Prefer să cred în povestea părinţilor mei adoptivi.

– Ai dreptate. N-aş vrea să-ţi stric întâmplările copilăriei tale, deşi, de câte ori veneai la mine, aveam pornirea să te întreb care este prima ta imagine despre lume, ce chip s-a întipărit în memoria ta de copil. Ar trebui să lămuresc şi asta cu tine cât mai trăiesc, dar n-aş vrea să-ţi dau viaţa peste cap.

– E o decizie înţeleaptă.

– N-am vrut să fiu prezent în viaţa ta, ca să nu-ţi fac rău.

– Acum înţeleg. Prefer să-mi povesteşti despre destinul lui Corneliu Zelea Codreanu.

– Oricum am privi lucrurile, Zelea Codreanu este un personaj tragic. Să mori pentru o idee, ăsta da sacrificiu!

Codreanu credea cu sfinţenie în jertfa legionară. Mie mi se părea o absurditate. Nu credeam în ea. Sufeream de câte ori aflam de moartea absurdă şi nedreaptă a tinerilor legionari. Mă revoltam când jandarmii aveau ordin să tragă fără milă în legionari.

Dar tot atât de mult mă mâhnea îndârjirea lor de a se răzbuna şi de a trage cu arma dintr-o credinţă absurdă că, în felul acesta, stârpesc răul din rădăcini.

Ne vedeam din ce în ce mai rar. N-am mai vrut să-l însoţesc în peregrinările lui prin ţară pentru a înfiinţa cuiburile. Nu mai voiam să fiu hăituit de forţele de ordine care erau pe urmele noastre.

Jertfa legionară din Spania

— Dar iată că anul 1936 Europa era zguduită de Războiul Civil din Spania.

— Dar ce legătură aveați voi? Nu erați la putere, n-aveați nici o treabă cu acest război.

— Trebuie să știi, Mina, că Războiul din Spania n-a fost unul de acaparare de noi teritorii, nici un război de cucerire a tronului, ci un război fratricid, unde nu se cruțau vieți. Scopul era exterminarea fizică a dușmanului.

Lumea apuseană privea cu îngrijorare ascensiunea comuniștilor într-o Spanie a mănăstirilor, a castelelor, a lucrărilor de artă. Spania era în întregime catolică, era în pericol credința în Iisus. Era un război în care se confruntau două ideologii: cea comunistă și cea religioasă. Era o luptă dintre Bine și Rău.

Din rândul poporului spaniol se ridică generalul Franco, mobilizând poporul la luptă împotriva acestei primejdii.

Țările apusene, îndeosebi Italia și Germania, îl sprijină pe generalul Franco, trimițând armament de ultimă oră, cel mai bun pe care mintea omenească îl născocise până atunci. Dar pe lângă acest ajutor, trimit voluntari, recrutați din toată lumea. Pe de altă parte, și comuniștii primesc ajutoare, mai ales din partea Franței, care avea un guvern socialist, condus de Leon Blum.

Aşa se face că urgia războiului civil din Spania cuprinse toate ţările care, impresionate, trimit şi de-o parte şi de alta, ajutoare clandestine.

Presa, îţi dai seama, comenta în mod diferit luptele înverşunate. Mulţi voluntari s-au dedat la acte de vandalizare. Odată văzându-se cu arma în mână, încep să distrugă tot ce întâlnesc în cale. Pe măsură ce trupele generalului Franco înaintau, brigăzile internaţionale şi trupele comuniste distrugeau opere de artă, edificii culturale şi religioase, castele, statui, ucideau copiii nevinovaţi, mame disperate, femei şi bătrâni neputincioşi. Ziarele comentau cu indignare toate aceste scene de luptă, iar lumea începe a se îngrozi, căci Spania devenise ţara jertfelor, o ţară însângerată.

Ziarele noastre comentau cu aprindere lupta crâncenă de la Alcazar de Toledo, un oraş vechi, uitat de lume, pierdut în negura timpului, cunoscut, printre altele, pentru oţelul special din care se confecţionau în turnătoriile sale săbiile luptătorilor de elită ai Evului Mediu.

Fortificat cu ziduri groase ca orice oraş medieval, acolo funcţiona şi o şcoală militară de cadeţi, instruiţi pentru armata spaniolă. Clădirea şcolii era chiar în centrul cetăţii. Şcoala purta numele de Alcazar. Cadeţii au fost surprinşi de război şi luptau alături de colonelul Moscardo. Acest colonel s-a angajat în lupta contra republicanilor.

Oraşul Toledo însă se afla sub controlul total al comuniştilor, practic colonelul şi cadeţii lui erau încercuiţi. Dar luptau cu îndârjire în aşteptarea trupelor generalului Franco care înaintau anevoie spre Toledo.

Gestul colonelului Moscardo de a trece de partea naționaliștilor i-a iritat mult pe republicani, astfel că asediază cetatea, hărțuindu-i pe cadeți, care se răriseră, dar nu cedau. Izolați în cetate, au rămas fără provizii, dar rezistau, convinși că vor învinge. Lumea întreagă urmărea cu sufletul la gură desfășurarea luptelor. Atunci republicanii recurg la o strategie pentru a-l determina pe colonel să capituleze. Îl iau ostatic pe fiul colonelului, care avea numai 10 ani. Momentul este dramatic, fata mea, și toate ziarele au comentat acest episod.

Trupele lui Franco înaintau pas cu pas, dar mai era mult până să ajungă la Toledo. Colonelul și cadeții erau într-o situație-limită. Din ce în ce mai slăbiți, fără provizii suficiente, muniție puțină, erau însă hotărâți să reziste. Republicanii bănuiau asta și-l anunță pe colonel prin telefon că la capătul firului cineva vrea să-i vorbească. Colonelul aude vocea fiului său și înmărmurește.

– Ești bine, fiul meu? întrebă colonelul cu voce sugrumată.

– Sunt bine, tăticule, rezistă! Trăiască Spania!

– Trăiască…, dar n-apucă să termine că aude o împușcătură. Fiul lui este ucis fără milă, un copil, doar un biet copil…!

Moscardo strigă către cadeții lui:

– Bravii mei soldați, să rezistăm cu prețul vieții noastre! Să ne apărăm credința! Domnul este cu noi!

Trupele generalului Franco înaintează și-i înfruntă pe comuniști. Lumea răsuflă ușurată. Întâmplarea aceasta n-a rămas fără ecou printre legionari. Imediat generalul Cantacuzino-Grănicerul, el însuși cavaler al spadei, a plecat împreună cu alți șase legionari, să-i înmâneze o sabie cu mânerul de argint colonelului Moscardo și să rămână în Spania pentru a da și ei o mână de ajutor, înrolându-se în război. Printre ei se aflau Ion Moța și Vasile Marin.

Toți au ajuns la Majadahonda, cu cele mai profunde gânduri de a-i sprijini pe spanioli în acest război sângeros. Pentru Ion Moța plecarea era prinosul pe care trebuia să-l aducem noi pentru a-l apăra pe Hristos: „Se trăgea în obrazul lui Iisus", spunea Moța cu mâhnire.

– Dar cine era Ion Moța, tată, mi-ai mai spus de el câte ceva, dar de ce a ținut să plece chiar el în Spania?

– Moța venea din Ardeal. Fusese student la Cluj, fusese exmatriculat și se stabilise la Iași, hotărât să susțină mișcarea studențească, dar mai ales se împrietenise cu Corneliu Zelea Codreanu. Fiu de preot, avea aceleași convingeri religioase ca și Corneliu. Mai mult, se îndrăgostește de sora lui Codreanu, Iridenda, care era o frumusețe. De altfel, se și căsătorește cu ea, devenindu-i astfel cumnat. Era și el în fruntea Mișcării, îi plăcea să fie activ, se angajează în tot felul de acțiuni, mai ales în complot, care a fost deconspirat de Vernichescu pe care îl împușcă în timp ce se afla închis la Jilava. Știi asta, ți-am povestit.

Moța este cel care susține în toate discursurile lui jertfa legionară, de aceea se și implică imediat și pleacă în Spania, fără să-i propună cineva. O să-ți povestesc despre ei atât cât am citit din ziarele de atunci care relatau cu lux de amănunte toate scenele de luptă.

Ianuarie 1937. Spania era în plin război sângeros. Comuniştii îşi întindeau ghearele diabolice peste o civilizaţie creştină. Brigăzile internaţionale făceau ravagii. Legionarii români luptau în Campania a 6-a a Regimentului de infanterie. Se aflau într-un punct strategic, într-o vale ceţoasă pe lângă şoseaua ce ducea spre Coruna.

Era o vreme cumplit de geroasă. Dealurile acoperite de o zăpadă sticloasă păreau că se prăvălesc unele peste altele. Acolo a avut loc Bătălia de la Niebla sau Bătălia ceţii.

Pe unul dintre dealuri se vedea o cetate dărăpănată, înconjurată de ziduri sparte, ce stau să se prăvălească peste mormane de moloz, învelite de un strat gros de gheaţă colţuroasă. Acolo săpaseră maurii tranşee, peste un loc periculos care se părea că era deja minat de duşmani. Se pare că pe acolo trecuseră de curând duşmanii şi lăsaseră prăpăd în urma lor.

Maurii aveau să constate că de ei se apropiau alte trupe dinspre răsărit şi erau pregătiţi de asalt. Legionarii români îşi făceau cu greu loc printre nămeţi. Luptau alături de maurii din Brigada lui Compessino. Peisajul era dezolant. Cadavre în poziţii nefireşti, unele sfârtecate de animale sălbatice, resturi de tunuri, atât cât mai rămăsese din ele după ce au fost doborâte, muniţie abandonată, cutii de tot felul, gamele, rucsacuri...

În depărtare fumegau ziduri, se auzeau urlete, îndemnuri, explozii, flăcări amestecate cu un fum gros, semnele sigure ale morţii. Înaintau spre Majadahonda. Mai aveau câţiva kilometri până la Madrid. Atunci s-a produs nenorocirea. Moţa şi Marin sunt sfârtecaţi de un obuz, se prăvălesc în tranşee, fără nicio şansă de a fi salvaţi. Au murit pe loc în acel 13 ianuarie fatidic.

Vestea morţii celor doi a făcut înconjurul ţării. Corneliu a luat imediat decizia de a-i aduce pe ceilalţi în ţară pentru a-i cruţa. Nu mai voia alte victime. Era greu să-i cheme, dar a intervenit pe lângă Nae Ionescu care, la rândul lui, a făcut demersuri la ambasada Germaniei, făcând o recomandare pentru generalul Sperrle.

Au fost aduşi în ţară de bătrânul general Cantacuzino-Grănicerul. El i-a dus acolo şi tot el i-a adus în sicriu acasă. Au fost întâmpinaţi ca nişte eroi cu onoruri prin toate gările din Europa, iar în ţară au traversat România, oprindu-se prin toate gările, unde ţăranii îngenunchiau în zăpadă în semn de omagiu pentru sacrificiul lor.

Şocul a fost puternic. Cortegiul funerar a străbătut centrul capitalei, cu o gigantică cruce în frunte, formată din legionari în uniformă, şi patru sute de preoţi care cântau psalmi. Erau de faţă sute de ţărani, veniţi de peste tot, iar ţăranii transilvăneni sunau din buciume în acorduri funebre triste şi profunde. Cortegiul era lung de patru kilometri, paralizând toată circulaţia din centrul Bucureştiului, pe o vreme câinoasă de iarnă. Lecţia legionarilor invadase capitala frivolă, cu metehne şi vicii de tot felul.

Atunci a avut loc o ascensiune fulminantă a Mişcării. Din cei zece mii de preoţi câţi erau în ţară, două mii erau legionari. Atunci a avut loc o mobilizare socială masivă, numărul legionarilor se dublase după acest eveniment, ca să nu mai spun simpatizanții Mişcării. Toată această conjunctură era favorabilă, devenind o garanție a câştigării alegerilor. Numai că de aici a început dezastrul pentru Codreanu. Încăpățânarea lui, naivitatea că poate doborî sistemul, exaltarea lui i-au adus sfârşitul.

Toate aceste lucruri le-am discutat cu Corneliu la ultima noastră întâlnire.

– Pentru mine plecarea celor şapte în Spania este o nebunie. Ce să cauți tu, român, pe teritoriu străin ca să mori pentru a apăra ce?

– Cum ce să apere, Miroane? Nu te recunosc! Nu crezi că era momentul să se ştie de noi în lume? Spiritualitatea creştină nu trebuie apărată oriunde în lume? Nu vezi că lumea se confruntă cu balaurul comunismului? Acest Rău cumplit care anulează sfințenia din noi, oare nu trebuie înăbuşit? Eu cred că jertfa noastră a fost necesară.

– Necesară pentru noi sau pentru spanioli? N-ai să te vindeci niciodată de eroismul ăsta romantic, Căpitane! Noi aici, în România, trebuie să facem lumină, nu în Spania, că nu suntem noi buricul pământului! Chiar crezi că vom deveni eroii Spaniei? O să te convingi cu timpul că Ionel Moța nu merita să moară acolo! O să zici că e moarte eroică, pentru că a murit chiar în tranşee, o să spui că şi-a vărsat sângele pentru o cauză nobilă, nu? Ce-a rămas în urma lui decât durere, suflete îndoliate, infinită tristețe…?

Oricât de supărat aş fi fost, părerea mea nu mai conta. Moartea celor doi a răscolit adânc sufletele noastre.

Radu Gyr a compus un text, iar Nelu Mânzatu muzica. O vreme se cânta pe străzi „Imnul Moța-Marin". Aveam în față drama pe care o trăia poporul spaniol, dar pe care eu n-o înțelegeam și nu puteam lua parte la ea.

− Miroane, nu te mai recunosc! E totuși o dramă, să vezi oameni nevinovați, murind pentru a-și apăra credința. Pe ce lume trăiești? Crezi că tu deții adevărul absolut?

− Nu, nici vorbă! Dar nu sunt clădit să sufăr pentru alții, atâta vreme cât nu mă lovește pe mine direct!

Corneliu făcu un gest de lehamite. Îmi era rușine de atitudinea mea. Mă întreb de unde vine acest mod egoist de a privi lucrurile?

Cu altă ocazie, Corneliu se căznea să-mi explice. Cred că mă considera un om necopt și încerca să mă maturizeze prin gândurile lui.

− Miroane, ești de un egoism primar, ești un individualist, cred că n-ai fi în stare să salvezi un om de la înec. Te-ai gândi să nu cumva să te îneci și tu. Cred că așa-i judeci pe Moța și pe Marin. De ce-au plecat în Spania, te întrebi. Ce căutau ei acolo? Îți spun eu de ce: dintr-o înțelegere superioară a cauzei noastre legionare, dintr-o nevoie adâncă de a proba curajul și eroismul suprem. Ai multe lacune în ceea ce privește percepția lucrurilor. Nu ești prea călit în lupta legionară sau n-ai înțeles nimic din tot ce-am suferit împreună.

– Căpitane, prețuiesc prea mult viața profană. Poate că ai dreptate, dar eu nu accept suferința. Este absurd să suferi, să mori și apoi să intri într-o totală uitare.

Asta-i spuneam eu prietenului meu de-o viață, deși știam că mă lovesc de un zid. Îl mâhneam, vedeam asta, dar nu puteam să mint.

Vedeam ce efect aveau vorbele lui Moța din testamentul lui. Nu puteai rămâne absent la mărturisirile sale: „Se trăgea în obrazul lui Cristos și am mers bucuros la moarte pentru el".

– Cred că aici e problema mea: nu mi-am însușit lecția de sacrificiu cristic. Nu pot muri pentru a izbăvi un neam.

– Vezi? Ți-a trebuit mult să înțelegi asta, Miroane!

– Căpitane, sunt un muritor de rând. Eu am ales Legiunea, dar cred că trebuia ca Legiunea să mă aleagă pe mine. Nu m-ar fi ales. Înseamnă că nu merit ceea ce merită Moța, Marin și cei care au murit pentru Legiune. Nu voi fi niciodată erou!

– Măcar vrei să știi ce rânduri a lăsat Ionel Moța în Testament?

– Sigur că vreau să știu. Acum că nu mai e, o să-mi întipăresc bine în minte cuvintele lui. Cred că vor deveni idei de căpătâi pentru posteritate.

– Ia, ascultă aici: „Și să faci, măi, Corneliu, din România o țară frumoasă și strălucitoare ca soarele sfânt de pe cer".

– Da, e cea mai frumoasă naivitate pe care am putut s-o aud.

– Moţa e deasupra noastră. Cuvintele lui sunt mărturisire de credinţă a lumii legionare. El e soldatul credincios al unui ideal, Miroane! Cred că puţini oameni avem în Legiune ca el...

În zilele acelea geroase de ianuarie se auzeau pe străzi imnul Moţa-Marin. Tineri legionari încolonaţi ca un batalion, treceau în pas cadenţat, intonând imnul într-un continuu marş triumfal:

„Sunt ruguri şi flăcări, e Spania scrum,

Tancuri pornesc ca din iad".

Au fost înmormântaţi la Casa Verde. Cu ochii în lacrimi sorbeam spusele lui Victor Dragomirescu, reprezentantul studenţimii.

Corneliu îmi urmărea reacţiile. Mă simţeam pândit. Eram răvăşit. Mă revoltam. Nu era drept!

După alocuţiunea rostită în faţa sicrielor celor doi, Victor Dragomirescu ne îndeamnă să rostim după el un legământ pe care să-l facem în faţa trupurilor Moţa şi Marin.

Tot atunci s-a întocmit şi jurământul gradelor legionare.

– Ia aminte, Miroane, repetă-l în fiecare zi! Tu ai nevoie!

– Eu n-am grad legionar, Căpitane! Sunt un profan, aşa că poţi să spui: „Iartă-l, Doamne, că nu ştie ce face!"

209

Corneliu zâmbi, ceea ce era rar pentru el. Era tare abătut în ultimul timp.

– Ai şi umor, Miroane, sau faci haz de necaz?

– Aş vrea să te mai înveselesc, prietene. Nu eşti în apele tale. Simt că este peste puterile mele să te fac să-ţi recapeţi încrederea. Eşti zdruncinat, iar eu sunt în faţa ta un muritor de rând.

– Mina, ceea ce-ţi spun eu acum este cât se poate de trist. Episodul ăsta în care Corneliu îşi pierduse elanul de altădată era prin februarie 1937, la o lună de la moartea lui Moţa şi al lui Vasile Marin. Am în casă nişte hârtii îngălbenite pe care vreodată o să le descifrezi. Vreau să înţelegi, fata mea, că fenomenul legionar a fost unic în lume, cu bune şi rele, până când ne-am prăbuşit de nu se mai vorbeşte nimic de noi. Suntem ca şi morţi. Ca şi cum nici n-am fi existat vreodată. Eu nu voi mai fi, dar tu, dacă vei apuca acele vremuri, să nu te laşi până nu se află adevărul despre noi. Sunt în ţara asta multe jertfe, cineva va recunoaşte sacrificiu nostru. Asta nu va fi, în nici un caz, într-un viitor apropiat. Vor trece poate secole. Urmele noastre nu se vor şterge aşa repede. Am construit, am zidit cu mâinile noastre biserici şi mânăstiri, case de vacanţe, azile de bătrâni, poduri. Va veni odată vremea să ni se recunoască faptele noastre bune, stropite cu sânge nevinovat!

În toată ţara se vorbea despre noi. Aveam din ce în ce mai mulţi adepţi.

Moartea celor doi a ridicat faima noastră printre români. Dar iar ajunsesem de unde am plecat, iar devenisem un pericol pentru partide, numai că presiunile nu erau atât de puternice. Partidul „Totul pentru Ţară" era condus de Gh. Cantacuzino-Grănicerul, care avea un mare prestigiu printre politicieni.

În toate provinciile, numărul de legionari creştea. Codreanu călătorea prin ţară pentru a lua legătura cu şefii de cuib şi pentru a dezvolta comerţul legionar.

După cum ţi-am mai spus, Mina, Codreanu era un bărbat falnic, frumos şi carismatic. Era aşteptat cu mare simpatie pe unde se ducea.

Itinerariu legionar la Isaccea

Am ajuns şi în îndepărtata Dobroge, mai precis la Isaccea. Am mers şi eu, căci de la Galaţi în acest oraş dunărean nu era greu de ajuns. L-am luat cu noi pe Neculai Constantin, de la mine din Bereşti. Căpitanul voia să-l instaleze acolo şef de cuib.

Ajungeam aici o dată sau de două ori pe lună. O aşezare oarecum izolată, dar pitorească prin amestecul de neamuri de tot felul. Turcii erau cei mai mulţi, aveau obiceiurile şi tradiţiile lor, portul specific musulmanilor, un lăcaş de cult numit geamie, care trona în centrul Isaccei, apoi tătari, cerchezi, haholi, câţiva greci bogaţi, dar şi bulgari răzleţi care făceau comerţ cu piei de oaie. Convieţuiau în bună înţelegere alături de români.

– Mergeai şi-n alte localităţi?

– Bineînţeles! Ca în multe cătunuri îndepărtate din ţară şi aici s-a construit un sediu legionar. În faţa sediului trona o trăiţă ca semn al credinţei care călăuzea Mişcarea Legionară. Acolo erau oameni destoinici, printre care şi învăţătorul Ion Sechila, cel care ne informa cu tot ce mişcă în Isaccea, era cel care se ocupa de înscrierea în Mişcare a tinerilor capabili, entuziaşti şi dornici să se afirme.

Codreanu dezvoltase aici comerţul legionar. Totul mergea strună. Când veneam la Isaccea, trăgeam la o casă de legionari, la Iancu Ştefanache, care avea o fată, Maria, foarte frumoasă.

După vreo câteva luni, aflăm că Ştefanache a fost împuşcat. S-a luat la harţă cu Jandarmul. Acesta a mocnit cât a mocnit în el, l-a provocat într-o zi pe Ştefanache, care i-a aplicat un pumn prin surprindere. Jandarmul l-a pândit când a plecat acasă şi, la un colţ mai lăturalnic şi întunecos, i-a tras un glonte mortal. L-au găsit a doua zi localnicii, dar n-aveau dovezi clare. S-a mers pe presupuneri, dar până la urmă mortul a fost vinovat. Nu-i apăra nimeni pe legionari. Doamna Leana, văduva lui Marola, ne primea de fiecare dată să înnoptăm la ea.

Mai des venea Neculai Constantin, pe care Căpitanul îl instalase şef de cuib. El se ocupa de toate. Avea în jur oameni de nădejde pe care Căpitanul conta.

Era cam pe la începutul lui octombrie 1937. Obţinuse nişte fonduri din Isaccea prin donaţii, chiar pământ de la acest Ştefanache. Era credincios crezului legionar şi încredinţase câteva loturi pentru comerţul legionar.

– Spune-mi de Maria, tată.

– Păi aici vreau să ajung. Maria, o fătucă cu figură de tătăroaică, minionă, cu ochii migdalaţi de catifea, umbriţi de nişte gene lungi negre şi cu o privire tristă, părea un copil fără copilărie. De câte ori apăream noi, Maria pleca ochii în pământ şi rămânea aşa ca o mică statuetă până plecam. Eu vedeam că se petrece ceva cu ea, dar aşteptam. Nu-mi puteam permite să fac vreo remarcă deocamdată.

213

Neculai şi Corneliu nu erau atenţi la detalii. M-am apropiat de Neculai şi i-am spus încet:

– Prietene, eu îmi pun capul că Maria e îndrăgostită de tine, tu nu vezi nimic?

Însă Neculai era absent la frământările Mariei şi se amuza de câte ori o vedea fâstâcindu-se.

– Micuţă Marie, eşti plăpândă, eşti tânără, nu visa la mine, eu sunt un bărbat însurat, abia am trecut de luna de miere, lasă-mă-n pace! Ce-ţi pot oferi eu?

Maria tăcea, se îmbujora toată şi fugea în casă.

Stăteam la masă, în cerdac şi mă uitam la cei doi. Îmi dădeam seama că e ceva între ei, dar n-am vrut să tulbur apele. Încercam să-mi explic de ce Maria a luat-o la fugă în casă şi l-a lăsat pe Neculai stânjenit. Eram de faţă şi se simţea jenat.

– Miroane, nu-i a bună cu fătuca asta! De câte ori mă vede îi apar lacrimi pe obraz, dar mă fac că nu văd ca să nu complic lucrurile.

Nu i-am spus nimic. În astfel de situaţii îmi era greu să dau sfaturi. A doua zi l-am văzut schimbat.

– Am sufletul încărcat. Astă-noapte am găsit-o pe Maria în aşternut, goală, fierbinte, lipindu-se de mine plângătoare, înlănţuindu-mă cu braţele ca nişte liane. Mirosea a salcie crudă de primăvară. Se tânguia la pieptul neu, tremurând de dor. Sunt un bărbat mult prea copt, ca un vulcan mocnesc de atâta aşteptare, umblând haihui cu deplasările noastre. N-am mai ajuns acasă de o lună de zile.

– Să nu-mi spui c-ai făcut vreo prostie!

– N-am vrut, Miroane, crede-mă, că n-am vrut, dar de oţel să fi fost şi tot n-aş fi putut rezista. Un înger, ispitându-mă?

– Mai degrabă un diavol, căci îngerul nu ispiteşte!

– Ai dreptate, un diavol cu chip de înger! Nu ce-a fost în capul meu, cert este că m-am topit şi n-am mai ştiut de mine, crede-mă! Oare cum o s-o scot la capăt când o să afle Căpitanul de isprava mea?

Mă holbam la el fără să zic nimic.

– O noapte, atât! Când mi-am dat seama ce-am făcut, m-am cutremurat! Cu ce curaj mă mai duc eu acum acasă? Îmi vine să-mi trag un glonte în cap. O s-o evit pe Ilinca, să nu cumva să fiu nevoit să-i dau explicaţii. Mă tem că nu m-ar ierta.

Ce puteam să-i spun? Se complicau lucrurile.

Primim chiar în acea seară o veste cumplită. Moare Cantacuzino-Grănicerul pe neaşteptate. Sprijinul nostru. Moare într-un moment când ne pregăteam de campania electorală. Mai aveam două luni până la alegeri şi erau multe de făcut. Am plecat urgent spre Bucureşti, să participăm la înmormântare. În locul lui a fost ales chiar în acea seară inginerul Gh. Clime.

În toată țara se vorbea despre noi. Aveam speranțe mari că vom câștiga alegerile.

Corneliu visa la statul legionar pe principii creștine, pe dreptate, pe cinste și adevăr!

– De parcă ar fi trăit pe altă lume! Aici e greșeala lui! Idealismul lui incurabil îi va aduce sfârșitul!

Presa punea paie pe foc, pentru că atrăgea personalități ale vremii ca să comenteze poziția fiecărui partid.

– Avea Codreanu susținători printre jurnaliști?

– Nici vorbă! Dar acești oameni nu mințeau. De exemplu, Sextil Pușcariu îi simpatiza pe legionari pentru adânca lor religiozitate, iar Ion Găvănescul îi admira pentru școala disciplinei morale și exercițiul voinței. Vezi, Mina? Nu pot să nu mă întreb eu în sinea mea: Dacă nu eram valoroși, ne mai prigoneau? Nu cumva pericolul cel mare pentru ei era că-i dăm la o parte și le cerem socoteală pentru neregulile și afacerile necinstite?

Citeam și tot citeam presa vremii, comentam toate aceste însemnări înainte de alegeri. Mai erau două zile până la alegerile din 20 decembrie. Ne întorceam de la Isaccea pe un viscol care aproape că ne blocase drumul. Corneliu n-avea niciun chef. Nu era în apele lui. Neculai era din ce în ce mai abătut. Am vrut să-l trag de limbă despre Maria, dar știam că nu-i face plăcere. Într-un târziu, când treceam Dunărea plină de sloiuri, într-o șalupă în care ne înghesuiserăm vreo zece inși, lui Neculai i se dezlegase limba. Ne cinstise cineva cu o gură de ţuică, să ne mai încălzim şi noi puţin pe o asemenea vreme câinoasă.

– Miroane, am dat de dracu! Ce fac eu cu fătuca asta? Măcar de-aş iubi-o, dar mi-e milă de ea. E gingaşă, a sărit prea repede la gâtul meu şi m-am aprins ca prostul... Nici coana Leana nu ştie. Ce mă fac? Mi-a şoptit ieri în treacăt, ferindu-se de privirile mele, că e gravidă. Se simţea vinovată, dar i-am surprins privirile hăituite. Fata asta o să-mi aducă necazuri mari. Ce fac eu acum cu ea?

– Ce faci? O s-o ascunzi, undeva în Galaţi, apoi vezi tu ce faci. La urma urmei, se naşte un suflet de om.

– Ce vorbeşti tu, Miroane? Ce-o să spună lumea? Îmi vine să intru în pământ. Om însurat, cum să apar eu c-un copil din flori? Cum apar eu în faţa mamei mele şi, mai ales, în faţa Ilincăi? Asta-mi trebuia mie acum? Am intrat în bucluc!

– Neculai, Neculai! Orice ai spune, trebuie s-o ascunzi pe undeva.

– Pe de altă parte, Miroane, ne-a dat toate pământurile prin donaţii. Este răspunderea mea. Au rămas amândouă, şi ea şi maică-sa, ca vai de capul lor. Nu se ştie ce vremuri vor veni! Dacă ar fi ştiut Ştefanache, săracul, că se va ajunge aici, n-ar fi înstrăinat nici un petec de pământ.

Asta hotărâse atunci, dar nici eu şi nici Neculai n-am mai putut ajunge la Isaccea până în primăvară, când lucrurile au luat-o razna.

Elena Netcu

Era rău de noi. Se alesese praful de alegeri. Am visat la cai verzi pe pereți!!

Desfiinţarea partidelor

— Regele nici n-a vrut să audă de noi. Atunci l-am văzut pe Căpitan negru de supărare:

— Nu ne consultă, Miroane, nici pe mine, nici pe Iuliu Maniu. Auzi? La urma urmei de ce se amestecă regele în treburile guvernului? Văd că se consultă cu Armand Călinescu, ăsta a ajuns omul zilei. Armand e o viperă de om. L-a părăsit pe Titulescu după ce i-a cântat în strună cât era un nume în politica românească şi avea un prestigiu în lume, l-a abandonat şi pe Maniu când căzuse în dizgraţia regelui şi acum s-a pus la dispoziţia regelui. Un şarlatan!

— Am citit în presă. Să vezi cât de înverşunat este Maniu împotriva Elenei Lupescu!

— E o imprudenţă! S-ar putea să fie exclus din politică. Nu va mai fi niciodată un nume demn de luat în seamă, atât timp cât madam Lupescu trage toate sforile în politica ţării.

— Regele creează confuzie înadins. Ca să ameţească electoratul, a lăsat să se înţeleagă că facem corp comun cu Goga şi l-a însărcinat să formeze guvernul.

— Deci nu existăm, Miroane! Toată bătălia noastră pentru biruinţa legionară s-a dus pe apa sâmbetei. Nu vom fi în guvern. Mai rău ca la alegerile trecute!

— Căpitane, ţi-am spus de la început: noi trebuia să ducem bătălia pe plan spiritual, nu politic!

– Nu facem nimic, Miroane, fără o poziţie solidă în viaţa politică. Ai văzut cât de prigoniţi am fost? Pentru că nu aveam puterea, iar acum ni se dă în cap, când suntem pe punctul de a o câştiga!

– Eşti încăpăţânat. Trebuia să fi acceptat întâlnirea cu regele, poate nu ajungeam în situaţia asta.

– De ce? Ca să fiu şi eu manipulat ca toţi ceilalţi? Nu, Miroane, eu nu vreau puterea! Eu vreau schimbări profunde. Vreau bunăstarea poporului, vreau oameni curaţi, vreau credinţă.

Regele era de părere că socotelile cu guvernul le încurcă Garda de Fier şi sugerase că trebuie lichidaţi conducătorii ei. Armand Călinescu cunoştea toate manevrele care se fac pentru înlăturarea noastră. Seara am rămas şi eu şi Corneliu la Gh. Clime acasă să discutăm pe îndelete situaţia noastră.

Atunci l-am cunoscut mai bine. Era un bărbat între două vârste, grizonat, cu o statură impunătoare şi cu o voce puternică de bariton. Avea o înfăţişare blândă, aveai impresia că zâmbeşte mereu. Era impetuos în susţinerea ideilor, dar respingea răzbunarea prin vărsare de sânge.

– Căpitane, nu-mi place ce se întâmplă. Sunt împuşcaţi tinerii noştri inutil. Campania asta seamănă mai mult a prigoană împotriva noastră. Am citit azi ziarul „Buna Vestire" despre cazul studentului Florian Popescu, împuşcat mortal în comuna Maia, judeţul Ilfov. Iată ce mărturiseşte înainte de a muri: „Tatăl meu a murit la Turtucaia. Sângele meu tot pentru ţară se varsă."

Corneliu intervine categoric:

− Desfiinţăm partidul, sistăm totul, gata, nu vreau s-avem iarăşi victime. Ne retragem din cursa electorală ca să ne protejăm oamenii.

La 11 februarie în Senatul Legiunii se dă un Comunicat care va fi publicat în „Buna Vestire". Ce reiese din acest Comunicat mi s-a părut o dovadă de înţelepciune. Printre altele se făcea următoarea menţiune: „Cine voieşte să ne voteze, bine, cine nu, să voteze după conştiinţa şi sufletul său".

După acest comunicat, s-a lăsat tăcere. Cred că a fost un şoc psihologic pentru toţi. Corneliu a venit la mine acasă la Bereşti pentru câteva zile. Voia să-şi adune gândurile. Niciodată nu l-am văzut atât de calm.

− Ce facem, Căpitane?

− Deocamdată aşteptăm! Să vedem ce semnale ne dă Gh. Clime. Regele îşi va chema oamenii de încredere şi ce vor hotărî, aia va fi. Treburile ţării stau în mâna a trei oameni: regele, Gh. Tătărăscu şi Armand Călinescu. Până când nu se publică în presă, n-avem de unde să ştim. Miroane, am ajuns la capătul puterilor. Nu mai vreau vărsare de sânge nevinovat. Este clar că am fost ţinta lor cu aceste alegeri. Tu ce părere ai?

− Le e frică de noi, prietene! Nici nu le mai trebuie acum campanie! Dacă am ieşit din cursă, pun rămăşag că nu vor mai face niciun fel de alegeri!

– Cine răspunde, Miroane, pentru toate crimele din județe? Clocotește sângele în mine de indignare!

– Odihnește-te și vom vedea ce-i de făcut! Cu Lilica cum ai rezolvat?

– Ce să rezolv? Am stat o oră acasă, nici n-am avut timp să stăm de vorbă, mi-am luat schimburi și-am plecat. După atâta nenorocire ce s-a abătut asupra noastră mai ai chef să discuți chestiuni de suflet? Lilica este oricum supărată pe mine, pentru că nu renunț la toată nebunia asta. Sunt mereu plecat, nu mai suntem o familie normală. Ne întâlnim din an în paște. Uneori o găsesc plângând și-mi spune cu lacrimi în ochi că nu mai rezistă. Îmi tot amintește că înainte de logodnă a fost avertizată de faptul că viața cu mine va fi zbuciumată. Îmi tot spune că mă visează în sicriu cu un ștreang de gât. Plânge și-mi repetă mereu visul ăsta.

– Eu te întreb un lucru: Lilica este la zi cu ce se întâmplă în țară? Cred că l-a auzit pe rege urlând la radio până la demență.

– Da, citește ziarele, când ajung acasă nu mai contenește cu reproșurile să abandonez această nebunie. Câteodată mă gândesc că regretă c-a pornit la drum cu mine. Însă nu se plânge, e discretă, dar eu simt. Să te întreb altceva. Ce-ai făcut cu Neculai Constantin? Ăsta-i nebun! O lasă pe fata aia de izbeliște. Noi la Isaccea nu mai avem cum să mergem. Biata fată este într-o situație disperată.

– N-ai ce-i face, Căpitane, vârsta!

– Vârsta ca vârsta, dar unde i-a stat capul?

– Să-şi asume greşeala!

– Să vină la mine!

M-am prezentat cu Neculai la Căpitan. Avea o faţă de parcă-l duceai la tăiat.

– Ce faci cu Maria, bărbate? Văd că nu mai spui nimic şi fata aia e însărcinată. Ce faci cu ea? Cred că se cunoaşte sarcina.

– Ce să fac, Căpitane? Am încurcat-o! Nu i-am spus nimic Ilincăi! N-am curajul. Am vorbit cu cineva să meargă la Isaccea în totală discreţie, ca s-o ia şi s-o aducă în Galaţi. I-am găsit unde să stea până când va naşte, apoi văd eu ce fac. O s-o las pe Maria în grija unei familii de încredere. O să trec pe acolo când voi termina cu nebunia asta.

– Bine, Neculai, du-te, dar ţine mine vorbele mele: nu te juca cu sufletul Mariei. E tânără şi fără sprijin.

Neculai a plecat, dar Corneliu n-a mai apucat să se mai intereseze de soarta lui. În schimb, eu n-am uitat. Eram oarecum implicat. Eu l-am prezentat Căpitanului ca fiind un om de nădejde care poate deveni şef de cuib la Isaccea. Poate că a fost rătăcirea unui bărbat plecat de acasă, temperamental şi nesăbuit. În momentele acelea ce să se mai gândească la urmări? S-a lăsat dus de val. Grav era că Maria era minoră, un copil care încă nu ştia ce înseamnă să porţi răspunderea unui copil.

Nu mai ştiu ce-a fost atunci. Cert este că peste ani am aflat că Neculai a continuat relaţia cu Maria, că a dus o viaţă dublă şi că din această nebunie a lui s-a născut un băiat căruia i-a pus numele Neculai.

Vremurile erau grele pentru legionari. Neculai Constantin a avut aceeaşi soartă ca toţi legionarii: a fost împuşcat într-o acţiune de-a lui în Dobrogea. Maria a abandonat copilul la Isaccea la Coana Leana, iar ea a întins-o la Bucureşti, pierzându-şi urma, ca să nu fie urmărită de Siguranţă.

Cam acesta a fost, fata mea, drumul încâlcit al lui Neculai. Un drum care a dus spre nicăieri.

Eu mă întâlneam cu Căpitanul să găsim soluţii în situaţia grea în care ne aflam.

– N-am vrut să le fac jocul, Miroane! N-am vrut ca România să devină o Spanie sângerândă. Simt o mare uşurare, Miroane, pot pleca acasă liniştit.

– Asta s-a întâmplat atunci. Răsuflam şi eu uşurat că, odată cu renunţarea la campania electorală, vom fi daţi uitării şi lăsaţi în pace. Am zis că acesta este deznodământul Mişcării. Că, odată ce am renunţat, nu mai are nimeni treabă cu noi şi de acum fiecare îşi vede de viaţa lui.

Corneliu plecase acasă, simţea nevoia să se refacă în linişte după această perioadă de zbucium. În schimb, eu urmăream cu înfrigurare ziarele şi luam legătura cu Gh. Clime ca să aflu noutăţi.

Clime mă anunţă că se pune problema Gărzii de Fier din ce în ce mai mult. Regele l-a chemat pe Armand Călinescu şi se pare că s-a pus problema arestării şi internării a 100-150 de conducători legionari, care să fie trimişi în lagăre la Dobrovăţ şi Ciuc.

Iorga ar fi fost de părere să ne trimită în Insula Şerpilor. Numai că Gh. Tătărăscu, mai diplomat, cerea să se aştepte un moment prielnic, să se găsească adică pretextul.

Iată că suntem la început de dictatură regală. Se instaurează stare de asediu, iar toate judeţele sunt conduse de cadre militare. Mai mult, se inoculează ideea că tot răul vine de la legionari şi că trebuie eliminaţi. Sarcina o avea Armand Călinescu. Ca să fie credibil în faţa poporului, regele l-a pus în fruntea Guvernului pe patriarhul Miron Cristea.

Atunci l-am văzut pe Căpitan foarte calm şi cumpătat:

− Voi lua cea mai bună decizie, Miroane, pentru a dejuca planurile diabolice. E lovitură de stat. Este peste puterile noastre să mai facem ceva. Nu vreau să ne luptăm cu morile de vânt. Voi convoca Senatul Legiunii şi voi desfiinţa partidul. Aşa se va lăsa linişte şi vom evita vărsarea de sânge.

Este adevărat că această atitudine a dezamăgit pe mulţi români care sperau să ni se alăture şi să continuăm.

Numai că n-a fost aşa. Iorga ne atacă direct, acuzându-ne că, sub pretextul unor activităţi comerciale, uneltim împotriva ordinii de Stat. Articolul, în care ne critica de mama focului, se numea „Între blide".

Corneliu, la rândul lui, se apucă şi-i scrie o scrisoare deschisă lui Iorga în care îşi varsă toată amărăciunea. Era un fel de confesiune făcută public. A făcut-o cu durere, dar n-a aruncat vorbe grele. Şi totuşi de aici a pornit nenorocirea lui. Era exact ce aşteptau ei.

Era clar că-i ajunsese de mult cuţitul la os. Aş fi vrut să stăm de vorbă, să-l susţin. Dar devenise absent pentru o vreme. Se lăsase tăcere peste tot şi toate. Mă gândeam că de acum încolo începe o nouă etapă a vieţii românilor, fără noi. Fusesem speranţa lor. Încă mulţi mai credeau într-o minune de revenire a noastră. Erau gata să ne sprijine, dar Căpitanul a fost mai înţelept. El prevăzuse cu mult mai înainte ce se va întâmpla. Ştia că nu poate urni din loc imensul eşafod al unui sistem îngreunat de crime şi nedreptăţi.

Poate că mulţi români au trăit ce-am trăit eu. Poate că ai reuşit să-ţi faci o imagine despre Corneliu Zelea Codreanu, cel mai controversat om al vremurilor pe care le-am trăit.

Acum, după atâta amar de vreme, pot spune cu mâna pe inimă că eu am fost cel mai apropiat prieten al lui. Eu l-am însoţit în victoriile şi greşelile lui, eu i-am cunoscut neliniştile şi păcatele. Ştia că nu e perfect, dar dorea să iasă totul perfect.

Arestarea lui Corneliu Zelea Codreanu

Mă pregătesc acum să-ţi povestesc cele mai dureroase pagini ale acestei confesiuni. Atunci, în aprilie, 1938, când credeam că vom fi daţi uitării, că nu se va mai vorbi de noi, că numele nostru nu va mai flutura pe buzele regelui, atunci, în acea linişte aparentă, se pregătea încet, fără grabă, exterminarea fizică a Căpitanului nostru. Sarcina asta o avea Armand Călinescu. Se uneltea în tăcere, se plănuia machiavelic pieirea sa, mai ales că acum apăruse pretextul: scrisoarea către profesorul Iorga, care devenise unul dintre consilierii regelui.

Iorga, cu tot prestigiul de mare om de cultură, ca om era extrem de irascibil şi orgolios. Temperament vulcanic, avea pornirea de a-şi exprima păreri sub impulsul emoţional, mai ales dacă îi era lezat orgoliul. Aşa s-a întâmplat şi cu reacţia lui înverşunată împotriva Căpitanului, când a citit scrisoarea. Putea s-o ia ca pe o ceartă personală, se putea găsi o soluţie. Chiar dacă erau divergenţe între ei, le-ar fi rezolvat, dacă cel puţin unul dintre ei ar fi avut puţină înţelepciune. Erau amândoi orgolioşi. Iorga a fost atras într-o cursă, fiind sfătuit să facă plângere întrucât ar fi fost o ofensă adusă unui consilier al regelui, fapt care atârna greu împotriva Căpitanului. Iorga intră în joc, îi face plângere Căpitanului la sugestia lui Armand Călinescu, iar pe 17 aprilie Corneliu Zelea Codreanu este arestat.

Arestarea a fost, fata mea, un drum al crucii, un drum lung spre moarte.

Nu cred că Iorga ar fi bănuit ce-l aşteaptă pe Căpitan. N-ar mai fi făcut acea nefericită plângere. Iorga era un om de cultură, n-ar fi omorât un om, n-ar fi mers cu răzbunarea până la crimă. Orgoliul şi impulsivitatea au fost slăbiciuni de care un ins precum Armand Călinescu şi chiar Gh. Tătărăscu au profitat pentru a-şi pune în aplicare planurile diabolice. De altfel, derularea procesului, mai ales amploarea care s-a dat acestui proces pornind de la o ceartă personală între două persoane, l-ar fi mâhnit mult pe Iorga, dar zarurile erau aruncate.

Mina, fata mea, o să spui că sunt subiectiv în tot ceea ce ţi-am povestit până acum. Ia-o cum vrei, dar orice mărturie e făcută prin prisma unui singur om, chiar dacă ea vizează o întreagă generaţie. Au fost oameni cu greutate care ne-au susţinut, unii dintre ei au mers cu noi ani buni, după care au abandonat Mişcarea, nu din convingere, ci din teamă, neajutoraţi, fie de boală, fie de instinctul de conservare. Aveau copii şi voiau să trăiască pentru ei. Nici eu n-am fost legat de Mişcare până la capăt. După arestarea lui Corneliu, mi-am zis: „Stop! Voi avea aceeaşi soartă". Este adevărat că nu eram persoană importantă. Nu se împiedeca nimeni de mine. Prin firea mea, eram blând, mă ajuta şi fizicul meu firav, mai mult, când ieşisem din închisoare eram o coajă de om, mulţi nici nu mi-au dat mai mult de doi ani de viaţă. M-am întremat aici la Bereşti. Din când în când, se mai oprea cineva la poartă şi striga: „Hei, Miroane, ieşi, mă, la poartă, că ţi-a trimis nevastă-mea ceva de pomană. Azi sunt Moşii de vară, uite ţi-am adus şi nişte cireşe, aşa de poftă, că nu prea s-au făcut anul acesta". Mă duceam bucuros. Erau acolo de toate, mai mult decât ar fi trebuit pentru o pomană. Nu era un blid de mâncare, erau adevărate provizii pe vreo două săptămâni. Ziceam bogdaproste, aveam hrana asigurată. Îmi spuneam în sinea mea: „Dumnezeu, drăguțul, nu mă uită! Sunt și eu un suflet amărât, azvârlit de soartă la marginea târgului Berești.“

Cum îți spuneam, Mina, procesul a fost la început, să zicem, corect. Două persoane private au ajuns în justiție. Până aici nu e nimic anormal. Una a insultat-o pe cealaltă. Ce atâta sfârâială! Vinovatul primește șase luni de închisoare, nu se surpă lumea pentru atâta. Nicu Durbacă a venit a doua zi de la arestare, pe 18 aprilie, și mi-a spus cu încredere și speranță:

– Stai ușurel, Miroane, că o să scape! A trecut el prin procese și mai grele și-a scăpat, dar ăsta-i floare la ureche! Ei, asta-i bună! L-a insultat pe Iorga! Ei, și ce? I-a luat galoanele?

– De data asta e altceva! Uiți ce s-a întâmplat? Păi peste tot numai jandarmi! E stare de asediu. Cică au fost ridicați șefii din județe, se fac percheziții serioase la sediile organizațiilor legionare și la domiciliul unor legionari. E gravă treaba! Totul se opera după un plan bine stabilit.

Nicu Durbacă rămase pe gânduri. De departe îl văzui pe Nelu Adochiței. Se apropie de noi cu palmele împreunate a rugăciune și cânta cu ochii spre cer: „Cu noi este Dumnezeu“.

Mă uitam la el și mă pufni râsul:

– Adochiţei, nu mă înnebuni cu cântările tale, că s-ar putea să te ridice şi pe tine într-o zi!

– N-am nici o treabă cu ei, eu îmi văd de credinţa mea. O să vedem la urmă cine râde!

Nu prea puteam conta nici pe unul, nici pe altul, unu-i cu capul în nori, celălalt e dus cu pluta. Cel puţin, Nicu Durbacă a rămas întreg la minte, dar Adochiţei, vai mama lui! I se trage de la bătăile din anchete. Ferească Dumnezeu să-i mai aresteze vreodată, cred c-ar vinde-o şi pe mă-sa, numai să scape!

Presa face din toată năpăstuirea noastră un act de senzaţie, ca să bulverseze publicul. Ba că deţinem arme, ba chiar c-am avea depozite de muniţii, că sunt răspândite pe tot întinsul ţării, că aşteptăm momentul potrivit pentru a da o lovitură de stat şi a prelua puterea prin violenţă, ba, mai mult, că vom instala un regim de teroare. Lumea era contrariată şi începea să se ferească de noi. Toate arestările se făceau sub regimul stării de asediu.

Oamenii obişnuiţi trăiau cu spaima că vom face victime printre oameni nevinovaţi şi că e în primejdie însăşi siguranţa statului.

Un asfel de incident s-a întâmplat pe străzile Galaţiului. Un beţiv s-a apucat să strige „Trăiască regele" şi a fost împuşcat urgent fără să-şi mai dea seama asasinul că era vorba de un amărât care n-avea nici o treabă cu politica şi care a strigat ca prostu' pe stradă ca să-l bage şi pe el cineva în seamă.

Ziarele sunt pline de ştiri senzaţionale.

Iar după toate acestea vine știrea de mare senzație cum că un mare proces va avea loc: Procesul Căpitanului.

Un proces trucat

Se anunţase în presă cu mare pompă ziua procesului, pe 23 mai 1938. Totul se desfăşura la Tribunalul Militar al Corpului II Armată.

Am fost mereu alături de Căpitan, trebuia să găsesc un şiretlic să pot intra şi eu în sala de judecată.

Cu astfel de gânduri am coborât din tren în Gara de Nord. Am pornit-o pe jos. Din loc în loc, întâlneam patrule militare, deşi era dimineaţă. Încercau să-i facă atenţi pe călători să nu se oprească în locuri aglomerate. În calea Plevnei, ce crezi? Două coloane de jandarmi, care blocau intrarea spre sediul instanţei, în poziţie de drepţi, păreau stane de piatră.

Era ora şapte. Stabilisem să mă întâlnesc cu Lilica şi doamna Codreanu. Nu puteam intra decât sub acoperirea lor, trecând drept rudă apropiată.

Nu ştiu cât am aşteptat să vină cele două femei, dar n-aveam altă alternativă. Era singura cale de a pătrunde în sala de judecată.

Lilica era îmbrăcată într-o rochie de culoarea frunzei veştede, destul de lungă, care o făcea mai înaltă decât era în realitate. Era o femeie frumoasă, cu sprâncene bine conturate şi cu nişte ochi speriaţi de căprioară rănită. Cu un aer de tristeţe, părea că nu mai ştie să zâmbească. Păşea nesigur, de parcă n-ar fi vrut să deranjeze pe cineva. Tresări când dădu cu ochii de sergentul de la capul scărilor. Spunem cine suntem, așteptăm până urcă scările, timp de zece minute, apoi ne face semn să trecem. Urcăm la etaj. Acolo, alt cordon de jandarmi, cu arma la baionetă și la picior. Lângă ei sunt și civili. Lilica tremura:

— Miroane, mi-e frică! Se învârte totul cu mine!

Mama Căpitanului, o femeie înaltă, cu fața livida și ochi pătrunzători, ușor duși în fundul capului, privea cu buzele strânse la toți jandarmii înșirați de-a lungul coridorului. Urcăm și mai sus. Aici sunt mai mulți civili, forfotesc încoace și-ncolo cu pași siguri, fiecare știind ce avea de făcut. În toată vermuiala aia de pe culoar, soldații stăteau înțepeniți în dreptul ficărei uși. Ajungem în dreptul unei uși metalice, însoțiți de un ofițer. Santinela din fața uși se dă la o parte, făcându-ne loc să pătrundem înăuntru.

Ni s-a permis, așadar, să avem o întrevedere scurtă cu inculpatul, în calitate de rude. În mijlocul camerei ne aștepta Corneliu, înalt, cu părul netuns, ușor ondulat, căzând în dezordine pe frunte, părea că nu se pieptănase de multă vreme, cred că nu-l mai interesa amănuntul acesta. În schimb era ras proaspăt, ceea ce făcea să-i iasă în evidență trăsăturile feței, alungite, înăsprite de griji, cu obrajii ușor căzuți, dar încă proeminenți. Părea mai frumos în suferința lui. Slăbise mult. Se deșira în fața noastră impunător, cu privirea aceea de foc, de un albastru tremurător ca oglinda apei.

Lilica se ghemui la pieptul lui scuturându-se de plâns:

— Nu mai plânge, draga mea, o să fie bine. Tu știi că nimic din toate infamiile care mi se pun în față nu sunt adevărate. Justiția își va face treaba!

– Corneliu, totul e cusut cu aţă albă, e strigător la cer ce ţi-au urzit duşmanii.

– S-a fabricat peste noapte, Miroane, un rechizitoriu imaginar, cu acuze grele, care, dacă nu voi avea oameni care să mă apere, o să-mi aducă după sine ani grei de închisoare. Sunt pus în urmărire pentru fapte de trădare şi reproducere în public de acte interesând siguranţa statului, delict de uneltire contra ordinii sociale, precum şi crimă de răzvrătire. Toate aceste au rolul să mă desfiinţeze definitiv.

Eram înmărmurit. Mă uitam la el şi nu ştiam ce să zic. Mă simţeam atât de mic şi neputincios în faţa prietenului meu. Venisem parcă să asist la înmormântarea lui. Ştiam ce se întâmplă afară, că este stare de asediu, că străzile sunt păzite straşnic, mai ceva ca în timpul războiului. Îmi dădeam seama cât de gravă e situaţia.

– Va trebui să înlătur toate aceste infamii.

I-am privit mai atent faţa palidă şi cearcănele din jurul ochilor lui albaştri, duşi în fundul capului, dar umezi şi de o tristeţe copleşitoare. Îmi strânge mâna şi mi se umezesc ochii de emoţie. Plec capul să nu-mi vadă Corneliu, lacrimile pe care cu greu încercam să mi le stăpânesc. Atunci o văd pe doamna Codreanu întinzând mâna uscăţivă pe obrazul lui Corneliu, mângâindu-l uşor:

– Dragul mamei, mă rog zi şi noapte pentru tine. Dumnezeu e mare! Nu-ţi pierde speranţa. Om trece noi şi de asta!

Uşa se deschide, intră ofiţerul, ne face semn să mergem în sala de judecată şi să aşteptăm. Era prima zi din acest proces trucat.

Pe coridoare forfotă de nedescris. În faţa uşilor negre, aceleaşi santinele în poziţie de drepţi. Civilii vorbesc numai în şoaptă. Ajungem în sala de judecată. Peretele din fundul sălii pare masiv. De el atârnau ferestrele pătrate încadrate în grilaj cu model. În faţa sălii, un postament unde se aliniau mesele juraţilor. Sala era arhiplină. În dreapta o masă pentru presa străină, lângă ea, într-un colţ masa grefierului, iar în sens opus, în stânga, boxa acuzatului. Ne aşezăm pe banca dinspre boxă, mai aproape de Corneliu. Poate că era mai bine aşa, să ne simtă privirea încurajatoare.

Se vorbeşte în şoaptă. Îmi arunc ochii în spatele sălii şi mai văd câte un civil intrând şi închizând uşa fără zgomot. Era doar şedinţă publică, putea intra cine doreşte, cel puţin se lăsa să se înţeleagă asta. Unii civili intră şi apoi ies, amestecându-se printre alţi participanţi. Era clar că aceştia sunt agenţii Siguranţei generale, care se infiltraseră în sală pentru a iscodi, trăgând cu urechea şi notând în grabă câte ceva.

Deodată se face linişte. Se deschide uşa din faţă şi apare locotenent-colonel Dumitru cu o mapă în mână. După el tot completul de judecată. Pe masa juraţilor se vede un munte de dosare, vreo zece volume.

Sala se ridică în picioare. Dincolo de sală se auzea un târşâit de încălţăminte pe podea. Se simte o încordare în felul cum publicul rămase nemişcat, aşteptând. Se aude un oftat.

Era Lilica, care-şi prinse faţa în mâini, aplecată mult peste scaun, lipindu-şi fruntea de spetează. Plângea înăbuşit.

Preşedintele rosteşte grav:

— Să intre acuzatul!

Totul părea încremenit. Se oprise timpul. Toate privirile aţintite către boxă. Mi se părea că le ieşeau ochii din orbite. Trecea prin aer un vaer înăbuşit. Sau poate aşa mi se păreau mie, simţindu-mi capul prins într-un cerc de foc. Ştiam cât era de aşteptat Căpitanul. Mulţi nu-l cunoşteau, dar citiseră sau auziseră tot felul de poveşti ţesute în jurul lui, menite să-i sporească misterul. Voiau să-l vadă pe omul acela de legendă, care nu semăna cu nimeni, care aparţinea unei alte lumi, coborât acum printre hiene.

Uşa se deschide şi în pragul ei apare el, Căpitanul, cu silueta zveltă, înaltă, cu „ochii de cer", cum a fost numit de mulţi dintre români, un Făt-Frumos din basme. Costumul gri îi conturează un trup vlăguit. Face un pas sigur către instanţă, apoi se întoarce către public. În acel moment sala se ridică în picioare, electrizată, atrasă ca un magnet, înclinându-se spre a-l saluta.

Lumea aceea din sală îl vedea pe cel ce reprezenta speranţa românilor, îl vedea pe omul hulit de camarila regelui, îngenunchiat acum şi adus în boxa acuzaţilor ca cel din urmă criminal. Mulţi aveau lacrimi în ochi.

Juraţii privesc năuciţi spre sală şi spre Corneliu. Pentru câteva clipe se văd nedumeriţi şi în mare încurcătură. În acel moment se aude vocea baritonală a Preşedintelui:

− Evacuez sala, în caz de repetare. Nu voi tolera astfel de manifestații.

Vedeam fața congestionată a președintelui, tamponându-și broboanele de sudoare de pe frunte. În sală se mai vedea câte unul ștergându-și lacrimile. Mulți își aruncau unul altuia priviri neliniștitoare.

După formalitățile de rigoare, îl văd pe președinte dând citire unei liste destul de lungi. Aud nume de oameni politici, șefi de partide, oameni care au avut mai mult sau mai puțin tangențe cu Mișcarea Legionară. Dar sunt foarte puțini prezenți din cei de pe listă.

Două ore a durat lectura actului de acuzare. În sală domnea o atmosferă încordată. Se deducea din rechizitoriu că este vorba de o iminentă intervenție a unei puteri străine în treburile noastre interne. În sală, rumoare. Se auzeau șoapte de dezaprobare, exclamații de nedumerire, priviri triste, toate ațintite asupra acuzatului, înmărmurit ca o stană de piatră.

Căpitanul domina sala de judecată nu numai prin înălțime, ci și prin strălucirea metalică a ochilor, în care clocotea furia și indignarea.

După terminarea lecturii, președintele a anunțat suspendarea ședinței până după-amiază, timp în care avocații aveau voie să pregătească apărarea. Era greu de crezut că vor reuși. Se pregătea interogarea acuzatului.

Presa vuia cu detalii despre ședința de dimineață, toate deformate, revoltător de amplificate și trunchiate, scoase din context. Se reproduceau fragmente din actul de acuzare și o fotografie cu Căpitanul împovărat, prezentat ca un mare duşman al ţării, pe care-l arătau cu degetul: „Iată-l pe acuzat că nu are ce spune în faţa probelor zdrobitoare care-l acuză".

Am rupt ziarul în bucăţi, am scrâşnit din dinţi; „Mama voastră de servili, faceţi jocurile murdare ale unor infami!"

Am colindat străzile lăturalnice din jurul Tribunalului militar, m-am oprit la birtul din colţ împreună cu Lilica şi doamna Codreanu, am băut o bragă rece şi am mâncat câteva plăcinţele, atât cât să rezistăm până seara târziu.

Sala era sufocant de aglomerată. Chipuri obosite, încordate şi neliniştite. Pe Căpitan l-au adus în boxă înainte de a intra completul de judecată, pentru a nu se repeta situaţia jenantă de dimineaţă. A fost întâmpinat cu acelaşi respect şi consideraţie. Avea o faţă devastată de oboseală şi nesomn. Fusese ţinut înadins o lună şi jumătate în întuneric, slăbindu-i rezistenţa fizică.

Intră preşedintele, urmat de juraţi. Sala se ridică în picioare, formalitate care se impunea în asemenea împrejurări.

Apoi, după o vreme, timp în care grefiera făcea ultimele proceduri pentru partea a doua a şedinţei, se auzi vocea gravă a preşedintelui:

– Acuzat, ai auzit de ce fapte eşti învinuit? Ce ai de spus în apărarea ta?

Căpitanul face un pas în faţă, calm, natural în felul său de a vorbi, însă slăbit de puteri. Îl durea faptul c-a fost numit trădător. Pentru asta suferea cel mai mult, pentru că toată viaţa a fost împotriva trădării.

Publicul din sală îi sorbea cuvintele, îl urmărea încordat, simţea că acolo, în vorbele Căpitanului, se află adevărul.

Într-un târziu, preşedintele cere a se declara şedinţa secretă, pentru că acum urma să se examineze legăturile Căpitanului cu o putere străină.

Rămase drept ca o lumânare. Ceru un pahar cu apă. Sala era goală, sinistră. De afară se auzeau tramvaiele cu un huruit greu şi voci îndepărtate. Se înserase de-a binelea. Mă uitam la Lilica, era firavă ca o păpădie. Cu chipul umbrit de tristeţe şi buzele strânse, privea în jos încremenită. Acolo în sală se punea la cale înmormântarea bărbatului ei.

– Mi-e frică, Miroane!

Îi priveam ochii speriaţi. Ce puteam să-i spun? Că nu-i aşa? Ne fugea pământul de sub picioare. Nu mai găseam forţa să ne susţinem. Se surpa pământul.

Lilica nu spunea nimic. Vorbeau ochii în locul ei. Cafenii, umbriţi de gene lungi, negre. Întoarse capul spre mine şi mă privea de parcă mi-ar fi cerut ajutorul. Acolo, în sala aceea imensă, înaltă cât un infinit, acolo Corneliu al ei se lupta cu nedreptatea. Omul ei drag, căruia toată viaţa i-a pândit plecările şi întoarcerile de pe aiurea din ţară, dăruindu-şi tot timpul său unui ideal. S-a măritat cu un erou. A ştiut asta din capul locului. Se măritase cu soldatul abandonat în tranşee, luptând până la ultima picătură de putere pentru o cauză dreaptă. Dar... a ştiut şi a acceptat!

Despre depoziția lui în ceea ce privește așa-numita trădare am aflat că i-a impresionat pe toți.

A doua zi dimineață, pe chipurile tuturor se citea speranța. Vorbele Căpitanului erau citite pe nerăsuflate din ziare care se cumpărau cu repeziciune. Nimeni nu mai credea în temeinicia capetelor de acuzare. Era o derută generală, căci nu toate publicațiile tratau procesul cu detalii care să pună în lumină adevărul. Altele răstălmăceau, interpretau, deformau realitatea în defavoarea Căpitanului. Mulți nu știau ce să creadă.

Lilica era optimistă. Se sprijini de brațul meu. Nu dormise. Se simțea amețită. Avea însă speranța că Relu al ei va veni acasă viu și nevătămat. Trecuse prin astfel de procese de mai multe ori. Este adevărat, nu de dimensiunea celui de acum, dar ea spera.

– Doamne, Miroane, vom trece noi și de hopul ăsta! Cred că este cel mai greu moment. Vreau să se liniștească. A desființat tot ce era de desființat pentru liniștea legionarilor. Acum n-avea motive să se mai teamă că va mai fi atacat. Vreau să avem răgazul să ne vedem de căsnicia noastră, fără partide, fără hârțoage, fără întruniri, doar noi doi, în orașul nostru moldav, acolo unde ne-am început viața în doi, plini de speranță că vom trăi într-o lume mai bună.

Doamna Codreanu tăcea. Inima ei de mamă îi spunea altceva. Ea simțea că băiatul ei este înconjurat de hiene, știa că falnicul ei băiat înfruntă fiarele sălbatice într-o pădure întunecoasă. Știa că acolo sunt multe capcane. Sunt multe jivine care rânjesc din scorbura copacului, țopăind de satisfacție.

Aştepta, aşa cum şi-ar aştepta fiul plecat la război, cu inima tremurândă.

Numai presa izbucnea cu lovituri de pumnal împotriva acuzatului. Ziare pro şi contra. Primele pagini pline de fotografii din timpul procesului, comentarii, cele mai multe defavorabile. Corneliu Zelea Codreanu este un trădător care pregătea o răsturnare a statului de drept, care-şi punea în aplicare lovitura de stat, plasând armament periculos în puncte strategice.

A doua zi, procurorul îi pune o întrebare de baraj:

– În ce calitate te-ai apucat de educaţia tineretului prin Frăţiile de cruce?

– În calitate de român! spuse calm Căpitanul.

La un asemenea răspuns, procurorul a tăcut şi n-a mai cerut nicio lămurire.

Pune însă o altă întrebare, de data aceasta acuzatoare:

– Ce urmăreai cu armamentul găsit la percheziţie?

– La un număr de jumătate de milion de membri, cantitatea de armament este fără importanţă. Şi, dacă aţi cerceta mai atent, niciun copil nu poate crede că se pot da lovituri de stat cu arme de vânătoare sau cu un număr nesemnificativ de revolvere. Multe sunt arme din panoplia generalului Cantacuzino. Cum se ştie, el mi-a lăsat prin testament multe din bunurile sale materiale, printre care şi arme din panoplia sa. Erau arme vechi, neutilizabile, ţinute la loc vizibil.

Se lăsă tăcere. Nimeni nu mai spunea nimic, de parcă s-ar fi epuizat toate întrebările.

Sala devenise parcă un deşert. Nimeni nu făcea nicio mişcare. Era liniştea de după furtună, dar în sufletele noastre simţeam deşertul, arşiţa miriştii de vară. Ni se uscase gura de sete.

Şedinţa de dimineaţă se suspendă. Ieşeam pe rând din sală. Urma să ne întoarcem peste puţin timp pentru audierea martorilor, de parcă n-ar fi avut nici o relevanţă pledoaria de şase ore a Căpitanului. Dar toată lumea aştepta cu nerăbdare părerile martorilor. Veneau Iuliu Maniu, Ion Antonescu, Nichifor Crainic şi mulţi alţii.

Dacă vrei să ştii, fata mea, despre Iuliu Maniu, cred că cele mai importante lucruri care-l definesc sunt cinstea şi corectitudinea. Maniu n-a făcut niciodată jocuri murdare, a luptat cu adversarii cu cărţile pe faţă, fără ascunzişuri. A refuzat să fie consilier regal. Prezenţa lui ca martor era o sfidare adusă regimului dictatorial al regelui şi omului său, Armand Călinescu.

– Să intre martorul Iuliu Maniu.

Toată sala întoarce capul spre uşa din fundul sălii. Maniu păşea demn, încet, cu băgare de seamă, zăbovea înadins, ca să fie văzut că nu are nimic de ascuns şi că nu-i este teamă de nimeni. Îmbrăcat într-un costum închis la culoare, maroniu cu reflexe negre, cu gulerul cămăşii de modă veche, strâns bine în jurul gâtului, părea un aristrocat rasat.

Întrebările erau formulate de Căpitan şi adresate prin avocat:

‒ Să-mi spună domnul Maniu pentru ce a luat legătura cu Corneliu Zelea Codreanu? întrebă Căpitanul cu o voce egală, neutră, de parcă n-ar fi fost vorba despre sine.

‒ Fiindcă eram convins de patriotismul său. Răspuns scurt, direct, fără o secundă de şovăială. Fiindcă voia binele ţării, ca oricare om politic cu răspundere.

Mai departe, Maniu dezvălui că în omul Codreanu a descoperit un adevărat caracter, că nici o clipă acest mare român n-ar fi urmărit preluarea puterii printr-o lovitură de stat.

Apoi către sală, Iuliu Maniu spuse răspicat, cu vehemenţă:

‒ Codreanu a luat atitudine faţă de camarila Palatului!

La auzul acestui cuvânt, pe care nimeni nu avea curajul să-l pronunţe, în sală se auzi un murmur prelung.

Preşedintele ridică capul şi aruncă în sală o privire cruntă de oţel, apoi se întoarse către inculpat cerându-i din priviri să continue întrebările.

‒ Să-mi răspundă sincer domnul Maniu: sunt eu capabil de trădare?

‒ Este de neconceput pentru o asemenea personalitate, veni replica promptă a martorului.

Apoi îi strânge mâna Căpitanului.

Completul de judecată rămâne stingherit, iar ziariştii fac feţe-feţe, pentru că ştiau câtă minciună trebuie să brodeze a doua zi în ziare.

Al doilea martor, Ion Antonescu, intră în sală cu pas apăsat, aşa cum îi stă bine unui militar. Antonescu, ca om era sever, intransigent, inflexibil în probleme de conduită morală, de cinste şi corectitudine. Fiind prea dur în armată, era supranumit „câinele roşu". Antonescu nu era omul care să plece capul în faţa unor cercuri ale camarilei. Era îmbrăcat civil, un omuleţ în vârstă de până în şaizeci de ani, păşind rar, milităreşte. Se apropie de masa judecătorilor. Aceştia se ridică în picioare, salutându-l cu respect.

Căpitanul îl întrebă prin avocat:

– Să spună domnul general cum l-a cunoscut pe Corneliu Zelea Codreanu!

– I-am căutat compania acestei persoane, fiindcă auzisem numai lucruri frumoase şi lăudabile. M-am convins că omul acesta este corect şi de mare nădejde pentru ţara noastră.

– Să spună domnul general dacă mă crede capabil de trădare!

– Generalul Antonescu nu stă de vorbă cu trădătorii! răspunde tăios, arogant şi oarecum iritat.

– Trebuie să-ţi spun, fata mea, că toţi martorii care au depus mărturie în favoarea Căpitanului, au fost şi ei acuzaţi mai târziu de trădare şi condamnaţi la pedepse mari sau chiar la moarte. Am citit asta în documente.

Iuliu Maniu şi Manoilescu au murit la Sighet în condiţii groaznice, iar generalul Antonescu a fost împuşcat. Nichifor Crainic a îndurat suferinţe grele în temniţe, iar după eliberare a murit ca urmare a celor îndurate. La fel şi colonelul Polihroniade. Iată cum au sfârşit românii care au fost martori şi i s-au alăturat Căpitanului, în momentele prin care a trecut el în timpul acelui proces cu „infamiile" care i s-au pus în sarcină

Ultimul cuvânt al Căpitanului a fost memorabil. Cu toate acestea, sentinţa a fost dezastruoasă.

La ce au folosit toate acestea?

S-a vorbit Istoriei, să se audă peste generaţii cine a fost Corneliu Zelea Codreanu.

Căpitanul a vorbit să se audă peste timp, căci osânda de zece ani la muncă silnică era planificată.

Aceasta era doar un preludiu la ce avea să se întâmple, căci erau vânaţi în continuare legionarii, închişi şi împuşcaţi, nu înainte de a fi supuşi la chinuri cumplite. Mulţi dintre ei duceau viaţă de fugar, aşa cum am dus-o şi eu. O să-ţi povestesc despre asta pe scurt.

Supraviețuirea

După ce asistasem la proces, după verdictul necruțător, cineva mi-a șoptit că există un plan de exterminare, iar eu intrasem într-o muțenie totală. Trebuia să fiu precaut.

Am venit aici în Berești și-am început s-o fac pe nebunul. Oamenii tăceau și mă ocoleau. Aveam nopți de insomnie. Făceam scenarii de supraviețuire. Nelu Adochiței umbla prin sat cu palmele împreunate făcând rugăciuni. Din când în când se oprea pe la răscruce de drumuri și făcea mătănii. Bătrânele satului se mirau:

– Uite-l, fa, și pe ăsta! Zici că petrece mortul la groapă și-i face slujba cu cele 12 poduri. Vai de capul lui! Lasă-l în boii lui, că-i legionar, n-auzi că ieri în cârciumă la Vanghele se vorbea că-i ridică pe toți fără drept de apel.

– Să nu ne băgăm, că-i belea mare.

Bătrânele începură să-și facă cruce și trecură nestingherite mai departe pe uliță. Eu mă pitulasem după stejarul din poarta lui Târcoapă, să nu mă vadă. Am venit acasă, am aprins un foc mare, cărând tot gunoiul din marginea satului, de se cruceau oamenii, iar eu de colo blestemam de mama focului:

– Flăcările iadului să vă ardă și viermii să vă mănânce că vine Arhanghelul Mihail cu sabia de foc să vă aresteze, Doamne miluiește, Doamne miluiește...

246

Am ţinut-o aşa vreo trei zile, până a venit felcerul. Mă trântisem în curte şi strigam să nu mă omoare. Oameni se adunaseră pe uliţe ca la circ. M-au legat fedeleş şi m-au dus la dispensar, mi-au făcut o injecţie: Nu eram violent. Îmi era frică să nu mă dea pe mâna medicilor şi să-şi dea seama c-o fac pe nebunul. Aşa că vorbeam în dodii. Felcerul era un tinerel cu mustaţă, venit din Galaţi. N-avea prea multă experienţă, mă văzu calm şi mă expedie acasă, promiţându-mi că mă va supraveghea zilnic. Eu îi dădeam înainte cu poveştile mele despre salvatorul meu din cer, Arhanghelul Mihail. Toţi se făceau că mă cred, dar îi vedeam cum se amuză. Jucam teatru bine, fata mea. Jucam teatru de frică. Citeam pe ascuns ziarele pe care mi le procura Nicu Durbacă şi mă îngrozeam.

Nimeni nu mă mai băga în seamă. Nu făceam rău nimănui. Felcerul, care mi-a făcut o examinare sumară, a tras concluzia că mi s-a tras de la bătăile pe care le primisem la Jilava. S-a grăbit să încheie un proces-verbal la care a anexat o adeverinţă medicală pe care medicul pusese parafa plictisit, fără să se mai uite la mine, aşa că lucrurile erau clare în ceea ce mă privea. Nebun în bună regulă.

Un nebun inofensiv, bătut de soartă. Tot aduceam aminte de Jilava şi de Arhanghelul Mihail. I-am convins. Eram bătaia de joc a tuturor, dar măcar ştiam că nu mă paşte închisoarea. Era forma mea de supravieţuire. Cu timpul, chiar am început să cred că sunt nebun, că felul meu de a simula nebunia mi se imprimase în gesturi, devenise un mod de viaţă. Uneori mă întrebam dacă o să mai pot reveni vreodată la normal, căci toţi mă cunoşteau de Miron Nebunul, legionarul!

Numai Nelu Durbacă şi Ion Adochiţei ştiau adevărul. Îl ţineau acolo în suflet cu mare tristeţe şi îşi vedeau de munca câmpului. Se înfiinţaseră Cooperativele Agricole de Producţie. Amândoi erau ceapişti. Seara treceau pe la mine şi-mi aruncau în curte câte un cartof, morcov, struguri, ce mai apucau şi ei pe furiş să pună în coş, era bunul tuturor şi se înfruptau şi ei cu ce apucau. La început, când vânătoarea legionarilor era în toi, se emisese pe numele meu un mandat de arestare pentru internarea în lagăr, dar am scăpat. Jandarmul mi-a rânjit:

– Pe tine, Adăscăliţei, n-o să te ducem în lagăr, ci la casa de nebuni!

Făceam o scenă de tot râsul, încât au făcut raport că sunt inapt de a fi puşcăriaş, c-am ieşit de mult din circuitul social, plutesc în altă realitate. M-au lăsat în boii mei!

Dar aşa nebun cum mă credeau, tot pricepeam ce se întâmplă în ţară. Am aflat de uciderea colegilor mei de studenţie din Iaşi. Profesorul Vasile Cristescu a fost împuşcat de agenţii Siguranţei. Asasinatele se ţineau lanţ.

Am aflat de cele două fete legionare, active şi de mare calitate. Au primit şi ele în final nimbul morţii. Ca să ştii, fata mea, de ce mârşăvii erau în stare agenţii Siguranţei! Pe una dintre ele, Nicoleta Nicolescu, au violat-o şi-au aruncat-o de vie în crematoriu. Pe Daciana Zăvoianu, la fel, au violat-o, apoi au împuşcat-o şi-au lăsat-o pe marginea drumului ca pe un câine. Erau crime inimaginabile, de ţi se făcea părul măciucă, te cutremurai de indignare.

Asasinarea căpitanului

Dar cel mai odios moment a fost uciderea lui Corneliu Zelea Codreanu.

Încerc acum, dragă Mina să reconstitui pentru tine scena asasinatului. Circulau printre noi tot felul de variante, de mărturii cutremurătoare, dar care, puse cap la cap, erau o dovadă vie a unui scenariu diabolic.

Căpitanul se afla în închisoarea de la Râmnicu Sărat, în timp ce în cabinetul lui Armand Călinescu se puneau la cale detaliile de asasinare. Maiorul Dinulescu este chemat la ordine de prim-ministru:

– Domnule, maior, din motive politice, Codreanu şi cei treisprezece legionari acuzaţi de crime trebuie să dispară. Este dorinţa regelui.

– Să trăiţi, am înţeles! Dar cum facem?

– Îţi voi da toate instrucţiunile. Regele se află în acest moment la Berlin. Eu ştiu ce am de făcut.

– Atunci ce propuneţi, domnule ministru? Vă stau la dispoziţie!

– Mâine îi scoateţi din închisoare, pe înserate, cât mai târziu, ca să nu se vadă manevra de transfer. Îi urcaţi cu discreţie într-un camion. Pregăteşti echipa de jandarmi. Pentru fiecare deţinut câte un jandarm care va sta în spatele lui. Vom proceda ca la carte! N-aveţi voie să greşiţi nici un milimetru! Îi legaţi fedeleş cu braţele la spate, în aşa fel încât să nu privească decât în faţă. Să fiţi vigilenţi, că nici nu ştiţi cum ne-ar putea scăpa. Dumneata, domnule maior, vei sta în faţă lângă şofer. Când vei considera că e momentul, acţionezi, imediat, fără ezitare.

Am aflat apoi ce s-a întâmplat. Jandarmul Şerban Sârbu a tot povestit şi vorba circulă în voie, mai ales când era vorba de o astfel de crimă.

Aşa cum erau, înghesuiţi în camion, Căpitanul s-ar fi întors către jandarm, adresându-i o rugăminte:

– Camarade, dă-mi voie să le vorbesc tovarăşilor mei!

Dar n-a apucat să termine fraza, că în acel moment Dinulescu a ordonat:

– Executarea!!!

Maşina s-a oprit brusc. Era în puterea nopţii. O tăcere de mormânt. Nu se auzea nici măcar respiraţia. Doar şuieratul vântului rece de sfârşit de noiembrie. Era în Noaptea Sfântului Andrei. O noapte sfântă sau fatidică? Dumnezeu a vrut ca acum, în această noapte rece, întunecoasă, cu plânsetul de toamnă târzie, să curme viaţa celor treisprezece suflete. Fiecare jandarm avea pregătit ştreangul. Îl petrecu cu rapiditate în jurul gâtului fiecărui deţinut şi în mai puţin de un minut, erau toţi fără suflare. Căpitanul n-a opus nici un fel de rezistenţă. Şi-a primit moartea cu demnitate. A rămas aşa cu ochii larg deschişi, de un verde oţelit, încercând să surprindă depărtările cerului spre care se îndrepta sufletul lui.

Cerul plumburiu de noiembrie îl primea aşa, cu braţele larg deschise, de parcă s-ar fi răstignit pe cruce.

— Ce facem acum? se întrebau călăii, eliberând ştreangurile.

Dinulescu le-a făcut semn să aştepte. Au mers aşa privindu-şi victimele întinse pe jos, fără suflare, înghesuite unele peste altele, până la Jilava. Au ajuns în fort spre dimineaţă. Îi aştepta colonelul Zeciu, procuror militar. Acesta a ordonat:

— Trageţi câte un foc în fiecare, ştim noi de ce. Trebuie să se ştie c-au încercat să evadeze. Îi îngropăm în incinta închisorii. Groapa este făcută.

Elena Lupescu, metresa regelui, a vrut să se convingă că sunt morţi şi a cerut să fie dezgropaţi. Apoi a dat dispoziţie să se toarne var, vitriol şi să se astupe groapa cu o lespede de beton.

Iată un act de mare cruzime, care te înmărmureşte!

Jandarmii sunt chemaţi să dea câte o declaraţie cum că legionarii, fugind de sub escortă, au fost împuşcaţi.

În aceeaşi zi apare un comunicat de presă, ca un fapt divers, cum că deţinuţii au încercat să evadeze în timp ce camionul era atacat de o bandă de derbedei, în dreptul pădurii Tâncăbeşti şi că, profitând de ceaţa deasă şi de întunericul nopţii, au sărit din maşină, încercând să dispară în pădure. Jandarmii, după somaţii legale, au făcut uz de arme. Au fost împuşcaţi Corneliu Zelea Codreanu şi cei treisprezece deţinuţi legionari condamnaţi pentru alte crime.

Numai că după un timp jandarmii au mărturisit în ce condiții s-a produs asasinatul. Unul dintre ei, Șerban Sârbu, mărturisește unui prieten că a doua zi a fost chemat de colonelul Gherovici să-i înmâneze 20.000 de lei, drept ajutor de boală. Jandarmul se uită la el nedumerit:

– Dar nu sunt bolnav, domnule colonel!

– Măi, Șerbane, să-ți păstrezi gura, că altfel ți-o astup eu!

Năprasnică și nechibzuită crimă, fata mea! Știam că nu vom fi lăsați în pace. Se continua vânarea noastră. M-am ascuns o vreme, am stat vreo două luni într-un beci la un prieten, apoi am ajuns aici în Berești, simulând nebunia, după cum ți-am spus. Este adevărat că nu aveam un rol important în Mișcare, dar pentru faptul că fusesem apropiat o viață de Corneliu Zelea Codreanu eram și eu vizat. După o vreme nu s-a mai auzit nimic. Încet-încet, întâmplările recente se estompau, auzeam despre altele, mult mai grave. Mișcarea Legionară alunecase pe altă pantă. În fruntea Mișcării se instalase Horia Sima, un ins stăpânit de-o exaltare bolnavă, nervos și pripit. Cultul morții și răzbunarea deveniseră profesiuni de credință pentru toți legionari lui Horia Sima. Aici era marea mea dezamăgire. Fără Căpitan, nimic nu mai era la fel. Se aluneca pe panta violenței și a nesăbuinței.

Alecu Cantacuzino îi cere Căpitanului, cât timp era închis la Râmnicu Sărat, să-i dea dezlegare de a organiza o lovitură de stat împotriva lui Carol al II-lea. Căpitanul a trimis vorbă prin Lilica, respingând tranșant planul: „Nu te dezleg s-o faci, ci te leg să n-o faci".

În lagărul de la Ciuc circula un manifest incendiar care urma să fie răspândit prin țară de unul dintre legionari. Şi atunci s-a ținut cont de ordinul Căpitanului, prin inginerul Gheorghe Clime. Căpitanul le-a transmis: „Să nu iei nimic. Linişte desăvârşită spui la toată lumea".

Declin legionar

Dar Horia Sima continua să agite spiritele şi asta a adus multă vărsare de sânge, multe, foarte multe jertfe. Şi toate datorate nebuniei lui Sima, mai ales după asasinarea lui Armand Călinescu la 21 septembrie 1939.

Mai târziu, Horia Sima începe să-i lichideze pe adevăraţii legionari. Racolează în Mişcare puşcăriaşi, hoţi, haimanale ce se dedau la cele mai abominabile crime. Iată ce ajunsese Mişcarea noastră: o armată de criminali. O pădure cu fiare sălbatice. Adevăraţii legionari zăceau în închisori. Gh. Clime îi trimite lui Sima din închisoarea de la Râmnicu Sărat o scrisoare în care îl ruga să înceteze orice mişcare teroristă, pentru că asta ar costa moartea celor închişi. Sima a răspuns inconştient: „Nu mă interesează, cei din închisori sunt ca şi pierduţi". Asta a fost peste mai mulţi ani, cam prin 1943.

După împuşcarea lui Armand Călinescu, la 21 septembrie 1939, echipa de legionari, tineri studenţi prahoveni, în frunte cu Miti Dumitrescu, a ocupat sala postului de Radioemisie, anunţând: „Armand Călinescu a fost executat de o echipă de legionari. Suntem fii de români din Prahova şi am îndeplinit o necesitate dureroasă. Am pedepsit pe acela cu a cărui învoire a fost omorât cel mai mare român: Corneliu Zelea Codreanu". Apoi s-au predat. Asta a fost decizia unor tineri studenţi care au înţeles să plătească nesăbuit, dar necesar, din punctul lor de vedere, lungul şir de prigoniri şi crime la comandă, fără judecată. Violenţa, fata mea, a născut întotdeauna violență! S-au predat fără teamă, au știut care le va fi destinul și l-au acceptat cu seninătate.

Timp de opt ore au fost torturați, apoi duși în Piața Elefterie, împușcați și aruncați în stradă. Mai mult, trupurile lor au fost expuse publicului îngrozit, sub o mare firmă pe care scria: „Așa vor păți trădătorii de țară". Înainte de a muri, cei nouă au adresat o scrisoare legionarilor: „Ne-am hotărât să pedepsim din dragoste adâncă față de acest pământ frământat de sângele atâtor martiri. Din dragoste pentru neamul acesta, vom încerca să rupem o frântură din trupul uriaș al viermelui conducător ce roade ființa neamului. Violența în sine nu schimbă nimic, dar ea este o necesitate dureroasă. Vrem numai atât, ca prin violența noastră să trezim neamul românesc".

Care a fost urmarea? Mame îndurerate, îngenunchiate în piață, cu inimi cernite, împietrite. Trecători cu fețe triste, înspăimântați la vederea trupurilor acestor tineri sacrificați pentru un ideal, striviți de istorie.

În acea noapte, guvernul a ordonat împușcarea tuturor legionarilor. Se vorbea de vreo 300.000. S-a început cu asasinarea celor din lagăre și închisori. Atunci a fost împușcată toată elita intelectualității românești. Preoți, avocați, oameni de cultură, ingineri, toți fără nicio clemență. Împușcați fără judecată. Din fiecare județ câte trei legionari, apoi au fost atârnați de copacii de pe marginea drumurilor, în văzul tuturor, în bătaia vânturilor, timp de trei zile. Alții au fost arși de vii în crematoriu. Vreau să înțelegi, fata mea, că s-a ales praful de Mișcarea Legionară.

S-ar răsuci Căpitanul în mormânt să ştie că dezordinea, minciuna, ura, violenţa, intrigile, orgoliul prostesc şi dezbinarea au distrus această şcoală a spiritualităţii româneşti.

Trebuie să ştii, Mina, că după moartea lui Corneliu Zelea Codreanu poporul plângea mocnit. De teamă, nimeni nu vorbea cu nimeni. Se lăsase o linişte de mormânt. Dar tocmai această tăcere a născut legenda. Ţara devenise un adevărat priveghi la căpătâiul celui mai român dintre români.

Numai Iorga nu-şi găsea liniştea pe perna sa. Purta o povară în suflet. La primul Consiliu de Coroană spuse cu mâhnire: „Un particular poate fi asasin, dar Statul român nu". Mai grav este că această crimă s-a înfăptuit sub mantia arhierească a patriarhului Miron Cristea, care cu siguranţă că nu avea ştiinţă de ce se întâmpla în cele mai îndepărtate oraşe din ţară, nu ştia că toate aceste crime erau înfăptuite în numele lui.

Epilog

– Asta este, Igor, povestea legionarului învins, a lui Miron Adăscăliței, tatăl meu şi bunicul tău.

Acum mătuşa mea, fiica legionarului Miron Adăscăliței, nu mai e. Au trecut de atunci zece ani. În tot acest timp mi-a venit mereu în minte povestea ei despre legionarul Miron Adăscăliței, unul dintre tinerii care a trăit himera unei Românii "instalate în absolut". Am vrut s-o fac cunoscută lumii. Este doar un destin, dar câte destine n-au trecut neştiute de nimeni sub tăcerea necruţătoare a istoriei?

Mătuşa doarme liniştită în cimitirul de la marginea satului, în singurătatea mormintelor potopite de frunzele toamnei. Din când în când mă opresc la mormântul ei şi mă întreb ce secrete o mai fi dus cu ea dincolo de moarte.

Despre autor

Elena Netcu s-a născut la 30 august 1948, în oraşul Isaccea, jud. Tulcea.

Cursurile primare, gimnaziale şi liceale în oraşul natal (1956 – 1967). Licenţiată a Facultăţii de filologie (secţia română – franceză) – Universitatea „Al. I. Cuza" Iaşi (1976).

Profesor de limba română. Opţiuni tematice: Stilistica textului, Textul literar în interpretare scenică, Corectitudine şi greşeală.

Lucrări metodice: Receptarea textului literar în şcoală, Textul eminescian - o ipostază stilistică, Nichita Stănescu şi poemul în replică.

Membră a Cenaclurilor literare "Panait Cerna" şi "Nicolae Dunăreanu" (1973 – 1985).

Debut literar (poezie) în revista „Convorbiri Didactice" (1973). Prezentă în volumul colectiv „O Tulce literară" (1985).

Colaborează la revistele de cultură tulcene „Steaua Dobrogei", „Aegyssus", „Seniorii tulceni" şi „Boema" din Galaţi, Ex Ponto din Constanţa.

Membră titulară a Asociaţiei "Aegyssus" a Scriitorilor din judeţul Tulcea.

Profesor de actorie la Palatul Copiilor din Tulcea în perioada 2007-2012.

Volume publicate:

„Amforă în Necuprins". EdituraHarvia Tulcea, 2005 (versuri);

„Ritual". Tulcea: Editura Harvia Tulcea, 2007 (versuri);

"Puiul Moţ". Bucureşti: Editura Benefica, 2010 (versuri pentru copii);

"Lenka". Bucureşti: Editura Benefica, 2010 (roman);

"Cavalerul cuvintelor". Editura Karograf Tulcea, 2011 (versuri);

„Isprăvile motanului haţ" Editura Karograf Tulcea, 2011" (versuri pentru copii);

„Verde pelin" Editura Karograf Tulcea, 2012 (versuri);

„Umbrele din valea rece" Editura Self Publishing Bucureşti, 2013 (roman fantastic);

„Vânzător de amintiri" Editura Benefica Bucureşti-2016 (versuri-selecţie de poeme);

„Povestea unui învins" Editura Benefica Bucureşti-2016 (roman).

Prefață la romanul Silviei Luchian „Amintiri cu parfum de canara", cu titlul „Amintiri cu parfum de canara-Un dor al eternei reîntoarceri";

Recenzii la volumul de poezie „Reflecții" cu titlul „Bucuria de a trăi în prezent" și „Timpul și răstimpul" cu titlul „O carte a bucuriei adolescentine" aparținând scriitorului tulcean Tănase Carașca

Pentru solicitări de publicare vă puteți adresa Editurii LETRAS, pe mail, la adresa letras@piatadecarte.com.ro

LETRAS
Scrie. Publică.